SINN UND FORM

BEITRÄGE ZUR LITERATUR

HERAUSGEGEBEN VON DER
AKADEMIE DER KÜNSTE

75. JAHR / 2023 / 3. HEFT

Juni

SINN UND FORM

Redaktion: Postfach 21 02 50, 10502 Berlin, Akademie der Künste, Hanseatenweg 10, 10557 Berlin, Tel. 030/20057-2220, -2221 oder -2222, Fax 030/20057-2223, E-Mail sinnform@adk.de, www.sinn-und-form.de. ISBN 978-3-943297-71-3. ISSN 0037-5756. Satz: Dörlemann Satz, Lemförde. Anzeigenverwaltung: Agentur Hanne Knickmann, Theaterstraße 7, 69117 Heidelberg, Tel. 06221/67342-50, www.kulturzeitschriften.net. Druck: Thiele & Schwarz GmbH, Kassel. Printed in Germany. Der Chefredakteur ist v.i.S.d.P. Bei unverlangt eingesandten Manuskripten ohne beiliegendes Porto keine Rücksendung. Beurteilungen werden nicht gegeben. Auf den Textseiten erscheinen in der Regel keine Literaturangaben und Anmerkungen. Nachdruck eines Beitrages während der gesetzlichen Schutzfrist nur mit Genehmigung der Redaktion. Die Zeitschrift erscheint zweimonatlich. Jahresbezugspreis einschließlich Versand 45,00 € (Inland) und 60,00 € (Ausland). Einzelheft 11,00 €. Vorzugsabonnement für Schüler und Studenten 34,00 € (Inland) und 45,00 € (Ausland).

Bestellungen von Abonnements und Einzelheften: tableau, Neumagener Straße 27, 13088 Berlin, Tel. 030/4236606, Fax 030/42850078, E-Mail tableau@t-online.de. Zuschriften, die den Inhalt betreffen, sind an die Redaktion, solche, die den Bezug angehen, an die Firma tableau zu richten. Das Abonnement kann spätestens sechs Wochen vor Ablauf des Bezugsjahres gekündigt werden. Die Mindestbezugsdauer beträgt ein Jahr. Die Kundennummer ist unbedingt anzugeben.

INHALTSVERZEICHNIS

NORA MITRANI

CHRONIK EINES SCHIFFBRUCHS

In die Erzählung einer Reise aus dem tauromachischen Süden, der die Erinnerung an den Félibrige bewahrt, fügt sich das Pech jener ein, die den goldenen Faden Ramon Llulls nicht finden konnten, bestimmt dazu, Dialekte zu unterdrücken.

Wer vom Meer stromaufwärts auf der Rhône nach Port Saint-Louis will, wird sie zunächst unbefahrbar finden. In Port Saint-Louis mündet die Geschäftigkeit der Frachter und Kähne in den Canal de Fos, wo sie Transportgut laden und entladen und so die Blicke der teilnahmslosen Bevölkerung aufhellen, der es gleichgültig ist, daß einst Straflager auf jenem Boden standen, den Meer, Fluß und Kanal sich streitig machen.

Zwischen Port Saint-Louis und Arles vermerken amtliche Karten nur eine schwierige Durchfahrt, Le Terrin genannt, zwischen »dem schwarzen Rohr zur Wasserentnahme und der Île de la Gabare«. Ab Le Terrin, heißt es auf eben diesen Karten, sei die Rhône auf ganzer Breite schiffbar, es sei aber besser, der Flußmitte zu folgen.

Doch die mit Kies beladenen Lastkähne und Frachter, die Tanker der »Citerna«, die jeden Tag die Rhône rauf- und runterfahren, halten sich an keine Karte und folgen nicht der Flußmitte.

Acht Tage lang sah der Kapitän auf seiner einsamen Insel in der geometrischen Mitte der Rhône, hinter der Durchfahrt von Le Terrin, auf der Höhe des roten Schornsteins von Trinquetaille, die Lastkähne und Citerna-Schiffe sich ans rechte Ufer der Rhône drängen. Jede Citerna-Vorbeifahrt machte ihn zum Dirigenten, der verzweifelt immer den gleichen Takt schlug: »Piano! Langsamer!« Doch meist blieben seine Gesten ohne Wirkung: Die von der Schiffsschraube geformten Schaumbärte erstarben in tiefen Wellen, deren jede für sein an Backbord vorn von der Rhône gefangengesetztes Boot ein Mordanschlag war. Das arme Tier ächzte, schwankte und versuchte sich loszumachen. Die Wellen schlugen wie Rammböcke gegen den Kiel, es war, als vernähme der Kapitän die riesenhaft verstärkten Pulsschläge seines Herzens. Dann wurde alles wieder ruhig, und mürrisch ließ er ab von seinem übergroßen Zorn.

Die hocharistokratische Stadt Arles mag die Rhône nicht, sie verstößt den Bodensatz ihrer Bevölkerung nebst einigen Fallrohren, die sich an bahnhofsnahen Häusern sträuben, an die Kais.
Übrigens gleichen die meist verwaisten Quais einer Sicherheitszone, mit der die Stadt sich gegen einen unvorhersehbare Bewegungen machenden Feind zu verteidigen vorgibt.
Doch Arles' Hauptfeind ist der Mistral, der das Tal der Rhône hinabbläst, der störrische Mistral, der Steine höhlt und einen am neunten Tag verrückt macht. »Drei, sechs, neun«, sagt der Angler. »Drei, sechs, neun«, wiederholen die anderen nickend. Wenn der Wind am Abend des dritten Tages nicht nachläßt, hüten Sie sich mittags vor dem vierten. Und bläst er am sechsten Tage abends noch, wird er einem auch die nächsten drei seinen kalten Wahn in den Nacken blasen. Und sollten Sie am neunten Tage abends ein Verbrechen begehen, sind Sie beinahe entschuldigt … Es heißt, die Gerichte im Süden urteilten ausgesprochen milde über am neunten Tag begangene Delikte.
Der andere Feind von Arles ist – was ungern zugegeben wird, weil sie die Stadt zugleich befruchtet – die Rhône selbst, deren Hochwasser und reißendes Ungestüm schon mal die Handelsbilanz der Stadt gefährden. Doch wie bei den Ägyptern am Nil und den Bauern am Fuße des Ätna ist der Bewohner ganzes Leben dem Ungeheuer geweiht, das sie bedroht; es ist ihr Nationalstolz, ihr Gewissen und ihre Rechtfertigung. Die Arlesianer lehnen die plebejische Fruchtbarkeit der Rhône ab, tun so, als sähen sie die Reichtümer nicht, die flußaufwärts und flußabwärts verschifft werden und von denen sie leben, und widmen sich ganz ihrer römischen Bestimmung, ihren Traditionen und Pflichten als Bürger einer Stadt mit zu vielen denkmalgeschützten Häusern.
Nur die Katzen kennen die Kais der Rhône in Arles. Die Katzen. Und ein paar dunkle Romakinder, in deren Spielen die unbeständigen Ufer des Flusses vorkommen. Und ein paar Nordafrikaner, die man zum Arbeiten auf die Reisfelder der Camargue holte, um die Lohnkosten im Mutterland zu senken.
Fürs erste sieht man, daß diese Leute hungern. Sie sammeln zwischen den bemoosten Steinen der Böschung Blätter auf, welche die Frauen der Schiffer beim Salatschleudern fallen ließen.

In jenem Monat September mit den Niedrigwassern fuhren wir, nach dem Wunder der Felsbuchten von Cassis und der Trostlosigkeit von Port-Saint-Louis, auf einem gutmütigen Tropenfluß dahin. Breit und mächtig, in ihren schweren Wassern Schlick mitführend zwischen Böschungen, deren Baumvorhänge dem Auge nichts als noch mehr Bäume verhießen, war es, als hätte sich die Rhône durch einen amerikanischen Entdeckerurwald ihren Weg gebahnt.

Dabei ließ uns gerade das, was wir nicht sahen, Europa vergessen. Unsichtbar hinter den Baumvorhängen erstreckte sich am rechten Ufer die Camargue; sie jenseits der Bäume zu erspähen versetzte uns in helle Aufregung. Flach und grenzenlos wie die Beauce, ist die Camargue deren fluchbeladene Kehrseite, nicht die Kornkammer Frankreichs, sondern ein unkeuschen Hochzeiten preisgegebener Landstrich. Dem Wasser vermählt sie sich in großflächigen schwarzen Teichen, die da und dort vom Engelsluxus der Flamingos schillern. Himmelsrosa und stierschwarz, gönnt sie sich außerdem die ganze Palette der Gelbtöne: vom leprösen Ocker trockenen Schwemmlands über den blasseren des Stechginsters bis zum Goldgelb junger Reissprossen. Dazu der Wind, ihre größte Verrücktheit. Der Wind rupft den mickrigen Stechginster aus, zaust die Mähnen der Pferde, wiegt Schwärme von Eintagsfliegen und Mücken über Teichen, Stechginster und Stieren, überfluteten Reisfeldern und den Rücken der Pflanzer, die in der Camargue Reis anbauen wollen.
Doch plötzlich, jenseits der Bäume und Reisfelder und gekrümmten Frauen und Nordafrikaner mit tief ins Gesicht gezogenen Baskenmützen, noch weiter entfernt als die Wildpferde und schwarzen Reben, zwischen Erde und Wasser und im Gegenlicht vor dem Himmel, begegnete ich Vovo mit seinen angestoßenen Hörnern. Zwischen Ohr und Horn war er mit einer riesigen Kokarde ausstaffiert. Er scharrte über den Boden in seinem unnachahmlichen Zorn. Einen Augenblick lang ruhte sein Blick auf mir, aber keine neue Regung schien seinen Körper anzufachen.
Meine erste Begegnung mit Vovo fand in der zurückliegenden Saison statt, öffentlich, in der Arena von Beaucaire. Ich thronte hoch oben, zwischen Zwölftklässlern und dem Amphitheater, und unter mir wogte die Menge. Als sich das Tor des Zwingers öffnete und das Tier im Halbkreis der weißgekleideten Jungs erschien, den Stierstreifern, die ihm die Kordel und die beiden Kokarden abreißen mußten, johlte die Menge in Ekstase: »Vovo! Es ist Vovo!« Nur seinetwegen waren sie gekommen, die drei vorangegangenen Kampfstiere konnten den Vergleich mit ihm, dem Stolz seiner Herde, nicht bestehen. In der Tat verwandelte sich mit Vovos Auftritt das Spiel der weißen Jungs, die, den Stier im Nacken, abwechselnd hinters Gatter springen, verwandelte sich also dieses beinahe lächerliche Spiel in etwas Tiefernstes und unausschöpflich Gewalttätiges. Die Männer, flüchtende Komparsen, waren nur mehr Vorwand für die endlose Wut des schwarzen Tiers, die kein einziges Mal verrauchte wie bei anderen Stieren, wenn die Verfolgung plötzlich am Gatter endet. Er sprengte die Bretter auf, warf sich in die Bresche oder sprang gleich mit vollem Schwung über das Hindernis. Er drückte sogar Bretter ein, ohne von irgendwem provoziert worden zu sein, nur so zum Spaß, und das war für mich das herrliche Zeichen für die Willkür dieser Wut, dieser reinen Gewalt, die keines

Gegenstands bedurfte, um sich kundzutun, und mit der das Tier sich nach und nach die Hörner schartig machte.
Dieser gelispelte Babyname, Vovo … War das Hohn? Ausdruck größter Zuneigung zum Tapfersten der Tapferen unter den Stieren? Oder gar eine hellenische Art, die Wut zu bannen und sie sich gnädig zu stimmen?
Ich sehe Vovo mit dem inneren Auge hinter den Baumvorhängen. Mit einer geschmacklosen Geste (denn Zärtlichkeit ist unter solchen Umständen stets geschmacklos) stecke ich ihm keine Kokarde, sondern nach spanischer Art eine rote Nelke zwischen die gebrochenen Hörner.

Unser Boot fuhr stromaufwärts nach Arles und folgte der Mitte des Flusses. Die Camargue, wir hatten die Muße, sie herbeizusehnen, wie Schiffbrüchige Land ersehnen. Für uns war sie in Europa die letzte Chance auf ein Abenteuer, auch für uns, aber unerreichbar, denn wir fuhren auf einem Zwanzigmeterboot, und das Bett der Rhône gehorcht nur den Gesetzen von Sand, Kies und durch die Strömung fortgetragenen Baumstämmen.
Diese Gesetze kennen wir nicht, zumal sie in Ufernähe sicherlich zu Fallen werden für Boote wie unseres, das über einen Meter Tiefgang hat.
So schipperten wir denn vorsichtig – doch unsere Sehnsucht blieb groß – in gleichem Abstand vom rechten wie vom linken Ufer.
Immerhin wußten wir (obgleich der Kapitän darüber hinwegging), daß das launische Bett der Rhône seine Eingeweihten hat. Diese behaupteten, mit allen auf dem Grund des Wassers schlummernden Teufeln im Bunde zu sein, sie vermochten deren Hexereien zu vereiteln und zu *sehen*, wo wir nur trübe kleine Wellen sahen, die sich dem Meer entgegensträubten. Sie wählten die schmale Fahrrinne zwischen Deich und überspülter Kiesbank, die Rinne an den Spitzen der von den Strudeln unsichtbaren Treibguts gestreiften Buhnen. So führten sie uns sicher von Lyon ans Mittelmeer.
Der Unfehlbarste von allen hatte »Jules Balthasar, Rhône-Lotse« auf seine Visitenkarte drucken lassen. So lange das Gedächtnis der Binnenschiffer zurückreichte, hatte er niemals einen Unfall gehabt, doch manche sprachen ihm die Krone ab: »Jules Balthasar läuft deshalb nie auf eine Sandbank, weil er in jeder Saison als letzter aufbricht! Er läßt andere stranden und vermeidet dann die Stellen, wo sie gescheitert sind!«
Hätten wir ihn im September angeheuert, so hätte Jules Balthasar an den Gestaden der Camargue vielleicht den einzigen Tiefwasserpunkt erspürt, der ein Verlassen der geometrischen Mitte des Flusses zuließ, ein Festmachen des Boots an einem Baum und Begegnungen mit Wildpferden, Stieren, Mireilles und Viehhirten, die noch nicht als Postkartenmotive gedient hatten.

Doch der Rhône-Lotse war irgendwo zwischen Valence und Vienne unterwegs, der »Schwarze Panther« und der »Schwarze Schwan« stritten sich um ihn, und so waren wir auf die Angaben in der Karte und die Künste unseres Kapitäns angewiesen.
Überdies – aber das konnten wir nicht wissen – paßten alle Teufel der Rhône auf uns auf. Die Teufel. Oder die Rhône selbst.
Hier die Rhône-Burgen mit ihren schreckensteinernen oder metallenen Namen: Château du Roi René, Les Papes, Tour de l'Hers, Montfaucon, Saint-Étienne-des-Sorts, Teil, Mondragon, Rochemaure, Lyon mit seiner höllischen Berufung.
Seit Mistrals Tod der Anbetung beraubt, schmutzig in Port-Saint-Louis und gefürchtet von Arles bis Lyon, verschließt die Rhône hinterhältige Rachegelüste in ihren gelben Wassern.

Fragmente eines Schiffstagebuchs

Mein ganzes Leben lang habe ich an Zeichen geglaubt.
Ich glaubte, die Unordnung in meinem Herzen kündige die niederschmetternde Ordnung an, die über es hereinbrechen werde; jedesmal, wenn ich unter drei Topfhüten drei ins gleiche Schwarz gehüllte alte Frauen traf, kroch mir die Angst eiskalt über den Rücken; und auch jedesmal, wenn ich einen behelmten Priester, das Gesicht hinter Plexiglas verborgen, auf einem Motorrad thronen sah, hinter ihm ein Kind.
Ich redete mir ein, daß dem stets eine Mitteilung über die Wiederkehr einer tieferen Nacht oder neuer Hoffnung vorangegangen sei; und kommt die Nacht oder die Helligkeit unvermutet über mich, bin ich sicher, die Zeichen nicht richtig gelesen zu haben …
… Vielleicht ist das bloß ein Merkmal übergroßen Hochmuts – oder kindischen Benehmens –, ich weiß es nicht. Den guten Part wollte ich stets dem Leben überlassen statt ihn selbst zu haben.
Vielleicht werde ich demnächst schreien, daß der höchsten Liebe kein Zeichen vorausgehe und sie keine Bedeutung habe, oder zumindest, daß die Klugheit gebiete, sich so zu verhalten, als hätte sie keine.
Vielleicht werde ich eines Tages Buch führen über die Morgendämmerungen, bei deren Anbruch ich noch nicht schlief, und all die verlorenen Augenblicke.
Wenn diese angeranzte Klugheit die Katze aus dem Sack läßt, ja, dann werde ich in Ruhe verzweifeln.

Um die Zeit zu vertreiben und uns darüber hinwegzutrösten, daß wir uns nicht in der Camargue verlieren konnten, die sich hinter den Bäumen abspielte, machten

wir auf dem Vorderdeck die Wäsche; unser Meister an Bord behielt das Steuer in der Hand.
Ich hatte den Anfang gemacht; als ich fertig war, erschien Catherine mit zwei karierten Hemden überm Arm. Sie schöpfte ein paar Eimer Rhônewasser, schrubbte, wrang die gewaschenen Hemden aus und verschwand mit ihnen, nachdem sie sie zurechtgezogen hatte statt zu bügeln, was an Bord nicht möglich war.
Ihr Bruder Jacques Winter schrubbte nur ein Hemd und seifte sich mit dem gleichen Wasser ein. Wir benutzten alle die gleiche harte Mehrzweckbürste und setzten sie mit Ingrimm oder mit Noblesse ein, ganz wie es der Augenblick verlangte.
Ich war im Theater, in einem häuslichen Theater, wo das Plätschern der Wellen der Rhône und das Klatschen der tropfnassen Wäsche erschollen. Das Leben kam mir freundschaftlich und traurig vor, traurig wie ein Kanal, der geduldig seine zahmen Wasser führt. Nichts schien meine Lust auf etwas Glanzvolles befriedigen zu können. (Es sprach natürlich nichts dagegen, die Ruhe als Vorspiel zu einem Sturm zu deuten, aber das war nicht gerade naheliegend.)
Einmal mehr mußte man die Augen schließen, um sich das Drama und die Überraschung dieser kleiderwaschenden Wesen vorzustellen, ihre schwierigen Beziehungen zum Leben, ihren kümmerlichen guten Willen, ihren Versuch, den glänzenden Gegenstand zu finden und ihn an sich zu binden.
Doch mir war klar, daß Jacques Winter am Faden seines auf die vegetativen Funktionen beschränkten Lebens dahintrieb, die weit geöffneten Augen schlafend auf die wilden Stämme am Orinoko gerichtet. Als ewiger Jüngling, der in fortwährendem Schlummer ein halbes Pekarischwein am Orinoko verschlingt, die Saiten seiner Gitarre zupft und sich in Guinea von einem Zauberer unterweisen läßt, war Jacques noch nicht ganz zur Welt gekommen und hatte doch bereits zu heiraten beschlossen: In wenigen Tagen sollte eine Kindheitsfreundin, die im Schlaf an ihrem Daumen saugte, zuweilen auch, aber seltener, Karamell-Lutscher bevorzugte, mit dem jungen Forscher einen Hausstand gründen. Da sie zu Halsweh neigte und an Polypen litt, war der jungen Frau gerade ein Abszeß operativ entfernt worden, was Jacques dazu veranlaßt hatte, mit feierlichem Ernst zu sagen:
»Man mag ja hart im Nehmen sein, aber wenn der Onkel Doktor in deinem Beisein den Hals *deiner Frau* aufmacht und darin herumwühlt, wird man doch seltsam unruhig …«
Wie auch immer. Hatte er sie denn nicht genommen, weil sie noch kindischer war als er und so zu seiner inzestuösen Schwester wurde? Den Schlüssel zu dem kleinen Geheimnis erhielt ich eines Tages, als Jacques erklärte: »Ich kann sagen, daß ich nie, wie andere Jungs, in meine Schwestern verliebt gewesen bin …«

Jacques' jugendliches Alter sollte mich davon abhalten, ein Urteil über ihn zu fällen. Doch ich kann nicht umhin zu schmunzeln, wenn er einen solchen Zug seiner Persönlichkeit offenbart, bestätigt oder verleugnet oder auch diese oder jene abschließende Meinung über Picassos Verhältnis zur Negerkunst verlauten läßt.

Gestern früh an den Ufern des Étang de Berre in Martigues brachte mich der charmante Jacques Winter noch einmal zum Schmunzeln.

Wir waren von Bord gegangen und bewunderten in Martigues den kleinen Kanal, den Van Gogh so gerne mochte. Ein Maler saß unterm Ladenschild des Cafés »Zur Palette« und reproduzierte die Landschaft. Ich wiederum hätte gern das Schild auf eine Leinwand gebracht, den Maler, sein Gemälde und die Landschaft, die ihn inspirierte, und mir dabei gewünscht, ein dritter Maler käme und malte mich beim Malen. So hätte sich das Spiel von Widerspiegelungen, Durchlässigkeit und Geflimmer, das die Steine in Martigues zum Funkeln bringt, bis ins Unendliche fortgesetzt.

In ihren flüssigen Körpern ertrunkene violette Quallen trieben zwischen zwei Wassern. Diese Ophelien sind so enttäuschend wie korrosiv: Versuchen Sie nie, welche aus dem Wasser zu holen, Sie würden nach einem brennenden Nichts greifen. Vergiftetes Haar, das sich in die Kanäle von Martigues ergießt, und doch sterben sie in diesem süßlichen Wasser, wenn das Meer sie nicht mehr haben will.

Die Quallen hatten uns ein wenig melancholisch gestimmt. Wir bogen in eine schmale Gasse, deren Schatten uns anzog. Es war eine Sackgasse: Am anderen Ende kamen uns der leere Raum und das Wasser entgegen. Es war der Étang de Berre, dessen Weite und schaumgekrönte Wellen an das Meer erinnern.

In diesem Augenblick war es genau Mittag und ich wußte, der Teufel selbst werde mir in dieser Trompe-l'œil-Stadt erscheinen. Am Ufer veranlaßten uns Ramsch und eine sonderbare Hütte zum Stehenbleiben. Der blasse Kopf eines Manns von 1910, von einem schwarzen Schnurr- und Backenbart umrahmt, prangte an der Stirnseite, wo wir lasen:

In Paris Musée Grévin
Hier das Musée Justin

Es kamen noch mehr Inschriften zum Vorschein, die alle ebenso bündig und gereimt waren; eine davon bewog uns zu handeln:

Der Patron wird öffnen dir,
Ziehst am Pfannenstiel du hier.

Wir zogen also, die Tür ging auf, und im gleichen Augenblick erscholl von irgendwoher Lachen. Es waren zwei hinterm Ramsch versteckte brünette Matronen, die

unser Tun beobachteten und über uns gesprochen hatten: »Siehst du, die sind auch neugierig!«
Das Männlein, das uns geöffnet hatte, lachte ebenfalls, aber es war ein Willkommenslachen. Wir folgten ihm in die sonderbare kleine Hütte voller Schatten, die nur von zwei Kerzen beleuchtet wurde und in der ein leichter Duft von Armenischem Papier hing. Die Mauern waren tapeziert mit Grafiken, Zeichnungen, Postkarten, Streichholzschachteln. Das Thema all dieser Abbildungen erschien uns nicht sehr abwechslungsreich: Es ging auf diese oder jene Weise immer um den Liebesakt, aber angedeutet oder beschworen bloß durch allzu üppige Formen oder einen langen Kuß. Noch war nichts offenkundig Geiles zu sehen. Um uns in Stimmung zu bringen, öffnete das Männlein seine Streichholzschachteln: Jede enthielt ein Meisterwerk der Handwerkskunst und Erfindungsgabe. Indem er an einer Schnur zog, brachte Justin kleine Männer und Frauen aus Zelluloid dazu, ihre Gliedmaßen zur Liebe zu gebrauchen. Und jedesmal erläuterte er uns sowohl die Bedienung als auch die Legende. Beeindruckt waren wir auch von der abnorm mechanischen Präzision der Stimme, mit der er seine Gesten untermalte.
Plötzlich fiel der Schein der Kerze auf sein Gesicht: Er war blind.
Diese Entdeckung verunsicherte uns. Dabei waren wir doch vorgewarnt.
»Sehen Sie sich ohne Scheu um, der Führer ist blind und diskret«, hatte Justin an die Tür geschrieben. Aber wir hatten dem nicht mehr Aufmerksamkeit geschenkt als den anderen Sprüchen.
Je mehr seiner Wunder uns das Männlein enthüllte, desto mehr schwand der Schein des Anstands. Er hob Kartons, auf denen noch halbwegs schickliche Postkarten lagen, und darunter kamen andere, unverhohlen schweinische zum Vorschein, die heutigen Sammlern als unauffindbar gelten. Er verschob den unteren Teil einer Zeichnung, die eine junge Frau bei der Beichte zeigte, und plötzlich offenbarte der dicke Priester nicht so religiöse Regungen: »Tu, was ich dir sage, Kleine, aber erzähle keinem, was ich mit dir mache!«
Aus einem alten Photoapparat, dessen Verschluß er mit einem erneuten Zug an einer Schnur entfernte, sprang uns ein monströses, knallrotes und rosiges Gemächt entgegen, das von Venen überzogen war.
»Das hier«, vertraute uns Justin an, »hat mich viel Mühe gekostet, bis es funktionierte … Ich mußte unter den Weichteilen ein Gummiband befestigen, bin aber genötigt, es jedesmal nachzuspannen, bevor ich an der Schnur ziehe …«
»Wie findest du das?« fragte ich Jacques Winter und nahm ihn beiseite. Sein Gesicht zeigte keinen besonderen Ausdruck. Der gute Justin war seit dem Ersten Weltkrieg blind, in seiner ewigen Nacht hatte er all die Bilder selbst gezeichnet oder arrangiert, auch die entsprechenden Erklärungen hatte er auswendig

gelernt und trug sie mit bemerkenswerter Intuition vor, doch Jacques' Gesicht blieb ausdruckslos.
»Ach, weißt du, ich objektiviere das«, sagte er endlich. Vom inneren Lachen, das mich schüttelte, drang nur ein undurchschaubares Lächeln durch. Ich vermute, ich hoffe, daß Jacques nichts davon bemerkte.
Der Besuch ging zu Ende. Nach dem Kerzenlicht tat mir der helle Tag draußen in den Augen weh. Ich las noch andere, nichtpornographische Inschriften:

Wählerinnen, Wähler, ob ihr abstimmt oder nicht,
In die Pfanne bringt das kein Gericht.
Gezeichnet: Habe Hunger

Oder diese geschliffene, die mich entzückte:

Für jede Art Reklamation
Wenden Sie sich an den Patron.
Und sollten Sie auf Streit aus sein,
Haut er Ihnen gerne eine rein.
Gezeichnet: Du verstehst mich schon

Ich war geneigt zu glauben, daß Justin von Martigues tatsächlich des Teufels war, vereinte er in sich doch dessen Attribute: Bonhomie, Wollust, Bosheit. Aber er hatte nicht den Ruch eines christlichen Teufels. In diesem Land der Kanäle und gespenstischen Quallen, wo blindwütig der Mistral bläst, hätte ich ihn ohne weiteres mit dem babylonischen Teufel Pazuzu gleichgesetzt, einem boshaften Windgott, der Mensch und Tier plagt.
Babylonischer Dämon oder bloß armer Teufel, der hungern mußte und sich dafür rächte, indem er des Menschen Liebeslust und Ausschweifung fortwährend karikierte, jedenfalls beeindruckten mich Justin von Martigues und sein Museum auf sinistre Weise.

Die Wäsche ist gemacht, ich strecke mich auf dem Deck in der Sonne aus. Catherine und ihr Mann sitzen am Bug und wirken sehr verliebt.
Plötzlich ein Stoß, schallend wie eine zerbrechende Geige, und die seltsame Empfindung, daß das Boot an einer Seite hochgeht. Dann nichts mehr, der Motor läuft weiter, aber wir kommen nicht mehr voran. Der Kapitän springt auf die Brücke:
»Das Boot ist im Eimer! Wir sind auf einen Felsen gefahren, der Boden ist kaputt und wir werden sinken!«

Trotz der Unwahrscheinlichkeit dieser Behauptung muß ich einen Schrei ausgestoßen haben. Sinken konnten wir nicht, weil die Rhône dafür zu wenig Wasser führte. Doch die pathetische Heftigkeit meines Schreis ist dergestalt, daß Catherine ruhig nach unten geht und Papiere und Schmuck in ihre Handtasche stopft.
»Stellt doch endlich den Motor ab!« brüllt ihr Ehemann Montal.
Aber die Aufforderung ändert nichts, das Boot fährt nicht mehr weiter. Der Kapitän geht wieder ans Steuer und legt den Rückwärtsgang ein: Vielleicht kommen wir auf dem gleichen Weg zurück. Der Motor läuft unter Vollast, er spuckt und raucht und das gelbliche Rhônewasser färbt sich schwarz. Wir hoffen, daß diese Hölle neue Freiheit schafft, der Vorderteil des Bootes mit einen Ruck freikommt. Zugleich werde ich unter Deck beordert, um in der vorderen Kabine die Planken anzuheben. Beim Freikommen entsteht vielleicht ein Riß im Rumpf, ein Leck. Tatsächlich ist der Riß schon da, das Wasser sickert geduldig, Tropfen für Tropfen herein und wir sind noch gar nicht losgekommen.
Wir sitzen in der Falle, einer Art Wolfsgrube oder Mausefalle, in die man leicht hineingerät, aus der man aber nicht mehr rauskommt.

Wir sind nicht in Gefahr. Mag auch der Kiel brechen, das Boot in Stücke gehen und das Wasser uns fortspülen, es werden ein paar Planken übrigbleiben, die als Floß noch gute Dienste tun. Und käme einer von uns nicht aufs Floß, er bräuchte sich von der Strömung nur ans Ufer tragen zu lassen. Wir sind alle gute Schwimmer, gefangen allerdings auf einem Boot, das mitten in der Rhône festsitzt.
Auf einen plötzlichen Einbruch des Romanhaften und des Todes, auf eine Gelegenheit, besondere Kaltblütigkeit oder heroische Qualitäten zu offenbaren, haben wir keinen Anspruch. Die schönen echten ergreifenden Schiffbrüche, die im Dämmer alter Erzählungen aufscheinen, werden immer imaginär bleiben. Unsere Wirklichkeit ist ruhmlos und kein bißchen fotogen, sondern ein bequemes Drama, bei dem nicht mal auf ein Bordradio und die Sonntagssendung »Die Schallplatte des Hörers« verzichtet werden muß:
»Von einer Gruppe Bettlägeriger im Sanatorium an ihre Patin.«
»Ein großer Spengler schreitet ins Licht …«
Unseren Schiffbruch vermöchten nicht mal fünfzehnjährige Buben ernst zu nehmen, und doch glaube ich, daß wahre Katastrophen stets auf so unscheinbare Weise eintreten, zur Mythenbildung ungeeignet sind, also das genaue Gegenteil zum Stereotyp der Katastrophe. Dieses verlangt nach tödlicher Präzision der Taten und der Schläge der Natur, dem Auftauchen von Ungeheuern und einem höllischen Tempo, mit dem alles aufeinanderfolgt.
Dagegen herrschen bei unserem Abenteuer Pfusch, absurde und unvermeidliche Bequemlichkeit sowie der Blick auf die Lastkähne im fernen Arles, der

verbotenen Stadt. Abgesehen vom winzigen Leck wirkt das Boot unbeschädigt, die Küche ist voller Vorräte und die vernickelten »Citerna«-Schiffe, die vorbeifahren ohne zu halten, bringen mit ihren Wellen den Kiel etwas zum Schwanken, so daß die Illusion entsteht, wir schwämmen noch. Uns bleibt nur, auf Rettung zu warten durch ein Motorschiff, das unser Heck ins Schlepptau nimmt und uns wegzuziehen versucht. Warten, warten ...
Montal, der Mann von Catherine, langweilt sich ein bißchen. Er stellt ein heiteres Gesicht zur Schau, wie stets, wenn seine Laune schlecht ist. Der einzige Weg, ihn auf andere Gedanken zu bringen, besteht darin, nach einem Erlebnis während seiner Entdeckungsreisen zu fragen.
An Europa schätzt Montal nur das nicht durchgebratene Fleisch und den Alkohol. Für seine Männer und Frauen kann er sich nicht mehr begeistern. Den für einen ewigen Winter angezogenen Körpern Europas zieht er Menschen vor, die in der Sonne keine andere Kleidung tragen als ihre rotbemalte Haut.
Die Legende, die jene nackten Menschen, die »Wilden«, umgibt, möchte Montal allerdings zerstören. Er hat sich vorgenommen anzuprangern, was er als mehr oder weniger bewußte Irreführung durch sämtliche früheren und heutigen Entdeckungsreisenden bezeichnet. Für ein Publikum verfaßt, das einem überspannten und oberflächlichen Exotismus anhängt, neigten deren Berichte allzu oft dazu, den Nichtzivilisierten als eine Art religiösen Menschenaffen darzustellen, dessen Reflexe unseren diametral entgegengesetzt seien. Gewiß, die Initiationsriten der Waldmenschen verstören und beunruhigen den Europäer, doch der unglückliche Inder, den es in eine Kirche verschlüge, empfände beim Ritual der Messe wohl eine ähnliche Verstörung. Und abgesehen vom religiösen Leben ißt, arbeitet und lacht der Inder über bestimmte Gags genau wie wir.
»Schau mal«, sagt Montal und haut sich auf drollig wirkende Weise auf den Daumen, »darüber haben sie schallend gelacht. Das mußte ich ständig wiederholen, bis es einem von ihnen gelang, mich nachzumachen. Übrigens haben wir uns immer gleich bemüht, sie zum Lachen zu bringen. Wenn das geschafft war, hatten wir nichts mehr zu befürchten.«
Montal wurde allmählich lebhafter.
»Das heutige Abenteuer erinnert mich an unseren letzten Schiffbruch auf dem Orinoko. Ein Baumstamm brachte die Piroge zum Kentern, in der Bertrand und ich mit drei Kisten Material waren. Zwei enthielten belichtete Filme, die dritte ein paar Dosen Kondensmilch. Wichtiger als alles andere war uns ein bestimmter Film, das einzige Zeugnis der Riten, welche die Indianer uns zu filmen erlaubt hatten. Ich konnte nur eine der drei Kisten retten. Plötzlich sah ich, wie Bertrand diejenige mit seinen Aufzeichnungen zu fassen versuchte.
›Die andere! Nimm die andere!‹ schrie ich aus Leibeskräften.

Bertrand deutete eine ohnmächtige Geste an, es war zu spät, die wertvolle Kiste war schon auf den Grund des Orinoko gesunken. Ich sah, wie er das Ufer erreichte, die Kiste ohne Film an die Brust gedrückt. Er wirkte schrecklich blaß und schien über seinen Irrtum verzweifelt zu sein.«
»Hatte er sich denn wirklich getäuscht?«
»Ich weiß es nicht. Für ihn geschah alles so, *als könne er sich gar nicht täuschen.* Er hatte sein schriftstellerisches Werk gerettet.«

Das einfachste, ehe man zu anderen Mitteln greift, wäre, sich rückwärts abschleppen zu lassen. Ein kleines Motorboot war so freundlich näherzukommen und einen ersten Versuch zu machen; ohne Erfolg.
Die Nacht bricht an, es werden keine Schiffe mehr kommen, wir werden still zu Abend essen und dann schlafen gehen. Der Wind ist gänzlich eingeschlafen, doch ein roter Himmel kündigt uns sein neuerliches Wüten an.
Der Kapitän spricht wenig und das abendliche Beisammensein zieht sich in die Länge. Niemand wagt den Salon zu verlassen und sich einsam in den Schlaf zu flüchten. Wir liegen angezogen unter den Decken, versuchen in unserem fiebrigen und doch natürlichen Wachzustand, die Nacht zu verleugnen. Jacques Winter, der nicht gern die Augen offenhält, wenn er nicht arbeitet, schläft ein, Catherine schlummert leicht, aber Montal und ich, wir können nur reden, unaufhörlich reden. Montal erzählt so lustige Geschichten, daß ich ein- oder zweimal Tränen lache. Lachkrämpfe lösen bei mir immer einen Bach von Tränen aus.
Den Kapitän bringen die Geschichten nicht zum Lachen. Er sagt nichts, doch trotz der Dunkelheit und seines Schweigens spüren wir ganz deutlich seine Wut.
»Er will die Geräusche hören, die sein Boot macht«, sagt Montal. »Es ärgert ihn, daß wir die ganze Zeit reden.«
Montal hat recht.
Unser Kapitän wacht am Bett einer kranken Frau, die er von ganzem Herzen liebt. Sie schläft, aber der Fieberwahn stört ihren Schlummer, rauher Atem hebt ihre Brust und in den Mundwinkeln zeigt sich mit Blut vermischter Speichel. Der Kapitän verfolgt das langsame Anschwellen des Übels, zählt die Pulsschläge des gefährdeten Lebens. Unsere Anwesenheit im Zimmer bringt uns ihm nicht näher; wir können für ihn nur Fremde sein, die während der Nachtwache auf einen Ausgang warten, Tod oder völlige Wiederkehr ins Leben – eins von beidem –, aber die endlose Agonie betrifft uns nicht.
Statt dessen hört uns der Kapitän leben, und das stört die leidenschaftliche und finstere Aufmerksamkeit, mit der er aus den Schwächeanfällen des geliebten Wesens dessen eigentliche Struktur, sein bebendes ursprüngliches Geheimnis liest.

Keine Liebesbeziehung kommt an Fanatismus, an eifersüchtiger Wachsamkeit jener gleich, die diesen Mann mit dem Boot verbindet. In wie vielen Nächten, wenn alles zum besten stand und wir friedlich in einem kleinen mediterranen Hafen geankert hatten, bemerkten wir, als wäre es im Traum, wie der Kapitän wegen irgendeines Knackens, das nur er hören konnte, aufschreckte und halbnackt, wie ein Gespenst, auf die Brücke stürzte! Manchmal hatte sein Ohr richtig geraten: Ein Haltetau war gerissen. Meist aber schlief das Boot ruhig in sternklarer Nacht; nur das Mahagoniholz einer Wrange hatte wohl leicht geknackt: Das Holz eines Schiffes fängt jeden Sommer wieder an zu leben und erinnert sich an den Baum.

Dieses zelluläre Leben, die knirschenden Geräusche, das verborgene Treiben der Schiffsbohrwürmer, die leichten Berührungen der Fische mit dem Rumpf, ein Haltetau, das langsam nachgibt, all das hört der Kapitän nicht etwa draußen, sondern im eigenen Körper, wo sie von seinen Nervenenden, die ganz Ohr sind und sich auf der Haut vervielfacht haben, als unmerkliche Stöße wahrgenommen werden.

Auch in dieser Nacht, in der das Boot tatsächlich leidet, im Bett der Rhône festsitzt, weil es zu wenig Wasser gibt – dabei sickert, Tropfen für Tropfen, Wasser in den Kielraum –, leidet der mit offenen Augen daliegende Kapitän an diesem nicht mitteilbaren Schmerz.

Das fade Wasser im Kielraum, dieses mit Heizöl, Motorenöl und Schlamm vermischte Rhônewasser, bedeckt noch nicht den ganzen Boden. Bis ans Bett wird es nicht kommen, weil wir regelmäßig abpumpen. Und doch hat sich schon das wilde Verlangen eines Jungen darin aufgelöst.

»Wenn ich groß bin, werde ich ein Boot haben und dessen Kapitän sein.«

Wenn er groß wird, geht er nach Holland und sucht sich dort ein Boot. Seit zwei Jahren nennen ihn seine Freunde »Kommandant«.

Heute abend hat ihm das fade Wasser den Mund gefüllt, den Mund gestopft, mit weit in die Nacht geöffneten Augen wartet er, daß ihm sein Boot zurückgegeben werde.

Mit weit geöffneten Augen in die gleiche Nacht schauend reden wir, und die Worte treiben leicht, leicht und heiter dahin, auf so absurde Weise frei, wie das Boot gefangen ist.

Alle Eintagsfliegen sind tot. Bald bricht der Morgen an.

Zu anderen Zeiten hätten wir an diesem fahlen frühen Morgen den Anker gelichtet. Rasch vertreibt die Morgenkühle die Ausdünstungen der zu kurzen Nacht, befreit einen von der Bettwärme und schenkt einem dafür, ungestüm wie frisches Quellwasser, die Lust auf in Sonne und Nebel schillernde Abenteuer.

Heute wären wir mit noch leichterem Kopf aufgebrochen, trunken davon, kein bißchen geschlafen zu haben. Doch das unbewegliche Boot mitten in der Rhône verbietet uns jeden abenteuerlichen Gedanken.
Über Nacht hat es Schlagseite nach Steuerbord bekommen. Alle hängenden Objekte, die im Seegang schaukelnden Hölzer, die Petroleumlampe schwingen lotrecht und verweisen frech auf den Grad unseres Versagens.
Wir sehen einander an: In einer schlaflosen Nacht sind unsere Gesichter grau geworden. Es ist kalt im Salon, wo es Tag wird über der Unordnung, die Menschen hinterlassen, wenn sie die ganze Nacht gemeinsam wachen in Verzweiflung oder finsterem Humor.
Um die Schlagseite zu vermindern, ist Catherine bemüht, Gegenstände von Steuerbord nach Backbord zu rücken. Sessel, Koffer, Matratzen türmen sich allmählich auf den höheren Planken. So schwere Gegenstände auf schiefer Ebene zu bewegen läßt sie etwas straucheln. Gleichgültig sehen wir zu, doch als sie mit dem gleichen Ernst einen Kamm und einen Flakon Nagellack hinüberträgt, zeigt sich in dem abgeschmackten Drama zu unserer größten Freude ihre ganze Jugend.
Der Kapitän hat dem Durcheinander keinerlei Beachtung geschenkt. Seine stumme Anspannung macht ihn blind für jede Freundlichkeit von Dritten. Plötzlich aber strahlt es auf, dieses harte, romantische Kapitänsgesicht aus der großen Tradition von Kapitänen, die nächst Gott Herr und Meister sind, er hat eine Entscheidung getroffen:
»Ich lasse euch für eine Weile hier an Bord zurück. Ich gehe zu Fuß nach Arles und frage beim Amt nach einem Schlepper oder Lastkahn, der stark genug ist, um uns abzuschleppen.«
Arles ist etwa zwei Kilometer entfernt. Der Kapitän steigt in das winzige Rettungsboot, wir binden ihn los und er rudert ans Ufer. Die Strömung trägt ihn ein Stück weg.
»Bring Brot und Zigaretten mit!« ruft Montal.
Und plötzlich aus der Ferne werden seine Gebärden zu denen eines Hampelmanns. Sie haben aufgehört, dem pathetischen Maßstab eines Mannes zu entsprechen, der zu retten versucht, was er am meisten liebt: Jetzt erreicht ein Männlein das Ufer, erhebt sich, befördert das Dingi in den Schlick zwischen den Binsen, bückt sich und krempelt seine Hose auf; er zieht das Bötchen zwischen die Bäume und bricht gemessenen Schrittes in die Stadt auf.
Zwischen ihn und uns legt sich die Breite des Flusses und unsere neue denkende Solidarität, die seinem Aufbruch entspringt. Wir prüfen seine Gebärden mit dem Interesse eines Chemikers, der unterm Mikroskop die Entwicklung von etwas Winzigem verfolgt. Unserem Warten wie auch seinem Gang nach Arles ist jedes

Ziel abhanden gekommen. Eine absurde Hülle aus Angst und Fiebrigkeit bricht auf; wir erwarten keine Befreiung, weil wir keine echten Gefangenen sind; es würde genügen, ins Wasser zu springen und sich von der Strömung zum unbeweglichen Angler an der Biegung des Ufers tragen zu lassen.

Und das kleine Alltagsleben – Körperpflege, Café au lait – geht weiter, auch dies ohne Bezug zur Bösartigkeit der Rhône.

Plötzlich beginnt Jacques Winter vorn im Bug zu gestikulieren:

»Ein Schiff! Es scheint auf uns zuzusteuern. Vielleicht bringt es uns Hilfe!«

Tatsächlich hält aus Richtung Arles eines dieser großen Baggerschiffe auf uns zu, die man Sanduhren nennt. Zwei Männer sind an Bord: Sie wollen ein Stück weiter Sand aufnehmen. Der Ältere nickt:

»Ihr seid auf ein Schiffswrack aufgelaufen! Wir kennen es schon lange, stellt euch vor, es liegt schon vierzig Jahre dort!«

»Aber es war nicht in der Karte eingezeichnet«, sagt Montal. »Bis Arles zeigte die Karte nur einen schwierigen Abschnitt, den bei Le Terrin …«

»Und ihr seid ohne Lotsen an Le Terrin vorbeigefahren? Wußtet ihr, daß dort quer in der Fahrrinne fünf Schiffswracks liegen, mit denen ihr hättet zusammenstoßen können? Ihr habt ja ein Glück gehabt …«

In der Tat müssen wir uns glücklich schätzen, den fünf Wracks bei Le Terrin entkommen zu sein und erst auf dem sechsten, einsam mitten in der Rhône gelegenen, Schiffbruch erlitten zu haben. Doch der Mann lächelt nicht einmal, er scheint ganz unfähig zu jeder Art von Häme. Unser Abenteuer ist lächerlich, ein Dämon niedersten Ranges hat es ausgeheckt.

Einen Meter weiter rechts wären wir durchgekommen und zwei Meter weiter links auch. Aber in der geometrischen Mitte der Rhône war der Weg versperrt.

Freilich ist der Wunsch nach Erklärung durch Unsichtbares so groß, daß ich für die böse Geschichte einen mythischen Überzug wob. Weil wir genau die Mitte des Flusses genommen hatten, waren wir auf die Unbeweglichkeit gestoßen. Nichts regt sich im Auge des Orkans und die absolute Mitte der Radnabe dreht sich nicht.

Beschwingtheit, energiegeladene Bewegung, wimmelndes und freies Leben – das Leben laviert sich eher entlang einer Achse voran, als daß es deren Stelle einnimmt.

Doch Offenkundiges wird oft erst spät klar. Dem bewegungsunfähigen Boot sind meine Überlegungen keine Hilfe. Ein dickes Seil peitscht meine Hand: Der Mann vom Baggerschiff hat uns ein Ende davon zugeworfen. Montal und Jacques vertäuen uns fest mit dem anderen Schiff, das mit voller Leistung wegfährt und uns abzuschleppen versucht. Zuvor hatte Jacques bei unserem Motor mit leuchtenden Augen den Rückwärtsgang eingelegt.

»Kennst du dich damit aus?« hatte ich gefragt. Bislang hatte der Kapitän niemandem erlaubt, den Motor anzurühren.
»Na klar!« Und er verschwand im Maschinenraum, dann stieg er auf die Brücke und betrachtete kurz das Bild, das sich ihm bot. Schließlich vertraute er sich dem Automatismus seines Gedächtnisses an, ein paar rasche Gesten; die Bordspannung prüfen, die Zündschaltung aktivieren, dann auf den Anlasser drücken. Wir alle erwarteten ein Wunder; doch das Boot verharrte still. Es lag an einem Schlüssel, einem Schlüssel, der frech vom Instrumentenbrett blitzte: Er hatte schlicht vergessen freizuschalten.
Die vereinten Anstrengungen zweier Motoren scheinen vergebens: ein paar Rucke, die von Wunschdenken beflügelte Einbildung, wir hätten ein kleines Stück zurückgesetzt, dann ein Peitschenknall und wieder Stillstand, das Baggerschiff entfernt sich, befreit von der faszinierenden Falle. Es ist die Trosse, die zu stark gespannt war und gebrochen ist.
»Wir kommen wieder, sobald wir geladen haben!« rufen die Männer. »Gegen zehn oder elf! Dann versuchen wir es mit dem Stahlseil!«
Und an Bord geht es weiter mit den nächtlichen Spielen: Montal, sein vergnügtes Gesicht, die Untersuchung unserer Seelen, das Inventar der Erinnerungen an den Orinoko.

Am Ufer gibt uns ein Männlein Zeichen.
Wie lange schon? Wie lange wartet er schon im Schlick vor seinem Boot, während andere Männlein kommen und gehen? In die neue Gemeinschaft vertieft, ahnt man an Bord nicht, daß er dort mitleiderregend und wie angewurzelt steht und eine Nachricht übermitteln will.
Unsere Blicke fielen nur zufällig aufs Ufer. Der Kapitän sieht, daß wir ihn endlich sehen, und fängt zu gestikulieren an: Er wirft den Arm flußabwärts, einmal, zweimal, dreimal, viermal, wie es scheint. Tatsächlich sind wir zu viert an Bord und der Arm weist offenbar genau zur Biegung des Ufers, wo der Angler sitzt. Will er sagen, daß wir alle ins Wasser springen und uns dorthin treiben lassen sollen? Daß er uns eine solche Leistung abverlangt, erscheint indes kaum denkbar. Und wozu auch? Warum das Boot aufgeben? Doch der Kapitän macht weiter mit dem Spielchen und bewegt sich obendrein in Richtung Angler.
»Es ist ganz klar«, sagt Jacques Winter, »er will, daß wir zu ihm rüberkommen.«
Und der Befehl eines Kapitäns genießt so viel Respekt, daß er sich auszukleiden beginnt.
»Hör' mal«, sagt Montal, »es ist natürlich deine Sache, aber mir wäre es lieber, wenn du hierbleibst. Jedenfalls würde es nichts nützen ... Du bist müde, die Strömung kann dich viel weiter treiben und du kommst nicht dagegen an ...«

Wir machen eine Boje los und setzen sie ins Wasser. Tatsächlich strebt sie Richtung Meer, statt zu dem Angler abzudriften.
Die Entscheidung ist gefallen, wir werden nicht ins Wasser springen. Niemand wagt an eine plötzliche Verrücktheit des Kapitäns zu glauben. Oder an eine Laune des wieder zum einsamen verschreckten Kind gewordenen Mannes dort am Ufer.
Das Männlein hört nicht auf, die gleiche Folge von Bewegungen zu wiederholen: Es wirft den Arm in Richtung Angler, macht einige Schritte auf ihn zu, kehrt dann zum Ausgangspunkt zurück und wartet lange auf ein Zeichen. Von uns erwartet es nichts weiter als das geringste aller Zeichen, den freundlichen Erweis, daß zwischen uns und ihm ein menschlicher Austausch existiert. Doch im angespannten Willen zur Entschlüsselung können wir ihm den nicht geben.
»Wir müssen ihn dazu bringen zu sagen, was er von uns will«, schlägt einer vor. »Soll er doch in den Sand schreiben, dann können wir es mit dem Fernglas lesen.«
Gemeinsam brüllen wir in die Weite: »Schreib' in den Sand! Schreib' in den Sand!«
Doch der Kapitän macht keine Andeutung einer Geste. Der Wind hat unsere Worte fortgeweht und wir schreien uns umsonst die Kehle heiser.
»Schreib' in den Sand!« ruft Catherine noch einmal.
Montal hat eine Idee! In riesigen Majuskeln nur das eine Wort »Schreib'« im Raum nachbilden.
Montal und Jacques klettern aufs Dach. Das S ist eine Schlange, die Jacques ungemein virtuos in die Luft malt, dann formen sie mit einem Rettungsring die Rundung des C, dann mit einigen Planken den Buchstaben H, dann das R und so weiter. Schließlich tanzt Jacques mit Armen und Beine ein höchst expressives Gebärdenspiel, das sagen soll: »Wir können dich schwimmend nicht erreichen!«
Wird er jetzt entschlüsseln, was uns selbst vollkommen klar erscheint? Es gibt nichts Verrätseltes, nichts Doppeldeutiges an unserem Tun. Ein paar Fäden durch den Raum spannen, einen Mann seiner steinernen Einsamkeit entreißen: Ein so bescheidenes Vorhaben wird mit vereintem guten Willen doch wohl zu realisieren sein.
Das Fernglas enthüllt den Gesichtsausdruck des Kapitäns, angespannt in seiner Interpretationsbemühung, die Hände beschatten seine Augen. Doch er beugt sich nicht vor, schreibt nichts in den Sand. Der grausame durchsichtige Raum hat unsere Mitteilung abgefangen oder verfälscht, mit Häme beladen. Und dabei waren unsere Seelen nie so rein, so jedem Drama abgeneigt.
Der Kapitän gibt das Beobachten auf und unterhält sich mit dem Angler.

Der Kapitän hatte beim zuständigen Amt in Arles erreicht, daß eine »Sanduhr« nach dem Beladen gegen zehn vorbeikäme, um das Boot freizuschleppen. Zurück am Ufer, wollte er die vier mitten in der Rhône Gefangenen beruhigen und ihnen zu verstehen geben, daß Hilfe unterwegs sei. Er beobachtete, wie sie an Deck herumspazierten, vor sich hinlebten und längere Zeit verschwanden. Sie dagegen sahen ihn nicht. Er hatte sein Boot albernen Hampelmännern anvertraut, die nutzlos hin- und herliefen statt das Ufer abzusuchen; er verzweifelte daran, sich bemerkbar und vernehmlich zu machen.

Ein- oder zweimal hatte er versucht, mit dem Beiboot wieder an Bord zu gelangen, mußte aber feststellen, daß das winzige Gefährt der Strömung bis ans Meer gefolgt wäre und er sich unmöglich an der Leiter hinten am Boot hätte festhalten können, weshalb er den Plan aufgab.

Plötzlich schien es dem Kapitän, als habe eine der weit entfernten Personen an Deck ihn gesehen. Er wartete, bis die anderen drei Silhouetten hinzukämen, und dann *zehnmal* mit dem Arm in Richtung Meer, um anzuzeigen, daß um *zehn Uhr* von dort Hilfe käme und nicht von Arles. Um die Nachricht zu bekräftigen, identifizierte er sich alsdann mit der Hilfe und stapfte entschlossenen Schritts in die zuvor mit dem Arm gewiesene Richtung und zurück.

Die auf dem Boot schienen das nicht zu begreifen. Ihre unkoordinierten Manöver ähnelten dem Durcheinander, das bei Panik entsteht. Doch als er die beiden Jungs aufs Dach klettern und Zeichen in die Luft malen sah, erschreckte ihn das, was er zu erraten glaubte, nebst seiner völligen Machtlosigkeit im Angesichts der Katastrophe dermaßen, daß er zu dem einzigen menschlichen Wesen in der Nähe lief, dem reglosen Angler an der ersten Biegung des Stroms.

Der war ein alter Mann mit buschigen Augenbrauen und tiefrotem Teint. Beim ersten Satz des Kapitäns sah er sich nicht um. Beim zweiten machte er »Psst! Psst!« und angelte weiter.

»Mit dem Angeln scheint es ja nicht ganz so schlecht zu gehen!« sagte der Kapitän.

»Ja, im Augenblick beißen sie ganz gut«, entgegnete der Angler.

Da das Gespräch in Gang gekommen zu sein schien, versuchte der Kapitän, von seinem Abenteuer mit dem Schiff zu erzählen.

»Der Wasserstand ist gerade ziemlich niedrig«, sagte er. »Ich bin mit meinem Boot auf Grund gelaufen und glaube, daß es sinken wird ...«

»Wenn das Wasser niedrig ist, dann ist es niedrig ... Seit heute morgen konnte ich schon vierzehn Meeräschen fangen ... Die beißen nur an Sandbänken an.«

»Das ist wirklich ein guter Fang. Fahren denn viele Schiffe nach Arles hinauf?«

»Ach, die Schiffe, wissen Sie, ich achte gar nicht drauf. Ha! Schnapp' dein Brot, Kleine! Schon wieder eine!«

»Meine Freunde sind an Bord zurückgeblieben ... Ich komme nicht mehr zu ihnen rüber ... Während meiner Abwesenheit ist die Schiffsschraube gebrochen.

Gerade eben haben sie das Wort Schraube in die Luft gemalt und mir am ausgestreckten Arm einen Rettungsring gezeigt. Das heißt, alles ist verloren und sie werden untergehen! Einer stand auf dem Dach und machte verzweifelte Gesten!«

»Ha! Schnapp' dein Brot, Kleine!«

Der Angler sagte seinen Lieblingsspruch jedesmal, wenn der Köder zuckte. Doch dessen Wirksamkeit war nicht unfehlbar.

»An Bord herrscht Panik. Was tun? Hoffentlich halten sie durch, bis um zehn das Baggerschiff kommt!«

»Ach, ist das Ihr Boot, das man dort drüben sieht?« fragte der Angler nach seiner Schlappe. »Und wo wollen Sie damit noch hin?«

Der Kapitän versank allmählich ganz in seiner Traurigkeit. Der Angler wurde zum Symbol. Dennoch unternahm er einen letzten Versuch, ihm eine Auskunft zu entlocken:

»Wenn der Rhône-Pegel ein paar Zentimeter steigen würde, hätte ich vielleicht eine Chance freizukommen, dann würde das Boot von alleine wieder flott ... Aber ich fürchte im Gegenteil, daß der Wasserstand noch weiter abnimmt ... Dann würde es sich auf die Seite legen, die Kiesel hielten es ungleichmäßig, bis der Kiel bricht ... Glauben Sie, es gibt in dieser Jahreszeit Hoffnung auf Hochwasser?«

»Wissen Sie, je niedriger der Wasserstand ist, desto leichter beißen die Meeräschen! Ich weiß noch, daß ich letztes Jahr um diese Zeit fünfundzwanzig bis dreißig Meeräschen am Tag gefangen habe.«

Das Baggerschiff von vorhin ist schneller zurückgekommen als gedacht. Das Manöver wird ernst genommen, Kédélec, der ältere und massigere der beiden Männer, hat geschworen, daß er uns freischleppt. Aber als wir ihm erklären, daß der »Chef« des Bootes sich am Ufer statt an Bord befindet, ist er verstimmt darüber, in seiner Abwesenheit solche Verantwortung zu übernehmen.

Der Kapitän, der die »Sanduhr« kommen sah, ist abermals allein vor seinem Boot. Wir können seinen Gesichtsausdruck nie deuten. Würde er unsere gemeinsame Entscheidung billigen, alles zu riskieren und Kédélec zu entlasten? Das Stahlseil sorgt für eine ungemein gefährliche Verbindung: Seine Festigkeit hält zwar weitaus höheren Zugkräften stand, ist aber nicht unbegrenzt; bricht es, zerschlägt es wie ein scharfer Peitschenhieb alles, was ihm in den Weg kommt.

»Es besteht Lebensgefahr«, sagt Montal. »Ich möchte, daß ihr beide, Catherine und du, auf das andere Schiff geht.«

Das wäre ein Gebot der Klugheit, an Deck kann unsere Anwesenheit das Tun der Männer nur behindern. Doch der Klugheit widersetzt sich das stupide und

bockige Gesicht des Kindes, dem man den Zirkus vorenthalten will und das schließlich erreicht, daß es bleiben darf.
Die Vertäuungsarbeiten sind abgeschlossen. Das Seil ist von einem Poller hinten am Baggerschiff zum Poller vor dem Dach unseres Boots gespannt. Montal heißt mich vorn auf einem Rettungsring Platz nehmen, dann verschwindet er unter Deck, um während des Freischleppens den Kielraum im Auge zu behalten.
Der Motor des Baggerschiffs brummt, es zieht, das zunächst wie eine tote Schlange auf das Deck gefallene Seil reckt und versteift sich, ich sehe und höre, wie es sich spannt, und in der Sonne blinkt die makellose Reinheit einer Linie aus Metall.
Plötzlich durchzucken ein schwarzer Meteor und ein funkelnder Blitz den Raum über mir. Es ist der Hagelgesang einer pulverisierten Scheibe, der mächtige matte Ton eines Sturzes, und ... vor mir Montal, der seinen Kopf und Körper abtastet:
»Ich lebe noch, ich bin noch ganz lebendig, stimmt's? Sitzt mein Kopf noch auf den Schultern?«
Er kam aus der Kabine vorn im Bug und stieg gerade die wenigen Stufen zur Brücke hinauf, als ein Regen von Hagelkörnern auf seinem Kopf niederging und der schwarze Meteor über ihn hinwegzog.
Kédélec hebt schon das Seil auf. Es hat gehalten, aber den eisernen Poller stranguliert, an dem es festgemacht war. Der war durch die enorme Spannung auf dem Seil hochgeschleudert worden, hatte die Scheibe zertrümmert, die Brücke passiert und Montals Kopf bedroht, eher er die offene Tür fand und auf der anderen Seite des Dachs auf das Deck stürzte.
Glassplitter glitzern hübsch auf den Planken. Ich hebe ein paar auf: kleine wie Ramschdiamanten geschliffene Polyeder ohne scharfe Kanten. Montal ist dank der Art und Weise, wie Sekuritglas zerspringt, unverletzt geblieben.
Jetzt, nach der stählernen Schlange und dem nutzlosen Diamantenregen, scheint alle Hoffnung verloren, wir werden nicht freikommen. Selbst Kédélecs großer Bretonenkopf drückt Bestürzung vor dem Okkulten aus.
»Ihr habt euch nicht bewegt, nur ich bin vorgerückt«, sagt er betreten.
Tatsächlich ist sein Schiff beim Manöver mit der Trosse dem unseren nähergekommen, als wollte die Falle auch nach ihm schnappen.
»Nun müßt ihr wohl auf Hochwasser warten, ehe ihr einen neuen Versuch wagen könnt«, sagt er noch. »Sonst riskiert ihr, daß der Kiel zu Bruch geht.«
Kédélec ergibt sich der Macht des Unheils.
Am Ufer verharrt immer noch der Kapitän. Er sieht, wie wir einer nach dem anderen mit den Kleidern in der Hand das Boot verlassen und auf das längsgegangene Baggerschiff überwechseln. Jacques Winter rettet seine Tauchermaske und seine Schwimmflossen, Montal die lange Wurzel eines Olivenbaums.

Das Baggerschiff legt ab nach Arles.
In der Ferne folgt uns parallel der Kapitän.
Aber wir kommen schneller voran als er.

Das Boot ging nicht unter, das wahre Drama spielte sich woanders ab.
Volle sieben Tage lang lebte der Kapitän an Bord, vollkommen allein, pumpte alle zwei Stunden, versuchte die Fahrt anderer Schiffe zu verlangsamen, beobachtete mit dem Fernglas, wie hoch das Wasser an den Kieseln am Ufer stand. Kédélec, der täglich an den gleichen Stellen Kiesel auf- und ablud, brachte ihm seine Ration Arles-Salami und Wein. Bald wußte der Kapitän über Kédélecs Familienleben Bescheid, der alte Binnenschiffer war inzwischen Ladenbesitzer, er wußte vom jüngst erfolgten Kauf von acht automatischen Waschmaschinen, von der schönen nagelneuen Wäscherei »Zum Schwanenhals«, die von Frau und Tochter geführt wurde. Er wußte, daß seine Frau einst von einem der größten Stierkämpfer der Zeit nach Bordeaux mitgenommen worden war, und die Erinnerung daran gehörte zum glorreichen Familienerbe. Er gewann Kédélec lieb, sein arbeitswütiges bretonisches Gewinnstreben, seine meridionale Freude an schönen Corridas.
Dann, am achten Tag, stiegen die Wasser der Rhône dank der Durance, die den Fluß anschwellen ließ. Der Kapitän merkte, daß er ganz allmählich wieder schwamm. Doch das abgestandene Wasser im Kielraum hatte ihm Ekel eingeflößt. Nachdem er am Kai in Arles festgemacht hatte, wachte er am nächsten Tag ohne Liebe auf und überließ das Boot der Obhut Kédélecs.

Nachbemerkung

Nora Mitrani wird am 29. November 1921 im bulgarischen Sofia als Tochter jüdisch-spanischer und italienischer Eltern geboren. Sie ist die ältere Schwester des Filmregisseurs Michel Mitrani und geht aufs Lycée Hélène-Boucher in Paris, wo sich die Familie niedergelassen hat. Während der deutschen Besatzung werden ihre Mutter und der größte Teil ihrer Verwandten nach Auschwitz deportiert. Mitrani muß eine andere Identität annehmen, um ihr Philosophiestudium an der Sorbonne fortzusetzen. In jener Zeit fühlt sie sich vom Katholizismus angezogen, verliert aber unter dem Eindruck revolutionärer Ideen den Glauben. Allerdings verleugnet sie auch als Trotzkistin weder ihre Freunde noch die christlichen Philosophen Malebranche und Maine de Biran, denen sie ihre Doktorarbeit widmet. Später sagt sie, all diese Schritte seien für sie nötig gewesen, um den Surrealismus zu entdecken, der bis zum Tod die Achse ihres Lebens bleibt. André Pieyre de Mandiargues, einer ihrer engsten Freunde und wichtiger Gewährsmann, erinnert sich, sie kurz nach dem Krieg kennengelernt zu haben, entweder in Begleitung von Hans Bellmer, der sie mit Joë Bousquet bekannt macht und mit dem sie die Anagramme »Rose au cœur violet« (Rose mit violettem Herzen) verfaßt, »oder bei einer der Abend-

gesellschaften bei Alain Gheerbrant, wo sich anarchistisch gesinnte junge Leute trafen, von denen viele Dichter oder Maler wurden«, etwas später begegnet er ihr wieder »im Surrealistencafé an der Tafel von André Breton«.
Breton und dem Surrealismus bezeigt sie beispielhafte Treue: Sie unterschreibt praktisch alle gemeinsamen Erklärungen ab »Rupture générale« 1947, darunter die Ausschlüsse von Matta und Brauner, nicht jedoch den von Max Ernst, und ihre Orthodoxie kennt keine Kompromisse. Sie beteiligt sich an allen Veröffentlichungen der Gruppe, an »Néon« (1949), »Almanach surréaliste du demi-siècle«, »L'Age du cinéma«, »Médium«, »Le surréalisme, même« (worin sie als eine der ersten in Frankreich Fernando Pessoa würdigt) und »Bief«. Ihre wichtigeren Texte – von denen es nicht viele gibt, denn Mitrani schrieb wenig – entstehen meist für Verlautbarungen der Gruppe, für den »Almanach surréaliste du demi-siècle«, die beiden Nummern von »Soleil Noir« (»La révolte en question« und »Le Temps des Assassins«) sowie »Exposition internationale du surréalisme« 1959. Von einer Portugalreise 1950 (bei der sie auf den surrealistischen Lyriker Alexandre O'Neill und möglicherweise auf Pessoas Werk trifft) bringt sie ein paar Reportagen mit, die unter dem Pseudonym Daniel Gautier im »Franc-Tireur« erscheinen. Anfang der fünfziger Jahre wird sie in das CNRS aufgenommen, das von Georges Gurvitch geleitete Centre d'études sociologiques. Sie beteiligt sich aktiv an den Arbeiten der Forschungsgruppen zur Soziologie des Wissens und zur Soziologie der Moral und macht eine Erhebung über Technokratie und Technobürokratie, die unvollendet bleibt, von der aber ein Teil in den »Cahiers internationaux de sociologie« erscheint.
Gelegentlich schreibt Mitrani auch übers Kino. Zweimal (es geht dabei um Katherine Mansfield bzw. um »La Légende dorée des dieux et des héros« von Mario Meunier) wirkt sie an der Zeitschrift »L'Actualité littéraire« ihres Freundes Bernard Gheerbrant (des Bruders von Alain) mit. 1955 ist sie an einem von Georges Hénein in Ägypten herausgegebenen Sammelband über Kierkegaard beteiligt. Nach ihrem Tod veröffentlicht Françoise Mallet-Joris Mitranis einzigen autobiographischen Text »Chronik eines Schiffbruchs«, den Bericht von einer Bootsfahrt auf der Rhône u.a. mit Jean Fichter und Jean-Dominique Gaisseau, die beide an Alain Gheerbrants Orinoko-Expedition teilgenommen hatten.
1960, so hat André Pieyre de Mandiargues uns mitgeteilt, »befiel Nora eine Krankheit, die kein Pardon kennt; sie redete nicht darüber, verbarg sie aber auch nicht«. Michel Mitrani erinnert sich an ihren »außergewöhnlichen Humor unter den schmerzlichen Umständen« und daran, »mit welcher Gleichgültigkeit« sie ihm »die schreckliche Diagnose mitteilte. Trotz ihres erbitterten Kampfes gegen das Übel war der Aufschub nur von kurzer Dauer.« »Sie fuhr zum Goetheanum bei Dornach in der Nähe von Basel«, ergänzt Mandiargues, »um der spiritualistischen Medizin der Schüler Rudolf Steiners einen Körper anzuvertrauen, für den die Männer der Wissenschaft nichts mehr tun konnten.« Es hieß, sie habe sich kurz vor ihrem Tod dem Katholizismus wieder zugewandt. Sie selbst hat nichts dergleichen angedeutet, wünschte aber nach katholischem Ritus beerdigt zu werden, weil sie weltliche Bestattungen »zu frostig und zu einsam« fand. Sie wurde keine vierzig.

Dominique Rabourdin

Aus dem Französischen von Gernot Krämer

DAVID KEPLINGER

DIE SPRICHWÖRTER DER HÖLLE

Gedichte

PRÄMISSE

Daß deine Schuhe zwei Fische sind, eine Schule, die ein einziger Wille leitet. Daß der Leib hier ist, anderswo aber auch. Daß es einen Leib aus Wind gibt, einen für dich, einen für die Stadt, das Land, den Planeten. Daß es einen Wind gibt, der all dies so und nicht anders in Bewegung versetzt. Sogar die Braut im weißen Hochzeitskleid. Und den Bräutigam im dunkelgrauen Anzug. Das schöne Auto, das auf die beiden wartet. Die unermeßliche Nacht.

DER NAME GOTTES

Wenn er in tiefes Wasser fällt, wird ein Molch geradewegs zum Grund sinken, ganz und gar reglos, mit gespreizten Gliedern, bis er wieder emporsteigt, die Wasseroberfläche durchbricht und atmet, mit vollkommen natürlichen, mühelosen Zügen schwimmt. Das Wort, das wir haben, lautet *Molch*, und es ist merkwürdig, doch mir fiel auf, wie das Wasser seltsam leidend wirkt, es hat keine Wahl, ich weiß nicht, wie ich es anders ausdrücken soll, es spürt, daß ein Wort in es eingedrungen ist.

KNOCHEN

Mir wird klar, nachdem ich ihn am Wet Mountain aufgehoben habe und ihn betrachte, daß ich diesem Knochenfragment mein Leben schulde. Es ist die Hüfte eines kleinen Tieres oder das Ohr eines großen. Entweder knackte er, als das Oberschenkelbein gegen die Hüftpfanne drückte, oder er hörte das Knacken unter nahenden Krallen, während er hinter dem moosigen Stein kauerte. Alles übrige ist verschwunden, ich weiß also nicht, was gefressen oder was gehört wurde, oder ob der Tod bei Tag oder des Nachts eintrat. Ich kann nicht wissen (obwohl ich auf dem Knochen stand wie auf der Holzdiele eines Hauses), wer dieses Haus erbaut hat.

FUCHS

Ich bin vom Glück begünstigt wie ein Fuchs. Ich liege auf der Lauer wie die Stolen meiner Großmutter. In der Hauptstraße von Harleysville, in den Tiefen meiner katholischen Jahre, ruhten ihre Stolen bei Feiern stumm auf den Betten, in Häusern, die ihr, wie sie sagte, zu herrschaftlich waren. Ich bin der langsame Leser, der sich die Worte laut vorsagen muß. Ich halte jedes Wort in meinem Mund umschlossen wie ein Ei. Ich stamme aus der Zunft der Diebe. Ich verabscheue und ich sehne mich nach dem, was von mir nichts wissen will. So wie meine Großmutter sich den Fuchsschwanz mit seinen weit aufgerissenen Augen über die Schulter warf, wenn sie beleidigt davonrauschte.

STOSSZAHN

Jeder Name wird aufgerufen und zur Tafel beordert. Jedes Kind hält sich die Kreide gegen die Unterlippe, ein winziger Stoßzahn, der soeben erst durchgebrochen ist. Zu lernen, wie man über diese Dinge nachdenkt, tut ein bißchen weh. Der Lehrer wird so lange warten wie nötig, bis selbst der Langsamste fertig ist, und jeder tritt mit der gleichen Summe ab.

OTTER

Im Westen ist der Otter noch immer ins Spiel vertieft, sagt immer noch: Ich bin die Medizin, ich bin die Freude, die du vor vierzig Jahren am Flußufer vergessen hast. Ich bin der Medizinbeutel, ich bin die Freude, mein Körper ist der Medizinbeutel, mein Körper ist die Freude. Der Fluß ist nach wie vor ganz genau derselbe.

ASTRONOMIE

Die Astronomen, sagst du, können derart weit entfernte Dinge sehen, daß den Ursprung von allem zu beobachten möglich ist. Ja, sage ich, aber in ihren Anfängen war die Astronomie eine Himmelskarte für die Toten. Wie oft haben wir diese Diskussion schon geführt? Auf einem mikroskopisch kleinen Streifen Nachthimmel, sagst du, ziehen Äonen von Licht vorbei. Vollständiges Dunkel, sage ich, in dem es von Nebeln wimmelt, trägen, halb gefrorenen Fischen. Was gäbe ich, um einen dieser Fische zu fangen, sagst du. Was du brauchst, ist eine Harpune, sage ich. Die Dichtkunst ist eine. Die Astronomie ist eine, sagst du, und immer beugst du dich ein bißchen aus der Hüfte vor, als hättest du den Streit für dich entschieden.

DIE SPRICHWÖRTER DER HÖLLE

Hamlets Totengräber waren die ersten Verfasser von Prosagedichten. Sie sprachen in Witzen, wahre Außenseiter, und gruben kleine Vierecke aus Sprache. Die Kirchendiener wissen nichts zu sagen über die Welt der Zeit. Ihr Zeitgefühl indes war untrüglich. Manch guten Rat trage ich schon so lange mit mir herum, daß er angewachsen ist an meinem Rücken wie ein Buckel.

HÖFLICHKEIT

Ich sagte wenig während des Essens. Sie und ihr Vater saßen da und sahen mir zu. Ich erinnere mich daran, wieviel Mühe die Höflichkeit kostet, wie man sich ihr, nein, nicht aus Liebe widmet, sondern aus Unterwürfigkeit. Wie ich an dem Fleisch herumsägte und -säbelte. Wie das Rotwild auf dem Teller einfach nicht klein beigeben wollte.

NAMEN UND BERUFUNGEN

Du kamst herbei, als du das Knirschen der Kiesel hörtest. Ich habe dein Knirschen gehört, sagtest du. Also hielt ich inne und drehte mich um, und während wir dort verharrten, zog eine Stille zwischen uns hindurch wie eine Biene, die Pollen von den Staubbeuteln schüttelt.

Aus dem amerikanischen Englisch von Jan Wagner

JULIEN GRACQ

DIE TAKTZAHL DER PROSA

Winterlandschaft im überschwemmten Loiretal: Eine spröde Wasserfläche, die der kalte weihnachtliche Nordwind kräuselt, bedeckt die Wiesen der Thau; nur da und dort ragen, auf die wenigen von der Flurbereinigung verschont gebliebenen Kopfeschen gestützt, die Astwerkhochsitze der Entenjäger hervor. Durch den leichten Eisnebel, von dem das Tal beschlägt und jegliche Farbe verliert, schimmert nur noch eine kalte und graue tiefländische Picardie, ein aufgrund irgendeines Schleusenbruchs überflutetes flämisches *laagland*, wo der schmächtige Wintertag kaum ein paar Stunden gelangweilt ein Augenlid hebt.
So wie der Unterlauf der Loire mehr oder weniger die Demarkationslinie darstellt zwischen den Schieferdächern im Norden und den Tonziegeln der Vendée im Süden, die mit Feigenbaum und Rebe befreundet sind, neigt die Landschaft je nach Jahreszeit dieser oder jener Sphäre zu: der nordischen, sobald die letzten Blätter abgefallen sind, der südländischen, wenn die ersten Hitzewellen wiederkehren. Und sogar der Fluß scheint im Laufe der Jahreszeiten den Breitengrad zu ändern: Wadi am Sommerende mit seinen im Netz der Sandbänke gefangenen *Pfützen* – kalter und grauer, bis an den Rand der Deiche angeschwollener holländischer Strom im Winter. Wechsle ich ans andere Ufer, verdüstert sich für mich das Licht, und das beinah zu jeder Jahreszeit: Ich verstehe die Beklommenheit der Aufständischen aus der Vendée, als sie 1793 ans andere Loire-Ufer übersetzten. Nur wenige Landschaften machen auf mich einen so ausgestorbenen, so lebensarmen Eindruck wie der nördliche Teil des Departements Loire-Atlantique. Ich täte mir schwer damit, dort zu wohnen: Das Leben des Dichters René Guy Cadou erscheint mir nicht zuletzt deshalb so beklagenswert, weil er an diese benachteiligten Orte gekettet war: Saint-Herblon, Louisfert. So hat das Antlitz der Erde seine Säume, im doppelten Wortsinn: Randbereiche, wo das Leben verkümmert, von keiner Attraktion beseelt wird, Wohnorte von Seelen ohne Schicksal und Neigung, denen wohl nie ein Zeichen der Vollendung aufgeprägt werden kann.

*

Ein klarer und kalter Tag am Winterende, von jenem metallischen und wie frisches Zink leuchtenden Blau, das man während der letzten Fröste am Himmel sieht, wenn die Tage länger werden; die trockene Kälte wirkt belebend und aufheiternd. Plötzlich, warum, weiß ich nicht, überkam mich das Verlangen, an die Kaps der Bretagne versetzt zu werden, in den Strom eines beißenden, die Haut in Runzeln legenden Windes, der die kleinen weißen Häuser an der eingespeichelten und schäumenden Küste abbeizt, ans Meer, das in jeder Einbuchtung klumpt und ansteigt wie der Schnee geschlagener Eier. Dorthin, wo die angebetete Morgensonne frischer, weißer, kreidiger ist als andernorts; ins Reich einer verjüngten Welt, denn mit jedem Tagesanbruch scheint sie neu aus dem Schaum zu erstehen.

*

Die Höhen von Écouves sind eine hoch über den Ebenen Westfrankreichs schwebende Wandelhalle blauer Wälder. Schwere und struppige Kämme, ragende Stämme, forstliche Hochaltäre, krumme hölzerne Zangen und Hörner umfangen kesselähnliche Grasspiegel, mondschlummernde Lichtungen, unerschütterliche, orgelpunktartig schweigende Felder, Fluten ruhiger Bilder, die aus dem Gewebe des Waldes zusammengesetzt sind wie Träume aus dem Stoff des Schlafs. Emporsteigend taucht man ein in eine Stille, scharf und lebhaft wie der Geruch von Schnee, eine Koralle grüner Sterne, wo Kiefernduft knapp über atollweißem Kies rauscht mit der Leichtigkeit ozellierter und durchbrochener Kirchenfenster, vom Wind mit fedriger Algensanftheit über den Sand getrieben. Die Gipfel sind ein Mysterium der Einsamkeit, ein regloses Versailles auf von Zweigen überschwemmten Höhen, wo die schnurgeraden, drei Meilen langen Linien der königlichen Alleen in schwindelerregendem Schlingern gleichförmig dahinziehen – bestirnt von ewig leeren Kreuzungen, Wegweiser von der manischen Genauigkeit eines Dornröschenwalds, auf denen die eingekerbten Namen unter dem Mantel der Stille zum überwältigenden Brausen einer dumpfen Glocke oder Seemuschel anschwellen: Carrefour du Chêne du Veneur, Croix de Médavy, Carrefour de la Branloire – von Traumrasen gesäumt, der morgenblauen lockenden Ferne in die Falle gegangen am Fluchtpunkt von Perspektiven, die ins Leere zielen wie Kanonenrohre, sternförmige Risse aus Taumel und Luft, die die Arterien mit Auferstehungsblut durchspülen. Die Front von Écouves schiebt sich in die blaue Luft und in die stillen Lande vor, von höheren Winden umspielt, immerzu drohend, ein zottiges Stück Planet mit erhabenen Ausblicken, von Riesinnen verdrehten Ästen, schläfrigen Alleen, ein hochmütiger magischer Garten und hängender Wald mit sanften stummen Tieren, auf offenem Meer überm Tiefseegraben erblühtem Leben, nutzlosen Wegen, Balkon des Traums und reizender Manzanillobaum, behütet und befremdend mit seiner dichten aquariumsgrünen, glockendurchzitterten Luft, inselgleich und wie ein Seestern an Land, der seinem inneren Meeresrauschen lauscht und sich darin wiegt.

*

Es gibt eine Sinnesempfindung aus der Kindheit, die ich nur noch flüchtig und in großen Abständen wiederfinde: nicht den leichten, berauschenden Geruch frischgemähten Heus, sondern den schon holzigen Geruch hochaufgeschossenen Krauts im Juni, das von der Nachmittagssonne an den Wegen aufgeheizt wird: ein herber, klebriger, pfeffriger und bitterer, beinahe sexueller Geruch, der einem wie keiner sonst zu Kopf steigt. Jedesmal wenn er sich wieder bemerkbar macht, erweckt er in mir augenblicklich die Erinnerung an Spaziergänge während meiner Gymnasialzeit in den Vororten von Nantes, am Rand der freien Felder, an schon erstickend heißen Juninachmittagen: Dann lodert das mich damals beherrschende Gefühl, vom Leben ausgeschlossen zu sein, heftig, unbarmherzig wieder auf.

Eine Empfindung, die auch durch ein gutes halbes Dutzend Gedichte aus den »Illuminations« wieder hervorgerufen wird, welche bis zur Besessenheit vom Geruch sommerlichen Grases durchdrungen und vergällt sind. Rimbaud hat den Sommer (»der mich umbringt«) verachtet und geliebt – und auch diesen panischen Geruch, in den sich irgend etwas aus der Hexenküche mischte, ein *verderbenbringender* Geruch in dem Sinne, den Barrès einer bestimmten Art Musik zusprach.

*

Kleine Glückserlebnisse am Rande. Große kollektive Schiffbrüche bringen immer irgendeinen Ausgleich mit sich, den man vergißt – aus Scham vielleicht oder aus Reue, im allgemeinen Unglück davon profitiert zu haben. Unter der deutschen Besatzung genoß der Fußgänger den Luxus einer beispiellosen Intimität mit der Landstraße, wo auch immer er sich befand: Man spazierte über den Asphalt der Nationalstraßen, als wären es Alleen im Park (ich mit dem Rucksack auf den Straßen der Normandie und dann im Mai 1944, als ich mit dem Fahrrad aus Caen nach Saint-Florent zurückfuhr, praktisch ohne irgendeinem Fahrzeug zu begegnen).

Der zurückgekehrte Mondschein über den Städten. Angers in einer Vollmondnacht: die schwarze Masse des Schlosses, die schwarzen Turmspitzen der Kathedrale von der Doutre aus gesehen, darüber die am flammenden Mond vorbeiziehenden Wolken wie in »La Mort du loup«, die versteckte, verdunkelte, aber in all ihren Strudeln silbrige und speichelartige Maine.

Das ganze Leben und der ausgedünnte, erschlaffte Verkehr sanken auf einen nie gekannten Tiefstand – und über diesem Tiefstand kamen kahle, sonst verborgene, von Lärm und Verkehr umhüllte Zipfel zum Vorschein, nackter als Riffe, die nur bei Jahrhundertebben sichtbar werden; sprachlose opake Stille, stockdunkle Nächte, Bäche, die wieder zu schwätzen begannen, unbenutzte Straßen, die sich gähnend wieder hinzulegen schienen und wohl davon träumten, nirgendwo mehr hinzuführen.

*

Gedichte, die man sich beim Spazierengehen vorsagt, wie man ein Liedchen trällert. Nicht die schwere Artillerie der Dichtung, sondern luftlöslichere Sachen, die nicht viel wiegen und nicht dicktun, ohne deshalb gleich von Verlaine zu sein, dessen Naivität mir etwas zu schlitzohrig ist. Der Schritt des Flaneurs schwingt die Dichtung aus, läßt nur die flüchtigen Elemente ins Gehirn steigen, die ihn erfrischen, ehe sie sich in Luft auflösen: Lieder, die – lange, lange nach dem Tod der Dichter – noch durch die laue Luft der Straßen treiben. Oft verleiht ein Hauch von Abzählreim diesen Gedichten ihre Würze, bewahrt sie davor zu altern und schwerfällig zu werden: nicht zu viel Hintersinn, nicht zu viel Wesentliches! – und jetzt, wie es irgendwo im »Gastmahl« heißt, nur noch Musik!

*

Blau – für mich grundsätzlich die unbeständigste Farbe. Instinktiv begreife ich sie als eine – mehr oder weniger verdünnte – Lösung von Dunkelheit in Licht. Das wahre Blau – das Blau, das seinem Wesen selbst am nächsten kommt, ist nachtblau. Eine Farbe, die für mich ihrer Natur nach *umschlägt*. Es gibt kein *tiefes* Blau, sondern nur Schwarz. Dagegen gibt es ein tiefes Grün, und dieses ist der einzige Grund, warum man sich im Wasser, im Gras fläzt. Grün ist ein Appell, sich sinken, sich durchdringen zu lassen. Die Stufen der Farbe Gelb sind unterschiedliche Grade des Versengtseins und *reiner* Verbrennung. Blut ist eine Spielart von Gelb. Rot ist die arglistige und rückständige Farbe von Schminke und mit Abraum oder unterirdischen Metallen angemalten Lippen: kalt und glanzlos, feucht, *plutonisch:* das Emblem des Homo faber.

*

Eine der Kindheitserinnerungen, an denen ich am besten den Abstand zwischen den zehner und den achtziger Jahren dieses Jahrhunderts ermessen kann, sind die *Frostbeulen*, eine saisonale Unbill, die einst alle Landschüler beim ersten Kälteeinbruch traf und die schon der Generation, die jetzt fünfzig wird, völlig unbekannt geblieben ist. Es war, so denke ich, eine Mangelkrankheit, weil die Kost damals im Winter auf dem Land (und selbst im Gymnasium) meist weder Früchte noch frisches Gemüse enthielt. Die Schwellungen, die die Finger einschnürten und die Fersen aufgehen ließen, verursachten unerträglichen Juckreiz, sobald man einen warmen Raum betrat. Sie gehörten zum Überwintern, wie Mückenstiche fester Bestandteil des Sommers in der russischen Taiga sind. Sie

markieren wohl den Ausklang der Epoche, in welcher der Mensch die natürlichen Aggressionen von Ort und Klima noch hinnahm, ohne dagegen aufzubegehren: Malaria, Kröpfe, Skorbut; schon sahen die summenden Schwärme in den sommerlichen Küchen, wie zum Gegenangriff die ersten Rollen *Fliegenpapier* aufgespannt wurden.
Bei unseren ökologischen Jeremiaden verlieren wir leicht aus den Augen, daß der naturnah lebende Mensch fast immer ein – im besten Fall unter Verlusten abgehärteter – *Patient* ist. Noch heute gilt das für den Beduinen in der Wüste, den australischen Ureinwohner, den Eskimo in Grönland. Hunderttausende von Jahren verausgabte der Mensch den Großteil seiner Energie – ähnlich wie weidende Wiederkäuer, die von Bremsen und Mücken zerfressen werden – dafür, die permanente Unannehmlichkeit des Seins passiv einfach *auszuhalten*. Einem katholischen reaktionären Denker vom Schlag Joseph de Maistres fiele es nicht schwer, daraus die Behauptung abzuleiten, daß die Bombe im ausgehenden 20. Jahrhundert *ad maiorem Dei gloriam* ein *Quantum* des hienieden abgeschafften Leidens wiederhergestellt habe.

*

Von Zeit zu Zeit bescheint mich wieder das kreidige Licht, in das unsere Quartiere im Norden während des Kriegs gebadet waren. Je mehr Tage vergingen (die Kriegsatmosphäre war im Oktober deutlicher zu spüren gewesen, als ich von den Frontlinien an der Saar ins Regiment zurückkehrte), desto lächerlicher erschien das auf die Ebene des Zugs reduzierte Exerzieren, das von niemandem mehr beaufsichtigt und koordiniert wurde: Man schlug die Zeit tot; noch weniger als in der Kaserne ging es darum, sich realen Kampfbedingungen zu stellen. Was sollte aus uns werden? Die Zeit verstrich, ohne Neues zu bringen, wurde dumpf und fade; man schickte die Truppen Tag für Tag ins Gelände, wie man morgens die Bettwäsche lüftet: Es ging bloß darum, schlecht und recht das ungeheure Gähnen des Krieges zu bannen, wenn er nicht tötet. Das Regiment, das im September in der Warndt mit Minen und Granaten Bekanntschaft gemacht hatte, trieb in diesem Zwischenreich von Krieg und Frieden wie in einer Dekompressionskammer, die schon eine Rückkehr ins Zivilleben verhieß. Dennoch blieb die Idee des Friedens irreal: Wir blätterten jede einzelne Seite unseres Lebens um, unbekümmert vor einem Hintergrund von Wahn; unvergleichlich war die Empfindung, daß jeder neue Tag ein weißes Blatt sei.

*

Im Invalidendom: kleine Ausstellung über den *Sitzkrieg*. Was überrascht, ist die Dürftigkeit, Belanglosigkeit der Exponate: Skizzen, Flugblätter, Plakate,

Zeitungen, Fotos, Briefe. Nichts verbindet diese mittelmäßigen Beweisstücke mit dem taghellen Somnambulismus, der sich acht Monate lang einer ganzen Nation bemächtigt hatte. Bei dem es schien, als hätten alle Dinge und Gedanken plötzlich an Dichte und Substanz verloren, als würden Bewegungen allenfalls aus Trägheit weitergehen und keiner dächte an etwas anderes als sein Dahintreiben, als nähme das Leben selbst nur für eine Gnadenfrist und wegen einer irrtümlich erfolgten stillschweigenden Verlängerung noch seinen Lauf.

*

Vielleicht das Beste am kurzen und heftigen Sauerstoffstoß der Revolutionsstimmung ist, daß sie für einen Augenblick die Schlacke in Brand setzt und verzehrt, die noch brennbare Ladung enthält und in einer ruhigeren Phase nie Feuer gefangen hätte: das mit Makeln behaftete Quentchen Genie, das bizarre Talent, der vom Autismus eingeengte intellektuelle Lichtstrahl, das verhaltensgestörte Prophetentum, der Altweibersommer der Demenz. Was in normalen Zeiten bestenfalls einen anonymen Briefeschreiber, einen Pyromanen oder sonst einen Ausreißer, Petenten, Heilsarmisten ergeben hätte, wird für einen Augenblick zum Tribunen, Pamphletisten, öffentlichen Ankläger, Lenker der Volksmassen. Marat bleibt der Prototyp dieser Außenseiter, die nur eine Revolution dazu bringen kann, elektrischen Strom abzugeben, wie unsere heutigen Kraftwerke, wenn sie Hausmüll verbrennen.

*

1830, 1848 machte man Revolution. 1968 hatte man auf den Gehsteigen der Rive Gauche oft den bizarren Eindruck, daß die Straßenagitatoren, die Animateure von »Gruppendiskussionen« sich bemühten, unentschiedenen Kunden die Revolution – um den amerikanischen Ausdruck zu gebrauchen – zu *verkaufen*. Die Leute hörten zu, nickten, kauften nach reiflicher Überlegung aber nicht. Obwohl die Revolution von ihren Marktschreiern, die obendrein mühelos bewiesen, warum sie ein Selbstläufer sei, an allen Straßenecken gepredigt und erläutert wurde, fand sie keine Abnehmer.
Vielleicht zum ersten Mal in der Geschichte stand der *Tag der Wende* geraume drei ungewisse Wochen lang zur Beratung: fraglos zweieinhalb Wochen zu viel (1830 und 1848 waren es drei Tage, im Februar 1917 fünf). Die Trunkenheit wurde verwässert; in dieser Zeit konnten nüchterne Gewinn- und Verlustrechnungen erfolgen: In den langen Barrikadennächten, in denen man wenig schlief, wurden auf den Kopfkissen wieder und wieder Millionen von Haushaltsrechnungen angestellt: Im Juni wurde die Bilanz geschlossen.

*

Die Spuren des früheren Abhängigkeitsverhältnisses zwischen Kolonisatoren und Kolonisierten, Beschützern und Beschützten bleiben auf beiden Seiten unauslöschlich. »Frei« und »befreit« sind keine Synonyme; erst wenn Genese und Geschichte der erlangten Freiheit mit der Zeit verblaßt sind, ist man wirklich frei, frei wie die Luft, wie Luft, die man atmet, ohne darüber nachzudenken. Glückliche Unbewußtheit, die nur wenige angelsächsische oder nordische Länder wirklich erlangt zu haben scheinen! Der ganze Rest des Planeten – frühere Herren wie frühere Untertanen – ist während der postkolonialen Stasis, die wir durchleben, in finsterer Verdrängung befangen, in einer Psychoanalyse der Massen, die noch nicht erfunden wurde. Der Befreite spürt, daß er außer der Freiheit noch etwas anderes haben müßte, das ihn für die knechtische Vergangenheit entschädigt; der Befreier, der im nachhinein väterliche Gefühle in sich aufkeimen spürt, sieht verbittert, wie ein verlorener Sohn ihm den Rücken kehrt und nicht wiederkommen wird.

*

»Alle Leidenschaften verblassen mit dem Alter.« Die Literatur ist da keine Ausnahme, im Gegenteil. Den Beleg finde ich nicht in einer nachlassenden Begeisterung für Schriftsteller, die ich liebe, sondern eher in der Verlegenheit und sogar deutlichen Distanz, die Briefe von Lesern, wenn ich welche erhalte, oft bei mir auslösen. Eine Verlegenheit, die nichts mit Bescheidenheit zu tun hat, sondern von einer Enttäuschung über die eigene Erfahrung im Beruf rührt: »Ich weiß, was schreiben heißt, weil ich es tue, und glauben Sie mir, die Ausrufezeichen nutzen sich ab. So eine große Sache ist die Literatur nicht.«
Dazu kommt noch, gestehen wir es ein, das gleichfalls aus Erfahrung stammende Wissen um die Unbeständigkeit jugendlichen Eifers. »In zehn Jahren …« Die Kurve unserer Affektbeziehungen zu einem Buch entspricht der üblichen Kurve unserer Liebesbeziehungen, nur daß sie länger und flacher ausfällt, und beide vereinigen sich im gleichen abschließenden Orgelpunkt: Zärtlichkeit aus Begehren, Zärtlichkeit aus Achtung und schließlich Achtung aus Enthaltung.
Mir scheint manchmal, daß Musik dieser Erosion widersteht. In der Neigungsehe, die man mit einem musikalischen Werk eingeht, gibt es, anders als bei einem Buch, keinen Verschleiß, nur eine immer neu entfachte und zugleich enttäuschte Keuschheit: der Diwan von Madame Récamier.

*

Was aus dem Horizont einer bestimmten Kritik verschwunden ist, ist der vom Fortgang der Handlung gefesselte Leser, der aufgeregte und in Bewegung befindliche Leser, der begehrt, verlangt, bangt, wartet. Bei der Lektüre, die sie einem andient, handelt es sich um das Paradox einer angehaltenen, ruhiggestellten Lektüre: ein *Forschungsfeld*, wie sie sagt, also die Ersetzung der Reise durch die Straßenkarte.

*

Warum nicht zugeben, daß die Poesie selbst bei ihren glühendsten Lesern *Fiaskos* erlebt – Momente völliger Erschlaffung, in denen sie, ohne den geringsten Anklang zu finden, an der Oberfläche des desensibilisierten Geistes abrutscht, in denen innigst geliebte Verse ans Tor der Erinnerung klopfen, ohne daß ein Funke aufglimmt, in denen der Finger, ohne ein Kribbeln zu verspüren, an den auf unerklärliche Weise plötzlich vom Netz genommenen Draht rührt? Warum nicht zugeben, daß auch die bezauberndste, am meisten ihrer Macht gewisse Poesie ihre Liebhaber … nur hin und wieder in Stimmung bringt?

*

Wenn es bei Proust öfter als bei anderen Schriftstellern vorkommt, daß ich eine beliebige Seite aufschlage, um vor dem Schlafen noch etwas zu lesen oder mich in der Schlaflosigkeit einzurichten, so liegt es, glaube ich, am eminenten Übergewicht des Details im Verhältnis zum Ganzen. Eine allmächtige Zentrifuge scheint das ganze Romanblut ständig zur Außenhaut zu tragen. Dies im Gegensatz zum französischen psychologischen Roman, der in der Regel kurz ist und in dessen Musterbeispielen *Adolphe* und *Die Prinzessin von Clèves* eine rigorose Beschränkung aller peripheren Bewässerungen herrscht und es mir vorkommt, als vernähme man in der Stille, die den Zufallsgeräuschen auferlegt ist, nur von ferne das gedämpfte, etwas abstrakte Ticken des Zentralreglers.

*

Das literarische Schicksal von Francis Ponge, der jetzt zurückgezogen in einer kleinen Stadt im Süden lebt und der mir neulich als sehr einsam geschildert wurde, erscheint mir charakteristisch für die Übernahme der Literatur durch die Geisteswissenschaften. Ein Artikel von Sartre war vor dreißig Jahren der Scheinwerferstrahl, der sein recht verborgenes Werk dem Dunkel entriß. Dann, rund fünfzehn Jahre später, ließ ihn das Tandem Barthes – Sollers kurz an seinem Erfolg teilhaben und stieß ihn abermals voran. Jetzt, auf einem Abstellgleis zurückgelassen, sieht er in der Ferne all die flotten Lokomotiven auf Leerfahrt zu neuen Gespannen vorbeifahren. Was für sich genommen gar keine Bedeutung hat: Ein Schriftsteller wie Ponge hätte sein langlebiges Werk unbesorgt der Zukunft anvertrauen können. Aber ich verstehe seine Bitterkeit: Sie reicht tiefer. Als derjenige zeitgenössische Schriftsteller, der der Sprache bis zu ihren subtilsten Quellen gefolgt ist, riskiert er 1976, keinen oder nur noch einen archäologischen Ertrag zu haben, denn noch vor seinen Augen und Ohren verblaßt sein einziger Rückhalt, die Sprache, verzerrt sich und verschwindet: Seine Traurigkeit ist die des Malers, der Fresken auf eine von Feuchtigkeit zerfressene Wand gemalt hat oder sieht, wie seine Farben auf dem Asphalt schwärzlich werden und Blasen bilden.

*

Die prächtige, blendende Dichtung von Mallarmé und Valéry ist für mich ein bißchen wie der Schatz des Tutanchamun. Eine Buntglaskunst auf höchster Entwicklungsstufe, absolut stabil, Transformationen von Sprachmaterial, die letztlich mit dem Tod liebäugeln. Man öffnet eine Tür zum Feuerglanz im Schatten und schließt sie wieder, ergriffen und respektvoll: Eine solche Anhäufung von goldenen Masken, Gewürzen und Juwelen – Grabbeigaben für den Auftritt vor irgendeinem unterirdischen Gott der Poesie – wurde nicht für jemanden zusammengetragen, der noch sorglos unter der Sonne wandelt.

*

Wo immer ich gelebt und gearbeitet habe, schrieb ich an einem kleinen Tisch neben meinem Bett. Nicht daß ich je das ungebrochene Vertrauen des Surrealismus in die schöpferischen Tugenden des Schlafs geteilt hätte, aber daß die Lust zu arbeiten sich nur in der Nähe dieses Symbols für Rückzug und nächtlichen Rat einstellte, kann auch nicht ganz ohne Bedeutung sein. Die häufige Erinnerung daran, daß das Bewußtsein nur zwischen zwei Abtauchphasen jeden Tag kurz aufscheint, ist mir ein Erfordernis: In einem Arbeitszimmer würde ich mich wie ein an Land gezogener Fisch fühlen. Das ist sicher nur eine von vielen Manifestationen des Instinkts, der mich stets dazu gebracht hat, in der Nähe dessen zu bleiben, was mir Halt gibt: Bett, Arbeitstisch, die häusliche Umgebung und vor meinem Fenster »der Ansturm der Lande bis zum Horizont«, von dem René Guy Cadou spricht – von meinen Kraftquellen gelabt und immer mehr oder weniger Besitzender-Besessener!

*

Als ich zu schreiben anfing, mit fünfundzwanzig oder sechsundzwanzig, ohne vorherige Überlegung und so, als spränge ich in der Eingebung des Augenblicks ins Wasser, hatte ich nie ernsthaft daran gedacht, daß mir ein solches Abenteuer geschehen könnte. »Schreiben« war ein Tun, das mir zwar nebenbei beneidenswert erscheinen mochte, aber keine vorbereitenden Schritte, keinerlei Bewegung in Gang setzte, sowenig wie die Vorstellung, Kaugummikönig oder Präsident der Republik zu werden.

*

Von dem, was einen Roman »mit Leben füllt« (wie man so sagt), findet sich nie eine Spur im vorgefaßten Plan des Autors.
Und je mehr »Plan« er hat, desto weniger »Leben« riskiert er letztlich darin zu haben. Der Verfasser des Vorworts zu Stendhals unvollendeten oder verworfenen Romanen und Entwürfen, die ich gerade lese, macht die treffende Bemerkung, es sei ein untrügliches Zeichen für das bevorstehende Scheitern eines Werks, wenn der Autor beginne, auf jeder dritten Seite am Rand einen neuen Plan zu machen. Seinen Zauber und seine Würze erhält ein Roman allein durch das Schwänzen der Schreibschule und nicht durch den unfehlbaren Konstruktionslehrplan.

*

Zum automatischen Schreiben.
Die *in Fahrt geratene Feder* gleicht dem Schwung, der es einem Fahrzeug ermöglicht, die Bordsteinkante zu erklimmen, was ihm aus dem Stand sonst selbst mit Vollgas nicht gelänge. Schreibskrupel und Ängste à la Flaubert führen unweigerlich zu aufreibenden und anmutlosen Anstrengungen vor der Hürde, zu einem Kreuzweg aus lauter *unterbundenen Aufbrüchen*. Es bringt nichts, sie zu überklettern oder mit Rucken, die die Linie stören, noch zu unterstreichen – es kommt darauf an, *die Hürde mühelos zu nehmen*.

*

Eines der Geheimnisse der Prosa scheint mir darin zu liegen, daß man die Länge des Satzes oder Satzglieds strikt auf die Bedeutung dessen abstimmt, was er aussagt. Darauf beruht die Taktzahl der Prosa, die von reiner Musikalität weitgehend unabhängig ist. Dichtung appelliert fortwährend an die Überraschung, und an ein zusätzliches *Eichmaß*, indem sie dem gleichmäßigen Metrum folgend Gedanken von qualitativ unterschiedlicher Bedeutung ausschneidet – und ihr gewöhnlichstes Wunder besteht darin, einen Metallblock mit einem Weihrauchkorn aufzuwiegen. Das Metrum in der Dichtung wäre somit die konkrete Gestalt einer mystischen Justiz, zu welcher der Reim noch die unerbittliche Paraphierung eines jenseits von Gut und Böse urteilenden *Richters* hinzufügt.

Aus dem Französischen von Gernot Krämer

KORNELIA KOEPSELL

HER MIT DEM GELBFIEBER

Gedichte

OHNE MICH

Zukunft, fahler Schein eines kommenden Morgens,
wirst ohne mich sein,
wirst ohne mich sein.

Wirst ohne mich sein im Aufschrei der Turbinen,
die den Flugplatz verlassen, ragst in das Geräusch
der Fräsmaschine hinter Mauern.

Blätter fächeln im Wind, Rotkehlchen huschen
durch das Gestrüpp, Zukunft, fahler Schein eines Morgens,
wirst ohne mich sein.

AN DIE FREUNDE

Ihr Lieben, Trunkenbolde, Zeterer, Maulhelden,
Schwerfällige, Knallköpfe, Süßschnaufende, Zweifler,
ihr Melancholiker jenseits des Mondes,

wie konnte ich versäumen, euch zu besingen?
Hier bricht alles zusammen, ihr aber sagt: Wir haben
die inbrünstige Absicht

rumzumachen, wie mich das freut.
Aber seid vorsichtig, meine Lieben, wenn ihr hinausgeht,
sie wollen euch die Krankheiten wegnehmen.

ERBARMEN

Ich lege meine Fingerspitzen aneinander, die Fingerspitzen der
rechten Hand an die Fingerspitzen der linken Hand,
krümme die Finger ein wenig, verstärke

den Druck, allerdings, und dabei spanne ich
die Oberarme aus der Schulter heraus,
nicht zu stark,

bis eine Art Gebetsgitter über dem Brustkorb entsteht,
Geste meines Erbarmens
mit den immer dünner werdenden Rippen.

HER MIT DEM GELBFIEBER

Ich liebe schmächtige Archivare,
ich liebe kachektische Mönche,
ich liebe die Gelbfieberkranken.

Ja, da staunt ihr, ihr Wächter des Gebäudeschutts!
Ich meine, daß ich mich so freiweg erkläre.
Ich, die auf der Kommandobrücke nichts zu sagen hat.

Mir ist eben das Stammeln der Hinfälligen lieber
als der Modegesang lallender Hüpfer.
Ich sage: Her mit dem Gelbfieber auf Kosten der Werkleitung.

ET IN ARCADIA EGO SUM

Das Licht des Himmels sammelt sich im Glanz
der Seidenkleider, deren Faltenwurf
golden abwärts gleitet, sagt Poussin.

Olivenbäume werfen Schatten auf
das Grabmal mit der Inschrift, und die rosa
Toga, glühend, eines Jünglings blitzt

unvermittelt in mein Auge, das
am fernen Baumbusch hing, der Ebene.
O wäre alles, alles doch aus Stein gemacht.

CÉCILE WAJSBROT

DAS GEWICHT DER VERGANGENHEIT

Über Bauwerke, die den Blick erstarren lassen

1

Ein massiger Körper taucht aus dem Laub auf, jenseits der Brücke über die Eisenbahngleise, die früher zu dem großen Berliner Bahnhof namens Anhalter Bahnhof führten, von dem die Bombardierungen nur ein ins Leere blickendes Stück Fassade übrigließen. Eine Masse taucht aus dem Laub auf, ein Betonzylinder mit eindrucksvollen Ausmaßen, 14 Meter hoch, 21 Meter Durchmesser, ein Gewicht von 12650 Tonnen. Selbst diese Zahlen schaffen es kaum, das beklommene Gefühl wiederzugeben, das einen bei der Entdeckung von etwas beschleicht, wofür man keinen Namen weiß – Monument? Experiment? –, wofür die Physik jedoch einen gefunden hat: Schwerbelastungskörper. Da haben wir ein solides Wort, ein Wort, das Gefühle wirkungsvoll eindämmt, ein Wort aus Fakten. Fakten … dieser Betonzylinder wurde 1941 von Kriegsgefangenen, oft aus Frankreich stammenden Zwangsarbeitern gebaut. Albert Speer, der Architekt des Dritten Reiches, wollte damit den Widerstand des Bodens testen, um herauszufinden, ob dieser die Übergröße des Triumphbogens aushalten würde, der als Abschluß der Nord-Süd-Achse zur Strukturierung der künftigen Hauptstadt Germania vorgesehen war – ein Triumphbogen, der als Zeichen der Revanche zehnmal so groß sein sollte wie der von Paris. Wenn der Betonzylinder mehr als sechs Zentimeter tief in den Boden einsänke, würde es eine beträchtliche Verfestigung des Bodens brauchen, ehe an einen Triumphbogen zu denken wäre. In drei Jahren – denn bis 1944 wurden Messungen angestellt – sank der Zylinder 19 Zentimeter ein. Nicht die Beschaffenheit der Böden verhinderte allerdings den Bau des Bogens, die große Ersetzung Berlins durch Germania – sondern der Kriegsverlauf und dann die Niederlage.

2

Eine graue Karte auf schwarzem Grund – grau ist die Erde, schwarz ist das Meer. Rote Kreise, mal vereinzelt – zwischen Kreta und Griechenland –, mal geballt und dichtgesät wie eine sich ausbreitende Infektion. Jeder dieser roten Kreise verweist auf ein Ereignis, ein Datum, ein Geschehen. Beispielsweise am

23. Februar 2022 um 9.05 Uhr in den Gewässern vor Kos. 64 Asylsuchende auf drei Schlauchbooten, deren Motoren ausgefallen sind, werden von der griechischen Küstenwache angegriffen, die ihnen die Motoren und die Mobiltelefone wegnimmt, die Asylsuchenden schlägt und sie in die türkischen Hoheitsgewässer zurückdrängt. Die Webseite Forensic architecture erfaßt, was sich nur schwer als Ereignis bezeichnen läßt, forensic architecture, eine Gerichtsarchitektur so wie es eine Gerichtsmedizin gibt, die gewaltsame Todesfälle feststellt und untersucht. Eine Forschungsgruppe, die der israelische Architekt Eyal Weizman in London gründete, um staatliche Gewalt und ihre Spuren an Gebäuden und Tatorten zu dokumentieren. Videos, Fotos, GPS, Mobiltelefone – das sind die Instrumente, die der Forschungsgruppe zur Verfügung stehen. Die Art und Weise, wie diejenigen, die als Migranten bezeichnet werden, die aber Exilierte sind, aus den Hoheitsgewässern der Europäischen Union zurückgedrängt werden, gehört zur Rubrik Drift-backs – im Herbst 2022 umfaßt sie 1018 »Ereignisse«, die im Verlauf der zwei vorhergehenden Jahre stattgefunden haben.

3

Der Schwerbelastungskörper ragt über die Bäume hinaus, ohne die obersten Stockwerke der umstehenden Gebäude zu erreichen. Blickt man von oben, sieht er mit seiner merkwürdigen Basis, die auf paradoxe Weise zerbrechlich scheint, und einer Art Erdgeschoß, das je nach Quelle bis 1977 oder 1983 als Labor für Messungen diente, wie eine außerirdische Kapsel aus, wie ein gigantischer Helm aus Beton. Dieses seit mehreren Jahrzehnten verlassene Labor, das jedoch noch etwa dreißig Jahre lang die Aufgabe fortführte, für die der Betonzylinder gebaut worden war – Messungen anzustellen, selbst wenn es nicht mehr dieselben waren –, seine unverglasten Öffnungen, sein Labyrinth aus Betonräumen, seine verrosteten Instrumente, wie von der Geschichte ans Ufer der Zeit gespült, dieser verlassene Ort ist noch furchteinflößender als die äußere Betonmasse. Seine Meßinstrumente haben etwas von Folterinstrumenten, sein Schweigen indessen überdeckt Worte der Zerstörung.

In seinem 1921 geschriebenen Gespräch über Architektur mit dem Titel »Eupalinos« unterscheidet Paul Valéry, vermittelt durch einen Sokrates, der im Reich der Schatten wohnt und sich dort mit Phaidros unterhält, zwischen stummen, sprechenden und singenden Gebäuden. Stumm sind sie beliebig. Sprechend zeigen sie ihre Funktion an. Singend lassen sie eine seltene Harmonie erahnen. Vielleicht müßte man eine vierte Kategorie hinzufügen, nämlich Bauwerke, die einem die Sprache verschlagen, Bauwerke, die erschrecken, die den Blick erstarren lassen. Germania und ihre Monumentalbauten waren erdacht, um

Furcht einzuflößen und ihre Einwohner davon abzubringen – sollten sie Lust dazu gehabt haben –, sich gegen das Regime aufzulehnen. Architektur der Diktatur, der Überwachung, der Überwältigung. Furcht einflößen, um zum Schweigen zu bringen. In Germanias Adern wandernd, in einer ihrer jüdischen Bewohner entledigten Stadt – die Säuberung hatte in Schöneberg begonnen, in einem bestimmten Dreieck, dessen Umriß sich auf einer Karte abzeichnet, die in einer forensic architecture jener Zeit für Tausende von Ereignissen als Nachweis hätte dienen können –, in Germanias Adern wandernd, auf der Nord-Süd-Achse, zwischen der Großen Halle und dem Triumphbogen, am Kino des Propagandaministeriums entlang, am Ministerium der Kolonien entlang, an der Oper – denn auch die Kunst diente den Absichten des Regimes – und dem Zentralgebäude, das SS und NSDAP versammelte, wem wäre es da eingefallen, dieses Regime und seine Herrschaft für vorläufig zu halten?
Aber Germania hat nicht stattgefunden und es bleibt davon nur ein bodenmechanisches Experiment, das zur Abschreckung gemacht scheint, um vor der Monstrosität solcher Unternehmungen zu warnen, architektonisch wie politisch.

4

Frédéric Bastiat ist ein vergessener Ökonom der ersten Hälfte des 19. Jahrhunderts. Als Vertreter eines absoluten Freihandels stellt er sich gegen jegliche staatliche Intervention, ganz gleich in welchem Bereich, mal im Schlechten (gegen alle Sozialpolitik), mal im Guten (gegen den Kolonialismus). Sein letzter Text trägt den Titel »Was man sieht und was man nicht sieht«. Bastiat nimmt das Beispiel einer zerbrochenen Scheibe. Was man sieht, sind die Kosten, sechs Francs, sagt er, die auszugeben sind, um sie zu ersetzen und damit die Glasindustrie zu fördern. Aber was hätte derjenige, der seine Scheibe reparieren lassen muß, mit den sechs Francs gemacht, wenn die Glasscheibe nicht zerbrochen wäre? Das ist das, was man nicht sieht. Außerdem würde sich der Eigentümer der nicht zerbrochenen Glasscheibe zugleich einer intakten Scheibe und der sechs Francs erfreuen, die er anders ausgeben kann. Zerstörung kostet etwas. Zerstören, um wiederaufzubauen, nützt der Wirtschaft nicht. Aber die Wirtschaft ist nicht der einzige Leitstern.
Auch beim Schwerbelastungskörper gibt es das, was man sieht, und das, was man nicht sieht. Die Phantomstadt Germania hätte sich auf den Ruinen Berlins erhoben, das Hitler haßte und nach seinen Vorstellungen neu erbauen wollte – eine weitere Spur davon ist das Foto von 1939 mit Speer, der Hitler zum fünfzigsten Geburtstag ein Modell des Triumphbogens schenkt, auf dem die Namen aller im Ersten Weltkrieg gefallenen deutschen Soldaten stehen sollten –, die

Spur erstreckt sich jedoch glücklicherweise nur zweidimensional auf Plänen und Fotos von Modellen. Der Schwerbelastungskörper ist das einzige dreidimensionale Zeugnis, das einzige Objekt, das als nicht einzuordnendes Relikt in die Kontinuität unserer Gegenwart einbricht. Sein gigantisches Ausmaß – ist das, was man sieht. Die achtzehn unterirdischen Meter, die seine Struktur tragen – sind das, was man nicht sieht. Aber Dinge, die man nicht sieht, graben sich stillschweigend ihren Weg. Das Gewicht der Vergangenheit, das Echo der ungesagten Worte und der geheimen Gedanken. Der Klang des Schweigens. Der Klang der Stille. Vor dem Betonzylinder herrscht heute noch immer Stille. Ein kaum bekannter, kaum besuchter Ort ganz in der Nähe von Gartenkolonien. Ja, ganz in der Nähe dieser enormen Masse erschaffen kleine Gärten einen Mikrokosmos. Gärten, die mit den Jahreszeiten ihre Farben wechseln, mit Blumen und Früchten. Ein Universum, in dem die Vegetation die Konstruktion, der Pflanzenwuchs das Gebaute bezwungen hat. Die schmalen Wege bieten dem Blick bisweilen eine klar gezeichnete Ordnung der Dinge, bisweilen eine Welt, in der das Geheimnis seinen Platz hat, freier Pflanzenwuchs, aus dem vielleicht ein Häuschen gerade noch hervorschaut, dessen Blau sich auch auf der Insel Kos nicht blaß ausnähme. Der Radio- und Fernsehmoderator Hans Rosenthal erzählte früher, wie er als Kind während des Krieges in den Gartenkolonien versteckt überleben und der Deportation entkommen konnte. Befanden sich in denen am Schwerbelastungskörper wohl Kinder, Geflüchtete? Hat es an diesem Ort Gift und Gegengift zugleich gegeben?

5

Tausende von Kilometern weiter stand in einer anderen Zeitzone, in einer Wüste Utahs, 145 Kilometer von Salt Lake City entfernt, zu der Zeit, als man maß, wie tief der Betonzylinder in den Boden einsank, ein von dem Architekten Eric Mendelsohn entworfenes »Deutsches Dorf«. Erich Mendelsohn war jüdischer Herkunft und gleich 1933 nach Großbritannien ausgewandert, wo er seinen Vornamen ins englische Eric geändert hatte. Im Dezember desselben Jahres war er aus der Preußischen Akademie der Künste ausgeschlossen worden, baute jedoch zehn Jahre später Berlin in einem unwirklichen Landstrich von Utah nach, indem er ein Berliner Arbeiterviertel zu rekonstruieren half, sechs Mietskasernen mitten in der Wüste. In seinem Buch »Dead Cities« von 2002 erzählt Mike Davies, wie erstaunlich genau diese Nachbauten waren – bis hin zur Inneneinrichtung. Es ging darum, den Widerstand dieser Gebäudeart zu testen, Teil der Vorbereitungen, die die amerikanische Armee für die Bombardierung deutscher Städte traf – insbesondere Berlins.

6

1866 – da ist sein Autor seit fünfzehn Jahren aus Frankreich auf die Insel Guernsey verbannt – erscheint der Roman »Die Arbeiter des Meeres«. Victor Hugo eröffnet ihn mit einer Vorrede, die der Verleger nicht mitdruckte, weil er der Ansicht war, daß ein Roman so nicht beginnen könne, sie wurde daher erst später eingefügt – allerdings erscheint der Roman noch heute bisweilen ohne diese fünfzig Seiten, obwohl sie doch unverzichtbar und schön sind, ohne diese Vorrede zum »Archipel der Kanalinseln«, die den Atlantik beschreibt, die Arbeit des Meeres, die Inseln, die Bräuche, die Geschichte. Das vierte Kapitel ist dem Gras gewidmet, sein letzter Absatz beginnt so: »Auf einmal gewahrt ihr unter diesem zarten grünen Rasen eine kleine quadratische Kachel, in welche die beiden Buchstaben W. D. eingeprägt sind (das bedeutet *War Departement* – Kriegsministerium).« Dann schweift Victor Hugo zu den Ufern des Rheins. Auch dort, »in einem Winkel der Hütte, die durch eine scharfe Trennung von Licht und Schatten gleichsam zerrissen ist, lest ihr auf einem alten Stein dieser alten Mauer, unter dem Namen des Weilers ›Liederbreizig: 22. Land. Bataillon, 2. Komp.‹. Ihr wähntet euch in einem Dorf, doch ihr seid in einem Regiment. So ist der Mensch.«

Genau diese Wirkung hat die Nachbarschaft von Betonzylinder und Gartenkolonien. Warum erschreckt die Gegenwart des Krieges, der Fährten, die eine Diktatur beim Verfolgen ihrer Ziele gebahnt hat, im Grünen noch mehr als mitten in der Stadt? Was würde die forensic architecture über die geistigen Spuren sagen, die eine monumentale Betonmasse hinterlassen hat? Daß sie das Gefühl vermittelt, dem Wunsch nach Herrschaft, dem Willen zur Macht könne kein Ort entgehen? Die Nähe umstehender Gebäude, die größtenteils nach dem Krieg entstanden sind, verhinderte, daß der Schwerbelastungskörper gesprengt wurde und mitsamt seiner *Belastung* für immer verschwunden wäre.

7

Zerstören, aufbauen. Nach Babi Yar, zum riesigen Massengrab in einer Schlucht am Rand von Kiew, die in Sergei Loznitsas Film »Babi Yar. Context« auf den darin gezeigten Archivbildern weitab von jeder menschlichen Gegenwart zu liegen scheint, gelangt man heute mit der U-Bahn. Man muß ein Stück laufen, aber das ist nichts im Vergleich zu jener Wüste damals, die Zeugin von hunderttausend Toden wurde, jeder davon ein einzelner. Die Städte überdecken die Spuren, werden zum schwer entzifferbaren Palimpsest. Das etwas höher gelegene Viertel von Warschau, das die Ruinen des Ghettos überdeckt. Der Berliner Teufelsberg, unter dem die Reste einer technischen Fakultät liegen, die ebenfalls zum Projekt Germania gehörte. Bauen heißt überdecken. Unter den Trümmern ruht das Gedächtnis, und die Höhe der Gebäude entspricht dem Ausmaß dessen, was man verstecken möchte. Ab wann ist eine Spur eine Spur, ein Zeugnis, Bürgin eines Gedächtnisses, das gewahrt werden muß, um zu wissen, was geschehen ist, und es zu verurteilen, Bürgin eines Nie wieder? Ab wann wird eine Spur zum Zeichen des Geschehenen, zur Pilgerstätte und Gewißheit eines Neuanfangs – wenn die Zeit vergangen sein wird –, durch die Banalisierung einer Anwesenheit? Selbst Neuverwendungen überdauert der Rest einer Zeit. Gegenüber vom Botanischen Garten in Berlin, im Bürogebäude der Zentralverwaltung zur Organisation und wirtschaftlichen Nutzung aller Konzentrations- und Vernichtungslager, befinden sich heute andere Büros. Ebenfalls Verwaltungsbüros. Das Bundesamt für Bauwesen und Raumordnung – BBR. Die darin arbeiten, gehen jeden Tag an der Gedenktafel neben dem Eingang vorbei. Haben sie gewiß einmal gelesen. Und danach? Gewöhnung, Vergessen, Seufzer? Sollte man bewahren? Sollte man zerstören? Was wird wieder normal, was wird rehabilitiert, wenn man ein Gebäude, wie dieses es gewesen ist, Unter den Eichen 135, wieder in Gebrauch nimmt?

8

An Sommerabenden fällt auf den Betonzylinder ein mildes Licht. Er sieht fast harmlos aus. Im Winter entblößen die nackten Bäume besser seine Nacktheit. Vielleicht braucht es am Ende genau dies: den Versuch zeigen, das Experiment, das am Ende gescheitert ist. Durch Nebeneinanderstellung den Kontrast bekräftigen zwischen der Monstrosität einer Vergangenheit und der Ruhe in den Gärten der Gegenwart. Als wollte man sagen, diese Ruhe, diese Bäume, diese Blumen und Früchte, diese geschaffenen, gehegten Mikrokosmen sind Errungenschaften – sie könnten allerdings nur von kurzer Dauer sein, wenn wir nicht achtgeben.

Aus dem Französischen von Esther von der Osten

UTA GOSMANN

FADENSPIEL

Gedichte

UNTERM APRIKOSENBAUM

Sie hängen an kosmischen Zweigen
wie Planeten im All,
die Sonnenseite orange beschienen,

die Hälfte im Schatten noch grün,
die Blätter silbergrauer Nebel,
bis Licht auch in den Schatten dringt,

und wenn sie ganz durchleuchtet sind,
mit Baumeswasser vollgesogen,
beginnt ihr Fall –

ein Abtreiben ins dunkle All,
vielleicht in einen Schlund bei Nacht,
durch den sie wie durch ein Wurmloch gleiten,

darin verglühen oder weiterleuchten
als Himmelskörper, Würmchen, Aprikosen
orangendunkler Raumeszeiten.

MEDITATION

Wenn wir am Tag nach innen tauchen,
rückt das Außen

ab in eine Unterwasserwelt.
Wie in diesem Tal,

dem sich das warme, seichte Meer entzog,
und doch hängt der Himmel noch

wie eine Plane des Wassers über uns.
Wir ziehen vorbei an Chamiso,

Wacholder, Salbei, ihre Farben
durch ein opakes Medium gedämpft,

silbergrün, hellviolett, leichtroter Grund.
Das langsame Wiegen im Wind

wie das Fließen mit dem Strom,
das Abtragen äußeren Fremdseins,

der Schichten gefühlten Gesteins
mit jedem Schwappen

der zeitlichen Wogen,
der Mesas, deren alte Hitze

sie wieder zu Magma schmilzt,
deren kalte Asche

der Rio Grande mit sich wälzt.
Das Licht tastet

wie ein blinder Wanderer
nach seinesgleichen im Gestein,

gräbt sich durch lose Partikel
eines aufgehobenen Kontinuums

und senkt sein Lot
zum Grund des Seins.

FADENSPIEL

But I know, too,
That the blackbird is involved
In what I know.
Wallace Stevens

Der Rabe fliegt am grauen Himmel
überm schneebedeckten Berg.

Kommt näher, landet im Gezweig
des nackten Strauchs.

Sein zuckendes Auge
eine Anwesenheit.

Fliegt auf und pickt
noch ein, zwei Körner vom Feld.

Zieht wieder weite Kreise
über schneebedeckter Welt.

Da stößt sein Laut,
das Krah und Krah,

Lawinen weißer Seiten an –
die schwarze Spur des Flugs,

ein schemenhaftes Skript,
gesponnen an den Himmel

wie aus Wolkenfaser.
Sein Hüpfen im Gezweig

noch aufgezogen wie ein Faden.
Den wollen wir, behutsam

mit den feinen Maschen,
auf weit gespreizte Finger laden

und handgeöffnet fassen,
das flüchtige Original,

dessen schwarze Flügelspitze
Ellipsen in die Lüfte malt.

YOKO TAWADA

DER ZYLINDERPILZ

Fünfzehn Fragmente zu einem Spaziergang

1

Die Zeit verwandelte ein Gebäude in ein organisches Wesen. Die Zeit, die als Regen, Wind und Sonne spürbar wird, verändert die Oberfläche jedes Bauwerks. Eine Außenwand aus Beton gewinnt langsam den Charakter von altem Ziegelstein, aus der Nähe betrachtet sieht sie aus wie verstaubtes Leder oder die Haut eines Nashorns; aus den Rissen im Beton wachsen zarte strohige Pflanzen; die mit Moos bedeckten schattigen Flecken treffen genau den graugrünen Ton der Stadtnatur. Das Gebäude bekommt dadurch den Anschein, ein Teil der Gegenwart zu sein, die auf natürliche Weise gewachsen ist. Die Vernunft hat ein solches Gebäude schon längst als eine bösartige Zelle der Geschichte diagnostiziert. Lassen wir es weiter stehen, vermehren sich möglicherweise unbemerkt seine Zellen. Sie können aber nicht herausgeschnitten werden, ohne daß es blutet. Sie sind nicht von außen gekommen wie Viren oder Bakterien, sondern aus den Gehirnzellen der Menschen gewachsen. Moos, Schimmel, Unkraut und Rost versuchen, uns zu überzeugen, daß selbst der Beton in die Natur zurückkehren und damit seine Unschuld bezeugen kann. Ist aber eine Blume unschuldig? Ich halte an und denke an die zwei Zeilen aus »Schneepart« von Paul Celan: »Ich höre, die Axt hat geblüht / Ich höre, der Ort ist nicht nennbar«.
Nicht jedes Gebäude kann abgerissen werden, weil der Abriß keinen Profit bringt. Es sei denn, die Demolierung macht den Platz frei für ein neues, profitables Projekt, zum Beispiel ein Bürohaus. Oder der Bau wird von seinem ursprünglichen Zweck gereinigt und zum Mahnmal umfunktioniert.

2

Mich hat schon immer die Präposition »unter« im Ausdruck »unter Denkmalschutz stehen« stutzig gemacht. Warum »unter«? Hat der Denkmalschutz die Form eines Regenschirms? Wovor schützt uns der Schirm? Vor dem kontaminierten, schwarzen Regen oder vor dem industriellen, sauren Regen?
Er hat im weitesten Sinne die Form eines Pilzes. Um die Bezeichnung »Schwerbelastungskörper« zu vermeiden, nenne ich ihn zuerst Pilz. Wie jene Atompilze,

die nach den Bombenexplosionen in den Himmel wuchsen. Vor einigen Jahren kurz vor Mitternacht hat ein Berliner Taxifahrer mich mit einer Frage überrascht: »Wußten Sie, daß es keine Atombomben gibt?« – »Wie meinen Sie das?« – »Ich meine es genau so, wie ich es Ihnen sage. Die Atombomben existieren nicht. Niemand hat es bis jetzt geschafft, solche Waffen zu bauen.« – »Wie kommen Sie darauf?« – »Wundern Sie sich nicht, daß die sogenannte Explosionswolke in Hiroshima auf jedem Foto anders aussieht? Das kommt, weil die Fotos nicht echt sind. Sie sind Fake, wissen Sie, die Leute, die uns politisch manipulieren wollen, haben den Mythos und Fakefotos verbreitet. Allerdings nicht sehr geschickt, denn jeder von ihnen hat seine eigene Phantasiewolke genommen. Es gibt viele wissenschaftliche Belege und Webseiten, die diese Lüge aufdecken. Sie müssen einfach die Suchbegriffe ›Atombombe‹ und ›Lüge‹ im Internet eingeben.« Damals dachte ich, der Taxifahrer würde seinen Mund halten, wenn eine Explosionswolke aus Beton bestehen würde. Manche Katastrophen haben keine bleibende Form. Die Radioaktivität war noch unsichtbarer als die Atomwolke. Sie war von Anfang an gar nicht zu sehen. Wäre sie sichtbar gewesen, wären nicht so viele Menschen kurz nach dem Abwurf der Bombe in die schwer kontaminierte Stadt gereist. Außerdem wäre die überdimensionale Gefahr der Atomkraft nicht so schnell vergessen worden.

3

Das Wort Beton kam aus dem Französischen, in seiner Wurzel entdeckte ich zwei weitere Wörter: Erdharz und Bergteer. Das englische Wort *concrete* ist vielleicht mit dem Wort konkret verwandt. Was in einem Text dicht zusammenwächst, ist konkret. So wie das Bauwerk vor meinen Augen steht, ist es zuerst nicht konkret genug. Erst muß durchs Schreiben ein Prozeß der Verdichtung stattfinden.
Übrigens habe ich damals nach der Höllenfahrt mit dem Taxi die empfohlenen Suchbegriffe »Atombombe« und »Lüge« im Internet eingegeben. Sofort erschienen einige entsprechende Beiträge, die aber drei Monate später wieder verschwunden waren. Die Informationen im Internet sind nicht aus Beton gemacht. Sie wachsen aus dem Nichts, beeinflussen das Klima und verschwinden wieder. Nach einem Regen sprießen sie wieder aus dem Boden wie Pilze im Herbst.

4

Ich muß keinen schweren Gegenstand auf dem Rücken tragen, um sein Gewicht spüren zu können. Ich fühle es ohne Berührung, wenn ich gebeugt unter dem Schirm des sogenannten Schwerbelastungskörpers gehe.

An meinem Schreibtisch zu Hause bin ich in Gedanken schon zigmal unter diesem Pilzschirm gelaufen und spürte jedes Mal eine bedrückende Schwere. Dabei kamen mir die Erdbebenopfer aus den Nachrichten, die unter Trümmern lagen, in den Sinn. Es gab nicht genug Bagger und Kräne, um sie zu retten, oder die Gerätschaften standen hinter der Grenze, die sie nicht überschreiten durften.
In Berlin bebt die Erde nie so stark, daß dieses Bauwerk stürzen würde. Große Beben in der Vergangenheit waren hier immer von Menschen verursacht. Eines der Beben war die Planung einer Stadt und nicht ihre Zerstörung. »Germania Tod in Berlin«: Der Titel eines Theaterstücks von Heiner Müller fiel mir ein. Weder ein Punkt noch ein Komma trennt »Germania« vom »Tod«. Ein schonungsloser Spaziergang durch die Geschichte. Wenn wir gezwungen werden, etwas Lächerliches als Heiliges zu behandeln, können wir mit groteskem Humor darauf antworten.
Der belastende Körper ist ein erdbebensicherer Bau. Das Gewicht des Zylinders wird durch eine massive Säule gerade nach unten geleitet. Der Durchmesser des Zylinders ist 21 Meter. Er steht vierzehn Meter hoch über der Säule, deren Durchmesser acht Meter kürzer ist als der des Zylinders. Die Säule wächst aber achtzehn Meter tief in die Erde, das ist beachtlich. Selbst der Fernsehturm hat nur eine Fundamenttiefe zwischen 2,70 und 5,80 Meter.

5

Manchmal steckt der Sinn eines Denkmals nicht im Objekt selbst, sondern in der Körperhaltung, zu der es uns zwingt. Zum Beispiel sind die Stolpersteine nicht nur zum Anschauen da, sondern zum Stolpern. Sei es auf dem Weg zu einem Termin, zur Arbeit oder bei einem gewöhnlichen Sonntagsspaziergang, ich soll riskieren, von mir aus zu stolpern und anzuhalten.
Zu welcher körperlichen Haltung zwang mich der Schwerbelastungskörper? Mich bücken, ducken, den Kopf einziehen: So würde ich mich verhalten, wenn der Krieg in den Alltag einbräche. So eine Körperhaltung nehme ich schon jetzt jedesmal ein, wenn ich Fotos von Kriegsgebieten sehe.

6

Eine der augenfälligen Eigenschaften dieses Bauwerks ist seine Undurchdringlichkeit. Ich kann nicht einmal erraten, was sich hinter der Betonwand befindet. Mittlerweile habe ich im Internet eine Innenaufnahme des belastenden Körpers gesehen. Aber jedesmal, wenn ich vor ihm stehe, wird das Bild in meinem Kopf gelöscht und ich stehe vor der Undurchdringlichkeit der Mauer.

Seit Gorbatschows Glasnost versuchen weltweit große Unternehmer und Politiker durch eine Glasarchitektur ihre Offenheit, Ehrlichkeit und Vorliebe für Demokratie nach außen zu präsentieren. Aber ein Konzern, bei dem jeder Angestellte und jeder Kunde durch eine Glaswand beobachten kann, was der Konzernchef gerade macht, kommt nicht einmal im Märchen vor.
Der Plan, die Stadt Germania zu bauen, war kein Staatsgeheimnis. Im Gegenteil. Die Propaganda sollte den verletzten Stolz des Volkes ansprechen, um den Traum von einer Hauptstadt, für die sich niemand mehr schämen muß, zu verkaufen. Der Wunsch, sich als Europäer nicht weiter minderwertig fühlen zu müssen, klingt verdächtig bescheiden. In welchem Moment kippt er um in Herrschsucht, die keine Gewalt scheut?
Der Oberränkeschmied, dessen Intrigen und Anschläge schon als offizielle Politik galten, wollte prüfen, ob der Berliner Boden das Gewicht seines Größenwahns aushalten könne. Der sumpfige Boden hatte das Potential, eine gefährliche Widerstandskraft zu entwickeln. Das ahnte schon der Oberränkeschmied, der nichts dem Zufall überlassen wollte. Es wäre eine Katastrophe gewesen, falls eine Seite des geplanten Triumphbogens etwas tiefer in die Erde gesunken wäre als die andere. Schon würde der Triumph des Herrschers schief stehen und sich damit lächerlich machen. Und schon wieder müßte er sich wegen seiner Hauptstadt schämen. Wofür er sich in Wirklichkeit schämen müßte, hat er nie erfahren. Der Tod hat sein Bewußtsein fossilisiert, und daran können wir nichts mehr ändern.

7

Die Augen der Berliner, die auf die Höhe des Fernsehturms oder die der Soldatenstatue des sowjetischen Ehrenmals gerichtet sind, werden diesen kleinen Bau im Südosten Berlins übersehen. Das Gasometer in der Nähe, das übrigens auch eine Zylinderform hat, ist wesentlich höher. Die Bäume, die es umkreisen, sehen dagegen klein wie Brokkoli aus. Der Schwerbelastungskörper verschwindet zwischen den Bäumen. Er kann nicht beiläufig aus einer Straßenbahn gesehen und bewundert werden wie das Planetarium in der Prenzlauer Allee. Der unauffällige, schwere Bau hockt und steckt seinen Kopf zwischen die Knie. Das Kauern ist keine unpassende Haltung für eine Erinnerungsfigur. Manche Skulpturen von Käthe Kollwitz zum Beispiel können wegen der Schwere der Trauer nicht wieder aufstehen. Der Schwerbelastungskörper wirkt aber überhaupt nicht klagend, in einem milden Sonnenlicht sogar seltsam friedlich. Mich provoziert, daß der Zylinder nicht direkt auf dem Boden steht, sondern durch seine Konstruktion so tut, als wollte er über dem Boden stehen, souverän und wissenschaftlich, um die Belastbarkeit der Menschen weiter zu messen. Das Wort »belastbar« ist nicht in Vergessenheit geraten. Im Gegenteil. Unsere psychische Belastbarkeit wird täglich getestet. Manche Arbeitgeber wollen bei der Einstellung ihrer Mitarbeiter gerne deren Belastbarkeit messen, obwohl dafür geeignete Geräte noch nicht erfunden worden sind.

8

Die Stadt Germania wurde im Kopf des Ränkeschmieds als ein Phantasiefilm gedreht. Die Kamera steigt im geplanten Südbahnhof aus dem Zug und verläßt langsam die Bahnhofshalle durch den Hauptausgang. Vor der Kamera erscheint dann der riesige Triumphbogen, der dreimal so hoch ist wie der Arc de Triomphe in Paris. Durch das Tor sollte der majestätische Führerpalast mit einer Riesenkuppel sichtbar werden und davor ein Platz, der viel größer ist als der Platz vor dem Petersdom in Rom.

Wie wäre es gewesen, wenn die Stadt Germania tatsächlich vollständig gebaut worden wäre? Weil sie dann nicht mehr abzubauen gewesen wäre, würden der Führerpalast und der Triumphbogen heute noch in Berlin stehen, sicher hätten sie andere Namen bekommen, zum Beispiel »Palast der Demokratie« und »Friedensbogen«. Die Namen werden wie Tapeten gewechselt. Und in ein paar tausend Jahren würden die Touristen solche Bauwerke bewundern wie die Pyramiden oder das Taj Mahal. Manche Besucher würden vielleicht noch Mitgefühl mit den Toten äußern, die zur Bauarbeit gezwungen wurden, wie es bei historischen Bauten in Ägypten und Indien der Fall war. Über Germania schweben unzählige Tote, obwohl die Stadt nicht einmal gebaut wurde.

9

Ein zufälliges Gemisch von Häusern und Objekten, die aus unterschiedlichen Zeiten und Strömungen stammen, läßt mich keine Kontinuität spüren. Es ist, als würden wir ein Buch lesen, in dem jede Seite aus einem anderen Roman stammt. Durch das Gehen und das Denken wird der Anschein eines roten Fadens erzeugt, der mir eine Kontinuität vortäuscht. Ich muß mir immer wieder klarmachen, daß es keine solche beruhigende Kontinuität gibt. Allein die abwesenden Menschen und Gegenstände, die vertrieben oder vernichtet worden sind, bohren überall große Löcher.

Ein schönes, rötliches Ziegelsteinhaus, dessen Architektur zum friedlichen Wohngebiet paßt, wurde 1933 zu einem der ersten Konzentrationslager umfunktioniert. Menschen, die als Entartete, als Gegner der Regierung oder als Juden eingestuft worden waren, wurden dort mißhandelt und ermordet. Hätte ich das

gemerkt, wenn ich in einer der Wohnungen in der Nachbarschaft gelebt hätte, oder hätte ich immer lückenlosen Frieden in den Häuserreihen gesehen?
Ich suchte nach einem Fenster zwischen den Häusern, hinter dem ich gestanden und die Straße beobachtet hätte. Alle Fenster spiegelten die Wolken und es fing an zu regnen. Ich wollte den nassen Schwerbelastungskörper sehen. Er kann nicht weit von hier entfernt sein, dachte ich, aber wie weit und in welcher Richtung er stand, konnte ich nicht sagen.

10

Spazierengehen will gelernt sein, und das Gebiet um den Bahnhof Südkreuz ist nicht für Anfänger geeignet. Ich irre herum und fühle mich wie eine benebelte Labormaus, die ihren Weg durchs Labyrinth nicht findet. Egal in welche Richtung ich gehen will, der Weg wird durch Schienen unterbrochen. Mal fahren die Züge auf der hohen Mauer, durch die kein Tunnel führt. Mal lande ich auf einer Brücke und sehe unter mir die tiefen Täler der Schienen. Güterzüge sehen aus wie eine Modelleisenbahn. Die Brücke bringt mich nicht auf die Seite, die ich erreichen will, sondern auf eine weitere falsche Seite. Nicht nur Schienen, sondern auch Autobahnen sind tiefe Schnittwunden in der Landschaft. Wie soll ich rübergehen? Warum stehe ich immer auf der falschen Seite des Abgrunds? Es gibt hier weder eine Ost-West-Achse noch eine Nord-Süd-Achse. Es gibt nur eine Axt, die alle zusammengewachsenen Straßen und Stadtteile zerhackt hat.

11

Bei milderem Wetter, wenn ich die Zerstückelung der Stadt und den belastenden Körper nicht länger ertrage, kann ich schnell in eine Gartenkolonie flüchten. Eine monotone Reihe kleiner Gärten erzeugt das Gefühl der Kontinuität. Es gibt keine Unterbrechung, selbst ein gebrechlicher alter Obstbaum wird nach einem Krieg, wenn wieder einer kommt, unverändert und gesund hier stehen so wie vorher. Ist es ein Trost? Stockrosen und Sonnenblumen schwanken im Sonnenlicht, wenn die richtige Jahreszeit kommt. Angreifbar sind sie nicht, weil sie sich ausschließlich am Bauernkalender orientieren und fest daran glauben, weder vom Klimawandel noch von einem Krieg beeinflußt zu werden.
Vor dem Eingang der Kolonie stand ein Schild. Ich las es, wollte es am liebsten nicht gelesen haben, dachte, es kann nicht sein, ging weiter, wollte nicht noch mal zurück, um zu prüfen, ob ich es richtig gelesen hatte. Jetzt kann ich den Inhalt nur mit meinen Worten wiedergeben: »Wir sind froh darüber, daß der Nationalsozialismus nicht die Tradition der Schrebergärten zerstört hat.«

Mißverständnisse sind Kollisionen zweier Perspektiven. Beide Seiten könnten dadurch an sich verzweifelt sein.
Konservativ sind die grünen Flächen in der Stadt. Konservativ, weil sie in einer zirkulierenden Zeitordnung leben und dadurch eine Kontinuität pflegen: Sie sind aber nicht rechts, weit entfernt von den Rechtsradikalen, zum Teil vielleicht eher rot, wie die andere Bezeichnung für die Gärten, »Armengärten«, zeigt, und grün sind sie natürlich auch, aber diese Farbe ist keine politische Entscheidung, sondern eher das pflanzliche Schicksal.

12

Als Jugendliche, aber auch als Studentin war ich zu ungeduldig, um einen Spaziergang zu machen. Ich bin zu einem Ziel gerannt oder habe den ganzen Tag im Bett gelesen, liebte das Wort »radikal«. Heute bleibe ich stehen zwischen dem unbeweglichen, belastenden Körper und der Gartenkolonie, die jede Veränderung verlangsamt. Eine radikale Bewegung kann eine Explosion roher Wut sein, sie kann manipuliert werden oder sich verselbständigen, so daß niemand mehr die Eskalation der Gewalt stoppen kann. Etwas, das schleppend vorangeht oder sich an die alte Zeit klammert, selbst wenn es aus nur Trägheit oder Stumpfsinnigkeit ist, kann in einem solchen Notfall eine kleine Bremse sein.

13

Wenn das politische Klima einmal vergiftet ist, kann das nicht schnell rückgängig gemacht werden. Die Halbwertzeit von Plutonium-239 ist, wenn ich mich recht erinnere, ungefähr 24 000 Jahre.
Wie lang mag die Halbwertzeit sein, wenn die Allgemeinheit einmal akzeptiert hat, Menschen aufgrund ihrer Herkunft, Meinung oder Sexualität zu töten? Das politische Klima, die Stimmung in der Gesellschaft: Sie sind nicht greifbar. Sie können verbessert werden, aber wenn sie auf einmal zu schwanken beginnen und umkippen, weiß ich nicht, welche Art von Sprache sie auffangen kann.
Der Schwerbelastungskörper kann nicht so leicht umgekippt werden. Eine große Masse von Baumaterial, die aus der Natur herausgeschnitten und deformiert wurde, kann nicht wieder zu Erde werden, zumindest nicht so schnell, daß ein Menschenleben es erleben kann.

14

Eine literarische Figur von Franz Kafka, der Betende in der Erzählung »Das Gespräch mit dem Beter«, bezeichnet »Pappel« als »Babel«. Der Ich-Erzähler macht ihm den Vorwurf, er würde den wahrhaftigen Namen der Dinge vergessen und schnell einen anderen, zufälligen Namen darüberschütten. So passiert es schnell, daß die Pappel der Turm von Babel genannt wird.
»B« und »P« sind beide explosive Konsonanten. Ist das Zufall? Der Schwerbelastungskörper steht auf der General-Pape-Straße. Ich hatte eine Zeitlang geglaubt, daß sie Pappelstraße heißen würde. Der preußische General Pape soll im Kampf gegen Frankreich einen Helden gespielt haben. Es klingt nach einem Theaterstück, wenn ich seine Tat mit diesen Worten schildere.
Der Regen verdichtete sich inzwischen und ich befand mich im Labyrinth der Baustellen und neuen Gebäudekomplexe um das Südkreuz herum. Hier entsteht eine neue Stadt, kein Germania, aber ein gigantisches Viertel mit transparenten Büroräumen.
Durch die Schleier des Eisregens fand ich gerade noch den Weg zurück zum Bahnhof Südkreuz, vor dem einige Taxis standen. Ich ging zum ersten Taxi in der Reihe und sah, wie ein dürrer älterer Fahrer eifrig etwas in sein Handy tippte. Ich klopfte ans Fenster und fragte, ob er mich zum Schwerbelastungskörper fahren könne. Ich zögerte eine Sekunde, den Namen auszusprechen, schämte mich, obwohl es sich um eine offizielle Bezeichnung handelt und nicht etwa einen Spottnamen. Der Fahrer antwortete kurz: »Kenn' ich nicht.« Ich gab nicht auf und fragte, ob er kein Navigationssystem habe. Er antwortete, er habe keine Internetverbindung, und sein Handy war nicht mehr zu sehen. Mir fiel in dem Moment der Name »General Pape« ein, der aus meinem Mund sofort heraussprang. Die Falten im Gesicht des Taxifahrers nahmen plötzlich die Züge eines freundlichen Lächelns an, und er sagte, daß sich die General-Pape-Straße auf der anderen Seite des Bahnhofs befinde. Ich solle einfach durch den Bahnhof gehen. Mit dem Taxi dauere es viel länger. Der Taxifahrer sprach den Konsonanten »G« sehr kräftig und zog den Vokal »a« würdevoll in die Länge, so daß »General Pape« keineswegs lächerlich klang.
Ich ging durch die Bahnhofshalle und landete wieder in einer Straße, deren Namen ich nicht lesen konnte. Der Regen schlug mir an die Seite und der Versuch, meinen wackligen Schirm aufzuspannen, scheiterte. Eine blaue Kapuze erschien neben mir. Blaue Augen blickten mich an, ich fragte hastig, wo der Schwerbelastungskörper sei. Ich schrie den Namen schamlos laut, weil die akustische Kulisse des Sturmregens mich dazu zwang. Das Gesicht wandte sich ab, als hätte es ein Unwort gehört. Die Straße war inzwischen fast menschenleer.

Endlich sah ich einen schwarzen Regenmantel in meine Richtung eilen, aber er hat nicht einmal meine Anrede verstanden. Ich schrie »Schwerbelastungskörper« in seinen Rücken, der zusammenzuckte und sich noch schneller von mir entfernte. Niemand verstand meine Sprache. Das Projekt Babel war angeblich wegen der Mehrsprachigkeit gescheitert, und der Bau auf der Pape-Straße, der im Sturm eine letzte Chance hatte, wie der Turm zu Babel auszusehen, scheiterte in einer einzigen Sprache.

15

Ich werde versuchen, den Schwerbelastungskörper nicht umzubenennen. Ich werde seinen Namen beibehalten. Er klingt weiter unsinnig, lächerlich, furchterregend, belastend und schwer. Das war nicht die Absicht der Nationalsozialisten. Der Name enthält wie sein Bau eine Materialität, die nicht schnell veränderbar ist. Er wird uns die düstere Melodie des Namensgebers, die er unfreiwillig verraten hat, noch lange vorspielen.

DURS GRÜNBEIN

DEKADENZ

Gedichte

POMPEJI LEBT

Aus der Stadt am Vesuv wurde
ein neuer Fund gemeldet,
die Unterkunft einer Kleinfamilie.
Sklaven, dem wenigen nach,
was sich an Besitztümern fand:
Primitive Pritschen, eine Truhe,
ein paar Krüge, ein Nachttopf.
Eine einzelne Deichsel, an eines
der Betten gelehnt, erzählt
vom Beruf des Ernährers:
einem Wagenlenker (Chauffeur).
Die Lebenden greifen
nach dem Alltag der Toten.
Man könnte sagen, sie graben
die eigene Zukunft aus
an einem Ort wie Pompeji.
Solange sie graben, leben sie.
Solange gegraben wird, leben wir
mit der versunkenen Stadt.

EINE PINIE FÜR PLINIUS

Kopfstehende Pinie
in einer Gewitternacht
in Regenpfützen erblickt

Pinie im Blitzschein zerstückt
Gebrochene Lebenslinie
Sturz in den Himmelsschacht

DEKADENZ

Auch Baiae ging schließlich unter,
der Badeort reicher Römer,
die größte Therme des Imperiums,
zu Kaiserzeiten ein Platz auf Erden,
an dem alles erlaubt war.
Seneca sah hier die Adelselite
betrunken am Hafenkai torkeln,
die Bucht war vom Gelächter erfüllt,
das von den Barken herüberschallte.

In den Villen mit Blick aufs Meer,
das verschwiegene, war vieles möglich.
Alte Männer konnten, schreibt Varro,
wieder zu Jungs werden hier
und junge Männer zu Mädchen.
Neureiche Sklaven entdeckten den Markt
für frisches Fleisch aller Art.
Trinkgelage, als Symposion getarnt,
waren noch klassischer Stil,
der letzte Schrei aber, wirklich neu,
die Swingerorgien der Hautevolee.
Hinter Gardinen, vom Meerwind gebauscht,
wurden Wandbilder zum Leben erweckt:
Schwitzende Körper in jederlei Stellung,
Konvulsionen unter den trägen Blicken
derer, die in den Polstern ruhten.

Etwas lag in der Luft dieses Landstrichs
oder brach aus den Untergründen,
den vulkanisch aktiven hervor,
hier wo die Erde sich hob und senkte.
Etwas stark Stimulierendes,
tief Bestürzendes, ein Bewußtsein
von der Kürze des Lebens.
Und lange dauerte es nicht,
bis sich die Erdkruste senkte und Baiae,
das Luxusresort, unter Wasser setzte.
Wie die römischen Silberspiegel,

die kein Bild bewahrten, blieb
auch der Meeresspiegel bis zuletzt
alldem gegenüber blind.

ZUR INTERPRETATION VON GEDICHTEN

Beim Anblick des Dichters im weißen Kittel
kam die Frage auf: wie viele Abtreibungen
der wohl eigenhändig vorgenommen hat.
Arzt für Haut- und Geschlechtskrankheiten,
da ließ sich einiges machen.
Bekannte brachten ihm ihre Frauen in Not,
»denen ich ärztlich mehrfach behilflich war ...«.
Nach Praxisschluß kamen dann die Gedichte
zustande, beim Radiohören, beim Blättern
in Lexika oder Bildbänden des Genres
Über die Schönheit des weiblichen Körpers.

Der Mann mit den goldenen Händen,
der sanfte Beschwörer: Wie Odysseus habe er
aus Neugier bewußt die Hölle besucht, hieß es,
und dabei keine Einzelheit ausgelassen.
Nachzuweisen war ihm indessen nichts.

INGO SCHULZE

WEISSE STELLEN, SCHWARZE LÖCHER, BLINDE FLECKEN

Zwischen »Schwerbelastungskörper« und ehemaligem SA-Gefängnis entlang der Berliner General-Pape-Straße

»Ja, was hast denn du gedacht, aus welcher Zeit Pflastersteine stammen?« rief B. Sie war über die Annahme von A., ihrem achtzehnjährigen Sohn, nicht weniger verblüfft als ich. Glaubte er denn wirklich, Straßen würden heute noch gepflastert?

Wir näherten uns schon dem Ende des »historischen Parcours« an der General-Pape-Straße, der vom Schwerbelastungskörper durch die Kleingartenanlage zum Kasernengelände führt, jenen Backsteinbauten des ehemaligen Eisenbahnregiments, die heute unter Denkmalschutz stehen und von verschiedenen Einrichtungen genutzt werden, unter anderem vom Robert-Koch-Institut, aber auch von Unternehmen, deren Schilder sich neben den Eingängen finden; dazwischen Reparaturwerkstätten, eine Firma für Reifenservice und Liquid-Gas, Lagerhäuser wie jenes, das bis 1990 einen Teil der sogenannten Senatsreserve beherbergte, ein Sammelsurium von Gewerben östlich der Gleistrasse zum Bahnhof Südkreuz.

A., in Berlin geboren und aufgewachsen, tippt mit der Fußspitze auf die Pflastersteine. Er habe nie über Pflastersteine nachgedacht, sagt er lächelnd und etwas verlegen. Und erklärt habe es ihm schließlich auch niemand. Ich freute mich, daß er den kleinen Ausflug zwei Tage vor Silvester mitmachte.

A. staunte, wieso er dieses Gebiet nicht kannte. Er wisse, sagte er, wo sich hier auf Spielplätzen Sitzbänke befinden, die abends von ihm und seinen Freunden übernommen werden könnten. Er kenne die besten Dönerbuden, könne sagen, wo sich Waschsalons befänden, die täglich 24 Stunden geöffnet hätten und im Winter Zuflucht böten. Und nun entdecke er plötzlich inmitten seines Herzlands einen weißen Fleck. Auf dem Foto von A.s iPhone wirken die Pflastersteine, auf denen wir vor dem einstigen SA-Gefängnis stehen, wesentlich farbintensiver, wie Kieselsteine am Meer.

Eine knappe Stunde zuvor hatten wir das Auto in der General-Pape-Straße abgestellt und waren zum »Schwerbelastungskörper« gegangen, konnten aber

nicht näher heran, weil das Tor verschlossen war und erst wieder im April öffnen würde. Da die Bäume kahl waren, sah man den mächtigen Nazi-Klotz sehr gut. Hier nun hatte ich wieder angefangen, von der ersten Tour mit C. zu erzählen, zu der es beinahe nicht gekommen wäre. Denn ich war skeptisch gewesen. Warum sollte ich mir diesen »Schwerbelastungskörper« antun, diesen Betonklotz, den zu sprengen und abzutragen zu aufwendig und für die Wohnhäuser in der Nähe zu gefährlich gewesen war, wie man es von einigen Hochbunkern kennt. Gab es, wenn man sich partout mit der Architektur aus der NS-Zeit beschäftigen wollte, nicht lohnendere Bauten? Und was sollte ich, weder Kunsthistoriker noch Architekt, zu einer Konferenz »Bauen im Nationalsozialismus« beisteuern? Ich konnte Gebäuden aus jener Zeit in meinem Alltag kaum ausweichen, am Fehrbelliner Platz nicht, den ich mehrmals wöchentlich passierte, nicht an der Wilhelmstraße, Ecke Leipziger, wo das ehemalige Luftfahrtministerium und heutige Finanzministerium steht, schon gar nicht meinem Finanzamt in der Bismarckstraße, an dem direkt über dem Eingang an Stelle des Hakenkreuzes heute die Hausnummer 48 prangt, nicht den Messebauten und dem Olympiastadion auch nicht. Es war aber nicht nur Skepsis gewesen, wiederholte ich gegenüber B. und A., sondern Widerwillen. Als entstiege diesen Bauten immer noch der Odem ihrer Zeit. Allein dieses Wortungetüm »Schwerbelastungskörper«! Obwohl mir von Anfang an klar gewesen war, daß es sich nicht um schwer belastete, also gequälte menschliche Körper handelte, sondern um einen Betonklotz, der den Boden schwer belastete, setzte dieses Kompositum unangenehme Assoziationen frei.
Die erste Verabredung mit meiner Kollegin C. war buchstäblich ins Wasser gefallen. Und auch im September hatten wir wieder einen der seltenen Regentage erwischt. Von der Julius-Leber-Brücke waren wir die Kolonnenstraße entlang über die Kolonnenbrücke gegangen, rechts die »Rote Insel« überragt vom Gasometer.
Den Klotz, der rechter Hand durch die Bäume schimmerte, hätte ich wahrscheinlich erneut übersehen, so wie ich ihn als Autofahrer nie wahrgenommen habe. Mich überraschte, daß er eingehegt und bereits zu einem Museumsobjekt geworden war. Um an den Schwerbelastungskörper heranzukommen, mußte man eine Art Pförtnerhäuschen passieren, das sich als ein Informationsraum mit Texten, Schautafeln, Fotografien und Skizzen an zwei Wänden herausstellte, beaufsichtigt von einem älteren Herrn.
Dann reichten weniger als zehn Minuten aus, um von der Geschichte dieses Betonklotzes gebannt zu werden. Während ich las und mir die Fotografien und Stadtpläne ansah, ging mir allmählich auf, was ich vor mir hatte: das einzige markante Relikt der geplanten »Welthauptstadt Germania«, eine Art Findling aus jener Zeit, die manchmal so nah erscheint und manchmal Äonen entfernt.

Noch bevor wir uns den Schwerbelastungskörper aus der Nähe ansahen, stiegen C. und ich auf den kleinen Aussichtsturm, eine Stahlkonstruktion, eigens zum besseren Verständnis des Betonklotzes errichtet.
Gegenüber A. und B. bedauerte ich, daß wir das jetzt nicht tun könnten, denn der Blick von der Plattform sei erstaunlich. Aber alle Anschauung helfe einem nicht weiter. Man müsse etwas darüber wissen, sonst gebe der Klotz nicht viel her.

Offenbar ist der Begriff Schwerbelastungskörper kein Terminus technicus, der für eine bestimmte Art von Bauten verwendet wird, sondern ein Eigenname. Seine technischen Daten finden sich in einem Wikipedia-Eintrag, der im Gegensatz zum gedruckten Stadtführer die richtigen Daten parat hat.
1941 von Albert Speer in Auftrag gegeben, sollte der Schwerbelastungskörper den Druck auf den Boden simulieren, den der für die »Welthauptstadt Germania« geplante, 170 Meter breite und 117 Meter hohe Triumphbogen ausüben würde. Und dann führte ich Vergleiche an, um das »Bauwerk T«, wie es bei Speer heißt, in seinen Dimensionen faßbarer zu machen: Das Kapitol in Washington D.C. erreicht mit seiner Spitze 88 Meter, ist 229 Meter lang und bis zu 107 Meter tief. Die Kuppel des Berliner Reichstages erreicht an ihrem Scheitelpunkt 47 Meter, das Brandenburger Tor ohne Quadriga 20 Meter. Fast sechsmal höher sollte Bauwerk T also werden.
Und nun füge ich ein, was noch bei Wikipedia steht: »Unter anderem durch französische Kriegsgefangene ließ man einen bis in eine Geschiebemergelschicht 18,2 Meter tief in den Boden reichenden Zylinder mit rund elf Metern Durchmesser errichten. Darauf wurde über der Erdoberfläche ein fünf Meter auskragender Belastungszylinder mit einer Gesamthöhe von 14 Metern aufgesetzt, der somit einen Durchmesser von 21 Metern aufweist. Mit 12 650 Tonnen belastet er auf einer Grundfläche von 100 m² den Untergrund mit 12,65 kg pro cm². In Kammern im Innern des Zylinders wurden Messgeräte angeordnet. Die Messungen der ›Degebo‹ (Deutsche Gesellschaft für Bodenmechanik – I. S.) begannen schon während des Betoniervorgangs und wurden bis zum 1. Juni 1944 fortgesetzt.«
Nach all den Daten erzählte ich nun von dem Moment, da C. und ich oben auf der Aussichtsplattform angekommen waren und wie zur Belohnung das Sonnenlicht durch die Wolken brach. Von oben sah ich endlich den Betonklotz in seiner Ganzheit, zumindest jener, die sich über der Erdoberfläche befindet. Gut erkennbar waren auch die Ausbesserungen, die im Lauf der letzten Jahrzehnte an ihm vorgenommen worden waren. Er wirkte auf mich wie ein riesiger Blindgänger, wie eine enorme Bombe oder Rakete, die im Boden steckte. Meine eigentliche Aufmerksamkeit aber galt der Aussicht, vor allem in Richtung Norden, zum Potsdamer Platz, zum Reichstag und Kanzleramt und zum Hauptbahnhof hin.

Dank der Belehrung im Pförtnerhaus wußte ich nun, daß ich jenen Teil Berlins vor mir hatte, der nach den Plänen von Hitler und Speer die geplante Nord-Süd-Achse der neuen Welthauptstadt hätte werden sollen. An dieser Stelle, an der wir uns befanden, ein paar hundert Meter nördlich vom Bahnhof Südkreuz und an der Kreuzung zu einer geplanten West-Ost-Trasse, die wie die heutige Kolonnenstraße / Dudenstraße zum Flughafen Tempelhof führen sollte, war jener Triumphbogen vorgesehen. Durch ihn hätte die Paradestraße bis zur »Halle des Volkes« geführt, die mit ihrem monströsen Kuppeldach den Abschluß und zugleich die Apotheose der kilometerlangen Strecke gebildet hätte.
Während C. und ich uns unterhielten und über die Stadt sahen – nur nach Osten hin, zum Flughafen Tempelhof, ist der Blick durch Neubauten versperrt –, wurde mir klar: Hier haben wir den Nukleus vor uns, das Beweisstück, wenn es denn eines Beweises bedürfte, wie Berlin, wäre es allein nach den Machtverhältnissen innerhalb Deutschlands gegangen, ausgesehen hätte. Die Welthauptstadt Germania ist nicht nur ein Plan gewesen. Vielmehr war schon begonnen worden, diesen in die Tat umzusetzen. Der Schwerbelastungskörper ist das einzige Bauwerk, das von seiner Verwirklichung zeugt. Was wir heute nicht mehr sehen können, sind die damals für die Paradestraße abgerissenen Häuser. Es sollen zehntausend Wohnungen gewesen sein, die dem Hitler-Speer-Plan geopfert wurden. Ein Teil der vertriebenen Bewohner hatte die Wohnungen deportierter Juden zugewiesen bekommen.
Inwieweit die damals enteigneten Eigentümer entschädigt worden sind, entzieht sich meiner Kenntnis. Heute stehen auf diesem Grund und Boden unter anderem das Kanzleramt und das Jakob-Kaiser-Haus.

Durch eine Stahltür, erklärte ich A. und B., kann man den kleinen Innenraum des Schwerbelastungskörpers betreten, zumindest jenen Teil, in den man auch ohne Führung gelangt – die gibt es von April bis Ende Oktober jeweils sonntags nachmittags. In dieser Betonkapsel waren etliche rostige Metallteile und Geräte verstreut. Die sehen wie Folterinstrumente aus, hatte C. gesagt. Gemeinsam blickten wir in einen Schacht hinab – sind es 18 Meter? –, dessen Abdekkung verschlossen war. Ich fühlte mich unwohl. Was brachte es, hier drinnen herumzutappen? Dieser Klotz hatte doch keine andere Funktion, als unter den Bedingungen der Schwerkraft mit seinem ganzen Gewicht auf einem Stück Erde zu lasten. Wo auf der Welt gab es noch ein Gebäude, dessen Bestimmung derart reduziert war? Als hätte C. meine Gedanken gelesen, sagte sie, in den letzten Kriegsjahren sei der Schwerbelastungskörper als Schutzraum für einige wenige Anwohner genutzt worden, so erklärten sich auch die Stahltüren.

Wir wandten uns schon zum Gehen, entdeckten dabei aber auf einer Tafel den Berliner Stadtplan. Die Straßen waren erhaben dargestellt, wenn auch so klein, daß sie kaum zu erkennen waren. Was man hingegen gut sah, war die hineinkopierte Nord-Süd-Achse samt der Hitler-Speer-Bauten. Es brauchte einen Moment, bis wir uns orientiert hatten. Was wir aber sofort verstanden: Ganz Berlin wäre mit diesen Bauten und Straßen auf Spielzeuggröße geschrumpft, ganz zu schweigen von der Winzigkeit des einzelnen, der sich nicht anders als Gulliver auf seiner Reise nach Brobdingnag zu den Riesen gefühlt hätte.
Aber wäre es nicht cool, wenn es davon heute etwas gäbe? fragte A.
B. und ich sahen wohl etwas ratlos drein. Hatte es damit zu tun, daß die Insignien der Macht für ihn nie eine Bedrohung dargestellt hatten? Du würdest das nicht cool finden, sagte ich und hoffte, er würde mir den Oberlehrer nachsehen. Das Ding hier ist der Reichstag. Ich tippte darauf. Was soll in einer Halle passieren, die fünfmal oder zehnmal größer ist? Und dann erzählte ich von Bukarest und davon, wie niederschmetternd der Anblick des Ceauşescu-Palastes gewesen war. Kein anderes Bauwerk hatte bei mir je solche Abscheu erregt, ohne daß ich im einzelnen gewußt hätte, was dem Größenwahn des »Conducators« auch städtebaulich zum Opfer gefallen war. Ein Zeugnis verschleuderter menschlicher Arbeit und Lebenszeit, eine Materialanhäufung, die nicht so einfach wieder aus der Welt zu schaffen sein würde. Und dies hier und das hier, sagte ich und tippte auf den Triumphbogen und die Halle des Volkes, das hätten Gefangene, Zwangsarbeiter, Sklaven erbauen müssen, und die ganze Welt wäre zu Tributleistungen gezwungen worden, um es zu bezahlen. Zum Glück aber, sagte ich, wären all die Kolosse im Berliner Sumpf oder Sand versunken. Denn was ich vergessen hatte zu erwähnen: In weniger als drei Jahren hatte sich der Bau um gut 19 Zentimeter gesenkt. Und danach? Würde er eines Tages von selbst verschwinden? Wir traten den Rückweg durch die Gartenanlage an.

Vor drei Monaten, sagte ich, noch während ich mit C. um den Betonklotz gegangen war, hatte ich sie nach ihrer Familie gefragt. Ihre jüdischen Vorfahren stammen aus Polen, sowohl die Familie ihrer Mutter wie die ihres Vaters sind in den dreißiger Jahren nach Frankreich ausgewandert. Als dort 1941 die Deutschen einfielen, mußten sie sich verstecken. Je länger C. erzählte, desto klarer wurde, daß sie die eigentliche Geschichte der Welthauptstadt Germania erzählte. Ein Großvater von C. wurde in Auschwitz ermordet, seine Frau und seine Tochter konnten fliehen – eine dieser glücklich-unwahrscheinlichen Wendungen, die es selten genug gab, von denen wir aber immer wieder hören, weil wir von den anderen nicht mehr hören können.

Wie vor drei Monaten mit C. ging ich mit A. und B. durch die Gartenanlage, die jetzt aber zu schlafen schien. Die Anlage besteht aus einer fast unüberschaubaren Vielzahl kleiner Parzellen, bei denen oft schon ein Viertel des Bodens oder mehr von einem Häuschen bedeckt wird, jeder Quadratmeter ist kultiviert. Die Anlage beginnt nur vier oder fünf Meter von einem siebengeschossigen Neubau entfernt, wobei die unterste Etage mit ihren Balkonen in die Gärten überzugehen scheint. Von den oberen Etagen aus müssen die Parzellen gut einsehbar sein.

Auf einer Tafel finden sich unter der Überschrift »Obst und Beton« Erklärungen. Das Areal wurde 1916 den »Angehörigen der Militärverwaltung zur Selbstversorgung überlassen«. Wahrscheinlich sind damit Mitglieder der Musterungskommissionen gemeint sowie die Offiziere des Dritten Eisenbahnregiments, die in den Backsteinkasernen weiter südlich untergebracht waren. Offenbar mußten sich auch Offiziere darum sorgen, wie sie ihre Familien durch die Hungerzeit bringen. Ein größerer Gegensatz ist kaum vorstellbar: hier der alltägliche Hunger während des Krieges, dort die geplante Heroisierung, Verklärung und Perpetuierung des Schlachtens, des Rassismus, des Imperialen. Die Überschrift ließe sich abwandeln: Kartoffeln oder Beton. Denn der »Druckkörper« steht genau auf dem Zugangsweg zur »Gartengemeinschaft Papestraße«, deren Wegenamen, wie in solchen Anlagen üblich, den Ort zum Isyll stilisieren: Fliederweg, Rosenpromenade, Magnolienpfad, Hortensienpfad.

C. und ich waren vor einem vergrößerten Foto vom März 1933, das sich neben der Tafel mit den Erklärungen befand, stehengeblieben. Zu sehen sind Angehörige der »Feldgendarmerie der SA« (der Vorläuferorganisation der Gestapo), wie sie von einem Lieferwagen springen. Wenn sie nicht direkt auf diesen Pflastersteinen gelandet sind, müssen sie über diese Pflastersteine gegangen oder marschiert sein. Ich hatte es abgelehnt, vielleicht sogar brüsk, in das »SA-Gefängnis« hinabzusteigen. Meine tägliche Lektüre waren gerade die Bauernkriege und die Eroberung Südamerikas, ich konnte die Schilderungen der verschiedenen Folterarten nicht umgehen, sie gehörten zum Alltag des Krieges und der Suche nach Eldorado, ich hatte genug davon.

Jetzt, kurz vor Silvester, war ich mir sicher gewesen, daß das SA-Gefängnis geschlossen war. Aber B. ging über das Pflaster zum Eingang des restaurierten Backsteingebäudes, drückte die Klinke und öffnete die Tür.

Ich folgte ihr mit A. in eines, wie ich gleich erfuhr, der frühen Konzentrationslager, das bereits Ende 1933 wieder aufgelöst worden war, nachdem der NS-Staat größere errichtet hatte. Bisher sind etwa fünfhundert Namen von Inhaftierten ermittelt worden, deren Zahl muß jedoch höher gewesen sein. Die Häftlinge waren Kommunisten, Sozialdemokraten, Juden, Gewerkschafter und, wie es auf einer Tafel heißt, »Andersdenkende«, aber auch willkürlich Denunzierte.

Die Kellerräume haben nichts Besonderes an sich. Wären nicht die Lautsprecherstimmen, die Zeugenberichte wiedergeben, oder die Texte und Fotografien an den Wänden – nichts deutete noch auf das SA-Gefängnis hin. Und in den Etagen darüber ist heute ein Amt untergebracht, ich habe vergessen, welches.

Jeder durchstreifte die Räume für sich allein. Kreuzten sich unsere Wege, gingen wir mitunter wie Fremde aneinander vorbei oder fragten, ob der andere dies oder das gesehen habe.

Im Unterschied zu den Besuchen in Gedenkstätten wie Buchenwald oder Sachsenhausen erfährt man hier etwas über die frühe Zeit des Terrors, als wohl die meisten der Inhaftierten sich nicht einmal hatten vorstellen können, daß ihnen etwas Derartiges widerfahren könnte.

Seit dem 30. Januar 1933, spätestens nach der Wahl zum Reichstag am 5. März, auf die ja nicht wenige Hitlergegner noch ernsthafte Hoffnungen auf eine neue Regierung gesetzt hatten, waren die Nazis ja nicht nur Wahlsieger. Sie mußten keine Vollmachten, keine Gerichtsbeschlüsse vorweisen, sie hatten freie Hand, ihre wirklichen oder vermeintlichen Gegner zu drangsalieren, zu foltern, zu töten. Sie hatten die absolute Macht inne, die ihnen teils gegeben, teils von ihnen ergriffen worden war.

Eben noch, vor ein paar Tagen oder Wochen, hatte man über diese Nazis vielleicht gespottet, man kannte Kollegen, Nachbarn, frühere Klassenkameraden, die welche waren. Und plötzlich gab es kein Halten mehr, man war Freiwild, der Willkür von Nachbarn oder Fremden ausgesetzt, die überzeugt waren, das Richtige zu tun, der Sturmtrupp der Nation zu sein, der die neuen Verhältnisse, die endlich ihnen zugute kommen sollten, jetzt durchsetzen, nein, durchprügeln mußte gegen die Kommunisten, die Juden, die Sozialdemokraten, die Freimaurer, die Katholiken, die Zigeuner, die Zeugen Jehovas … Und die Opfer? Wie hatten sie glauben können, die Demokratie, die Gewaltenteilung, der Rechtsstaat wären ein unumkehrbarer Fortschritt gegenüber dem Kaiserreich gewesen? Endlich hatte sich Deutschland zur Demokratie gemausert. Niemand von ihnen, ganz gleich auf welcher Seite, kannte eine Diktatur. Sie kannten das Kaiserreich, das Grauen des Großen Krieges, den sozialen Bankrott und den moralischen dazu.

Die SA-Männer waren Schläger, aber bis zum Januar 1933 waren sie immerhin auch selbst gefährdet gewesen. Unter den SA-Feldgendarmen in der General-Pape-Straße gab es wohl noch keine Verhör- und Folterspezialisten, aber ein Gefühl von Allmacht muß sie erfüllt haben, und damit verbunden eine Genugtuung. Denn Beleidiger, das sagt zumindest Tschechow, nehmen sich selbst immer als Beleidigte wahr. Der Übergang von der Schikane (wie sie sich manchmal

auch unter Rekruten finden läßt) zu Folter und Tötung ist fließend. Schläge, Exerzieren bis zur Erschöpfung, überfüllte kalte Zellen, demütigende Arbeiten wie das Putzen dreckiger Toiletten mit bloßen Händen, Entblößung, der Befehl, sich selbst zu beschimpfen oder gegenseitig zu schlagen, Auspeitschen … Einem Inhaftierten wird ein schweißiger Socken in den Mund gestopft, andere müssen über eine »Hürde« springen, die gerade an jener Stelle im Gang errichtet ist, an der ein Rohr quer unter der Decke verläuft, dem die springenden Häftlinge zur Freude der SA-Leute nicht ausweichen können und mit dem Kopf dagegen knallen. Die hier die Macht haben, kennen ihre Gegenüber nicht persönlich. Es gibt keinen Befehl, die Verhafteten zu drangsalieren und zu foltern. Es gibt auch noch kaum ein konkretes Ziel, wie das Erpressen von Namen und anderen Informationen. Und dann liest man von einem SA-Mann, der einen Arzt wiedererkennt, der ihn behandelt hat. Er schreibt auf einen Zettel: Verschonen. Acht Inhaftierte kennt man namentlich, die totgeprügelt wurden oder an den Folgen der Schläge und der Haftbedingungen starben.
Was in diesem Keller passiert ist, zeigen auch spätere Beschwerdeschreiben. Ein jüdischer Arzt, dem bei seiner Entlassung nahegelegt wurde, das Land schnellstmöglich zu verlassen, faßt in einem Brief an das deutsche Konsulat in Bern zusammen, was ihm widerfahren ist. In einem PS teilt er mit, daß er wegen der ausgeschlagenen Vorderzähne und zweier zerbrochener Zahnbrücken entstellt sei und auch deshalb größte Schwierigkeiten habe, eine neue Anstellung zu finden, denn er verfüge nicht über die finanziellen Mittel zur Behandlung.
Wie werden sich die Inhaftierten damals diese Katastrophe erklärt haben?

Wir machen uns dann auf den Rückweg. Einige der Backsteinbauten, an denen wir in Richtung Bahnhof Südkreuz vorübergehen, dienten als sogenanntes Auffanglager für Flüchtlinge aus dem Osten. Die Tafel mit den Erklärungen fehlt, nur deren Gestell ragt inmitten einer verwilderten Wiese empor.
Je älter ich werde, sagt B., desto geringer scheint der Abstand zwischen dem Ende des Zweiten Weltkriegs und meinem Geburtsjahr zu werden. Sie erzählt, wie präsent in ihrer Kindheit Kriegsversehrte waren, einbeinig, einarmig oder mit entstelltem Gesicht. Ich kenne das ebenfalls. Darin waren sich Ost und West gleich. Für einen Augenblick sehe ich uns drei von außen, als wären wir die beflissenen Darsteller einer historischen Dokumentation.

Ist die Bemerkung, daß die Materialdichte des Schwerbelastungskörpers sich proportional zu seiner Bedeutungsdichte verhalte, selbstverliebt? Als ich den Gedanken ausspreche und dabei lachen muß, antwortet B. im selben Tonfall: Das schwarze Loch in Sachen Bedeutung. Ich nicke.

Es ist unmöglich, allein über architektonische Maßlosigkeit zu sprechen, denn diese leitet sich ja von der Anmaßung aus Herrenmenschentum und Weltherrschaft her. In dieser Anmaßung, in dieser »Maßlosigkeit«, liegt das Verbrechen, das einen Schwerbelastungskörper überhaupt erst erforderlich machte.

Ich gestand, schon im Petersdom Schwierigkeiten mit den Proportionen bekommen zu haben, dieses riesige Langschiff, auch die gigantische Vierung – Dimensionen, die im Wortsinn grenzwertig sind. Der Raum atmet noch, aber er ist schon dabei, sich von den Menschen abzulösen (ein Maler, durch den ich als Schüler den Namen Albert Speer zum ersten Mal hörte, sagte mir, Speer habe im Petersdom Zweifel an den eigenen Planungen bekommen, aber ich habe diese Stelle in seinen Erinnerungen nie gefunden).
Einmal ins Erzählen gekommen, sprach ich von dem Vortrag eines Historikers, den ich vor fünfzehn Jahren, als Stipendiat der Villa Massimo, gehört hatte, das Thema: Rom als faschistische Stadt. Ihm ging es dabei nicht um den unter Mussolini gebauten Stadtteil EUR. Aber warum sollte die ewige Stadt, in der die Bauten des Faschismus keineswegs bestimmend sind, eine faschistische Stadt sein?
Es sind nicht in erster Linie die Bauwerke, ließe sich die These zusammenfassen, es ist die Art und Weise, wie diese präsentiert werden. Als eindrücklichstes Beispiel habe ich das Augustus-Mausoleum in Erinnerung. Dieses war bis zum Beginn des 20. Jahrhunderts fast vollständig unter Anbauten verschwunden. Was da auf einer Fotografie aus jener Zeit zu sehen war, erschien mir wie das Symbol des alltäglichen Lebens zu sein, das sich zurückholt, was einst separiert gewesen ist. Unter Mussolini war das Mausoleum wieder »freigelegt« worden. Die meisten antiken Bauten und Monumente wurden während des Faschismus von ihrem gewachsenen Umfeld isoliert und »vervollständigt«. Säulen wurden mit einer Barriere aus schweren Ketten eingehegt. Sogar die breite Straße, die zum Petersplatz führt, wurde erst unter Mussolini angelegt. Ebenso jene Straße, die das Forum Romanum regelrecht zerschneidet, dafür jedoch das Kolosseum mit der Piazza Venezia verbindet. Es sind ganz unterschiedliche Eingriffe, aber alle haben zum Ziel, die Zeugen des Alltags und des lebendigen Lebens beiseite zu räumen, die überlieferten Bauwerke und Ruinen aus ihrer zeitlichen Gebundenheit zu lösen – um sie nach dieser »Reinigung«, Entwurzelung und Verabsolutierung den eigenen Zielen besser dienstbar machen zu können. Es sind keine Räume, in denen sich das alltägliche Leben entfalten kann, für Individuen, die dort Geborgenheit finden. Es sind Räume der Disziplinierung und der Machtausübung, einer Schulung und Einübung in Hierarchie und Unterwerfung.
B. sagte, bei »Welthauptstadt« müsse sie immer an eine ältere Dame denken, die sie im Übersetzerkolleg in Straelen getroffen habe. Sie, die ihr Leben dem

internationalen Austausch gewidmet hatte, gestand, als junge Frau am Sinn ihrer Sprachenstudien gezweifelt zu haben. Sie habe in ihrer Erzählung eine kurze Pause gemacht und dann bekannt, in dem Glauben gelebt zu haben, daß über kurz oder lang die ganze Welt ja sowieso Deutsch sprechen würde. Die anderen hatten Deutsch zu lernen.

In der Kulturgeschichte imperialer Anlagen kann der Hitler-Speer-Entwurf wohl als der monströseste gelten. Mit anderen vergleichbar ist allenfalls sein Anspruch, ein gesamtes Ensemble neu zu erschaffen. Darin ähnelt er nicht nur anderen faschistischen oder stalinistischen Unternehmungen, sondern letztlich auch der klassischen Moderne, wie sie sich in Oskar Niemeyers Brasilia ausdrückt, wenn auch dort aus einem gänzlich anderen Geist und in einer anderen Formensprache geplant wurde. Wenn das nach den Plänen errichtete Areal keine Veränderungen am geschaffenen Status quo mehr erlaubt, weil diese Veränderungen dann einer Verletzung des Ganzen gleichkommen, macht es die einzelnen zu Gefangenen oder Statisten.

Sucht man in Europa nach vergleichbaren städtebaulichen Achsen, fällt einem Paris ein. Vom Louvre ausgehend (in dem Napoleon die auf seinen Feldzügen zusammengeraubten Schätze versammelte, einschließlich der Berliner Quadriga) führt die imperiale Achse heute über die Glaspyramide, den Arc de Triomphe du Carrousel, die beiden Bassins zum Obelisken und weiter zum Arc de Triomphe und zur Grande Arche von La Defense. Die Glaspyramide wie auch die zum 200. Jahrestag der Französischen Revolution am 14. Juli 1989 eröffnete Grande Arche (immerhin fast 111 Meter hoch) sind Beispiele dafür, wie an dem Muster einer imperial-triumphalen Achse weitergearbeitet – und damit auch weiterinterpretiert wird. Insbesondere die Glaspyramide zerbricht durch ihre Durchsichtigkeit und Funktionalität (unter ihr befindet sich die Kassenhalle des Louvre) diese imperiale Idee, aktualisiert sie aber zugleich und fügt sich in das herrschaftliche Muster ein, das seine Formensprache aus Ägypten und Rom bezieht. Die Militärparaden auf den Champs-Élysées zum Nationalfeiertag nehmen sich trotzdem wie feudale Ritterspiele aus.
Die Berliner Achse vom Theodor-Heuss-Platz über die Siegessäule und das Brandenburger Tor zum Humboldtforum (bzw. der Schloßattrappe) hat nichts von diesem Glanz. Und vor allem wäre heute undenkbar, sie zur Demonstration des deutschen Selbstverständnisses in Form einer Militärparade zu nutzen. Übriggeblieben ist allein das Brandenburger Tor. Man hofft, an dessen Aura mietweise für die eigene Veranstaltung teilhaben zu können, von der Produktpräsentation über die staatliche Gedenkveranstaltung bis hin zu beinah täglichen Protestaktionen.

Zwischen den beiden Spaziergängen entlang der General-Pape-Straße liegt zufällig unser Besuch beim Deutschen Historischen Institut in Washington D. C., so daß B. und ich unweigerlich auf die National Mall zu sprechen kommen, die mir seit meinem ersten Besuch vor mehr als zehn Jahren wie ein aufgeschlagenes Buch erscheint. Wer etwas über das Selbstverständnis der USA wissen will, kann es an diesem 500 Meter breiten und 4,8 Kilometer langen Ensemble zwischen dem Lincoln-Monument und dem Kapitol ablesen.
An der National Mall wird geradezu unaufhörlich weitergearbeitet, denn jede Veränderung an einem der vierzehn Museen, die sich dort befinden, stellt de facto eine erweiterte Selbst-Interpretation dar. In Washington D. C. erinnert die Formensprache an antike Tempel (das Lincoln Memorial mit einem riesigen Lincoln als thronendem Gott oder das dem Pantheon ähnliche Thomas Jefferson Memorial ebenfalls mit riesiger Statue, das in gerader Linie zum Weißen Haus eine Querachse zur Mall bildet). Auch der Jupitertempel, das Capitolium, religiöses Zentrum des Römischen Reichs, zu dem alle Triumphzüge führten und an dem die Konsuln ihre Amtszeit mit einem Opfergottesdienst begannen, wird zitiert, ebenso wie der Obelisk, das Washington Monument, ein Marmorturm von 169 Metern Höhe, dessen Bauzeit, unterbrochen von Querelen und Bürgerkrieg, sich von 1848 bis 1884 hinzog und ungefähr die Mitte zwischen Lincoln Memorial und Capitol wie auch leicht versetzt den Schnittpunkt zur Querachse (Jefferson Memorial / Weißes Haus) markiert.
Da die National Mall das Aufmarschgelände durch Rasenflächen und Wasserbassins ersetzt, wird der entscheidende Platz dem einzelnen eingeräumt, sei es bei der Teilnahme an der zeremoniellen Vereidigung eines neuen Präsidenten, beim Sonnenbad oder Spaziergang, sei es bei einer Demonstration oder dem Besuch eines der Museen oder Denkmäler.

Es läßt sich kaum ein größerer Gegensatz zu dem geplanten Triumphbogen von Hitler und Speer finden als die memorial wall des Vietnam Veterans Memorial.
Auf dem Berliner Triumphbogen sollten die Namen aller im Ersten Weltkrieg gefallenen deutschen Soldaten stehen. Den Triumphbogen zu durchschreiten wäre einer Initiation und einer Aufforderung gleichgekommen, diese Toten symbolisch auf die eigenen Schultern zu nehmen. Das Unterschreiten hätte zwischen Unterwerfung und Zugehörigkeit changiert.
Die memorial wall von 1982 befindet sich nicht weit vom Lincoln Memorial entfernt, aber abseits des Hauptwegs. Selbst wenn man näherkommt, ist sie kaum auszumachen, da sie hauptsächlich unter dem Niveau der Mall liegt. In etlichen Beschreibungen ist von einem »Schnitt« in die Erde die Rede. Dieses Denkmal erschließt sich nur denjenigen, die über 75 Meter eine Mauer aus schwarzem

poliertem Granit entlanggehen, hinab bis zum tiefsten Punkt, wo im Winkel von 125 Grad eine zweite Granitmauer anschließt, an der entlang man wieder hinaufgeht. In diese beiden schwarzen Wände sind die Namen der fast sechzigtausend in Vietnam gefallenen US-Soldaten graviert. Die Wirkung entfaltet sich allmählich. Mit jedem Schritt steigert sich die Anzahl der Namen, jeder Schritt führt einen tiefer hinab, ohne daß es je dunkel wird, während die Namen einem über den Kopf wachsen. Es ist keine Überwältigung der Besucher, keine Vereinnahmung, man bleibt souverän. Und doch ist die Wirkung stark. Man kann den Namen nicht ausweichen, sie stehen einem sehr dicht vor Augen. Diese eindringliche Schlichtheit haben viele nicht ausgehalten. So wurde als Ergänzung der memorial wall noch ein Flaggenmast hinzugefügt, später dann zwei eher traditionelle Denkmale. Auch sie gehören zum Ringen um Deutungshoheit und Selbstverständnis.

Was fehlt, ist die Frage, warum diese Soldaten sterben mußten. Und es fehlt auch die Auskunft, wie viele durch sie auf der vietnamesischen Seite sterben mußten. Auf jeden gefallenen US-Soldaten kommen zwischen dreißig und fünfzig Vietnamesen, die eine Million Opfer des giftigen Agent Orange, das gesundheitliche Probleme verschiedenen Grades bewirkte, noch nicht mitgerechnet.

Mit der National Mall haben sich die Vereinigten Staaten einen Ort geschaffen, an dem sie ihren imperialen Anspruch manifestieren, zugleich aber auch Deutungen ihrer Geschichte vornehmen, die sowohl in ihrem affirmativen wie auch selbstkritischen Charakter überraschen. Nolens volens wird hier alles staatstragend, was zugleich bedeutet, daß sich auf der National Mall Veränderungen innerhalb der Gesellschaft manifestieren, wie sie sich beispielsweise an der memorial wall oder dem »Museum for African American History and Culture« ablesen lassen. Doch alle Deutungen müssen sich in das Grundmuster der Geschichte als Heilsgeschichte, verkörpert im Status quo, integrieren lassen. Hingegen sich selbst in Frage zu stellen, die eigenen Voraussetzungen zu reflektieren, sich mit den Augen der anderen zu sehen und die eigenen Ansprüche in Frage zu stellen, wird im Kontext der National Mall unmöglich. Der blinde Fleck zeigt sich nur denjenigen, die sich außerhalb der Zusammenhänge der National Mall stellen.

Das Fehlen eines deutschen Äquivalents zur National Mall hat viele historische Gründe. Das Streben unserer »verspäteten Nation« nach vergleichbarer Weltgeltung war immer mit kriegerischen Machtbestrebungen verbunden, die Pläne von Hitler und Speer sind deren schlimmster Auswuchs.

Vor diesem Hintergrund läßt sich der Schwerbelastungskörper sowohl als Zeugnis für dieses Vorhaben wie für dessen Scheitern begreifen. Glücklicherweise aber hat man es nicht dabei belassen. Dank jenen, die dieses historische Areal sichtbar gemacht und es damit im allgemeinen Bewußtsein verankert haben! Denn dieses Sammelsurium an der General-Pape-Straße zwischen Schwerbelastungskörper und SA-Gefängnis, zwischen Gartenanlage und »Senatsreserve« ist ein unspektakulärer Ort, der durch das Gewerbegebiet mit seinen alten Pflasterstraßen und den neueren Asphaltwegen und dem Matsch und den Pfützen dazwischen in den Alltag der Gegenwart verwoben ist. Hier gibt es nichts Repräsentatives, das es dem einzelnen abnehmen würde, die Zusammenhänge selbst herzustellen. Hier hindert einen kein imperialer Rahmen, den eigenen nationalen blinden Fleck zu erkennen.

Wir retten uns vor dem Regen ins Auto. (Sollte ich sagen: in unser deutsches Auto, produziert von einer deutschen Firma, von denen es bekanntlich keine gibt, die nicht tief in den Nationalsozialismus verstrickt war, die also direkt oder indirekt in einem Bezug zur »Welthauptstadt Germania« gestanden hätte?) Wir biegen aus der General-Pape-Straße in die Kolonnenstraße. A., der hinter mir sitzt, schickt mir das Foto von den farbigen Pflastersteinen.
Vielleicht ist das der Grund, weshalb mir der Entwurf der Künstler Rudolf Herz und Reinhard Matz für das Holocaust-Mahnmal einfällt, der leider nie eine Chance hatte. Sie wollten auf der A 7 zwischen Homberg und Malsfeld den Straßenbelag der Autobahn durch Pflastersteine ersetzen, ein Mahnmal, dem kein Auto auf der Fahrt zwischen Fulda und Kassel hätte ausweichen können.
Keinem Reisenden wäre es erspart geblieben, erschüttert, das heißt durchgerüttelt zu werden. An der Seite hätte es Tafeln gegeben, die über den Holocaust aufklären. Das Gelände des Mahnmals in Berlin sollte verkauft werden, der Erlös der Unterstützung verfolgter Minderheiten zugute kommen.
Als Beifahrer schließe ich die Augen. Ich habe lange nicht mehr an diesen Entwurf gedacht. Das wäre dann tatsächlich eine neue, eine heutige Pflasterstraße gewesen. Und sollte ich wieder einmal nach »meinem Berlin« gefragt werden, wüßte ich jetzt einen Ort, den ich benennen könnte. Dann konzentriere ich mich darauf, wie sanft und leicht wir über den Asphalt nach Hause gleiten.

HANS DIETER ZIMMERMANN

BESUCH BEI ANNA SEGHERS 1966

Eine Momentaufnahme aus dem Jahre 1966. Ich war damals sechsundzwanzig, Student in Mainz, wo ich beim Studio des Südwestfunks volontierte. Ich bearbeitete die Novelle »Der Ausflug der toten Mädchen« von Anna Seghers für den Funk. Ich besaß ein Heft von Reclam Leipzig mit dem Nachwort meines späteren Lehrers Hans Mayer. Die Erzählerin erinnert sich im mexikanischen Exil an einen Ausflug ihrer Schulklasse in Mainz und daran, was aus den Mädchen später geworden ist. Anna Seghers war Mainzerin, und das war außer meiner Jugend der zweite Zugang, den ich zu ihr fand, vermute ich. Ich schrieb ihr, daß ich sie gern besuchen würde. Sie erwartete mich. Und gab den Text frei: Ich konnte die Novelle inszenieren; sie lief jahrelang im Mainzer Sender.

Ich war damals recht naiv. Heute wundere ich mich, wie freundlich die mächtige Vorsitzende des Schriftstellerverbands der DDR einen unbekannten jungen Mann aus Westdeutschland empfing und ihm ihre Novelle zur Bearbeitung überließ. Über meinen Besuch habe ich damals diesen Bericht verfaßt.

*

Die genaue Adresse von Anna Seghers wußte ich nicht. Die Straße kannte ich, aber nicht die Hausnummer, ich hatte sie vergessen. So lief ich die ganze Straße entlang. Zuerst standen links und rechts große Mietshäuser, dann kleine Einfamilienhäuser. Es waren nur wenige Leute auf der Straße. Samstag nachmittag. Eine hübsche junge Frau fragte ich, ob sie wisse, wo Anna Seghers wohne. Ja, die Anna, sagte sie. Vor kurzem noch habe sie mit ihrem Mann über die Anna gesprochen. Sie ließ immer den Familiennamen weg und schien ziemlich intim mit der Schriftstellerin zu sein. Ja, die Anna habe früher hier gewohnt, sei aber jetzt weggezogen. Doch genau könne sie mir das nicht sagen. Ich fragte nach der nächsten Volkspolizei-Wache. Die sei im S-Bahnhof. Ich ging also wieder zurück, traf aber unterwegs auf einen Mann, der mit seinem kleinen Sohn den Wagen wusch. Die beiden wußten sofort Bescheid. Auch sie schienen Anna Seghers gut zu kennen, freundlich wiesen sie mir das dreistöckige gelbe Haus, an dem ich schon zweimal vorbeigelaufen war.

Unter den Namensschildern fand ich eines mit »Seghers-Radványi / Dr. Schmitt«. Ich klingelte. Im dritten Stock öffnete sich ein Fenster und eine Frau rief, ich müsse die Tür erst an mich ziehen und dann drücken. Ich zog und drückte und stand im Hausflur. An der Wohnungstür hing das gleiche Schild wie am Hauseingang. Eine ältere Frau, wohl die Haushälterin, öffnete. Ich sagte meinen Namen. Sie wußte Bescheid und bat mich einzutreten. Der Wohnungsflur war schmal, denn er war von allen Seiten mit Büchern zugebaut. Trotzdem blieb noch Platz für einige kleinere Bilder und für eine Garderobe, an die ich meinen Mantel hing.

Die Haushälterin führte mich in ein reich möbliertes Zimmer. Zwei Wände waren wieder bis zur Decke mit Bücherregalen vollgestellt. Auf einem runden Tisch war die Kaffeetafel bereits gedeckt. Anna Seghers begrüßte mich. Ich kannte sie von Bildern. Das weiße Haar nach hinten gekämmt, hoch angesetzte Backenknochen, helle Augen, Lachfalten. Sie lächelte, ich mußte mich für Tee oder Kaffee entscheiden und wählte Tee. Dann gab es einen Kognak. Die Haushälterin trug in Teig gehüllte gebratene Äpfel auf, die reichlich mit Puderzucker bestreut waren, so daß ich jedesmal, wenn ich hineinbiß, mir den Zucker auf die Hose blies. Außerdem mußte ich noch afrikanische Schokoladenstückchen kosten und von den Zigaretten rauchen, die sie mir anbot. Anna Seghers rauchte nicht. Ich war so beschäftigt, daß ich kaum zum Fragen kam, obwohl ich ihr doch nun erklären mußte, warum ich sie um dieses Gespräch gebeten hatte. Ich hatte schon vor längerer Zeit ihre Erzählung »Der Ausflug der toten Mädchen« gelesen, die sie während des Zweiten Weltkriegs in der Emigration in Mexiko geschrieben hatte. Darin erinnert sich eine Ich-Erzählerin ihrer Kindheit am Rhein und ihrer Schulzeit. Die Mädchen, die unbeschwert ihren Schulausflug unternehmen, ahnen noch nichts von den kommenden Kriegen und vom Schrekken des Faschismus. Die Ich-Erzählerin aber weiß davon. So wird immer wieder das Bild der fröhlichen Kindheit abgesetzt von dem Bild einer dunklen Zukunft dieser Kinder: Verfolgung, Verrat, Tod.

Ich hatte die Erzählung für den Funk bearbeitet. Ich wollte sie nicht dramatisieren, das war nicht möglich, sondern nur die beiden verschiedenen Ebenen hörbar machen. Ich war nun gekommen, um mir ihre, Anna Seghers', Erlaubnis für die Bearbeitung zu holen. Ich hatte das Manuskript mitgebracht.

Anna Seghers sah kaum hinein, das sei meine Sache. Ich habe ihr ja versprochen, nichts zu ändern, nur zu kürzen. Dann schaute sie doch hinein und monierte einen Ausdruck, der ihr nicht banal genug zu sein schien, banal im Sinne von alltäglich, das sei eine alltägliche Geschichte. Ich mußte ihr recht geben. Sie legte das Manuskript wieder weg und war nicht mehr bereit, es in die Hand zu nehmen, auch nicht, es dazubehalten. Ich sollte es wieder mitnehmen.

In den Interviews, die ich bis dahin geführt hatte, hatte ich es nicht sehr schwer gehabt. Die Gesprächspartner, meist Männer, sahen in mir einen dankbaren Zuhörer, den sie hie und da nötig hatten, um über sich sprechen zu können. Man brauchte nur eine Frage zu stellen und schon erzählten sie bereitwillig, was man hören wollte, vor allem aber auch, was man nicht hören wollte. Bei Anna Seghers schien das Bedürfnis zu einem Gespräch nicht besonders stark zu sein, sie schien eher amüsiert. Wie alt ich sei? Ich sagte es. Sie hielt mich noch für sehr jung, ich fand es im Moment auch. Ihre fürsorgende Freundlichkeit machte mich etwas verlegen. Und aus dieser Verfassung kam ich während des Gesprächs auch nicht mehr recht heraus, obwohl ich es versuchte. Das lag unter anderem daran, daß sie auf Fragen, die mir sehr wichtig waren, nicht einging. Und es lag auch daran, daß sie manchmal einem spontanen Einfall nachgab, der meiner Meinung nach mit unserem Gespräch überhaupt nichts zu tun hatte.

Der beste Anknüpfungspunkt war ihr Geburtsort Mainz, der in manchem ihrer Werke, so in dem berühmten »Siebten Kreuz«, Ort des Geschehens ist. Ich habe einige Zeit in Mainz studiert. In Mainz sei sie aufgewachsen, sagte sie, da habe sie ihre wichtigsten, weil ersten Eindrücke empfangen: erste Freundschaft, erste Liebe. Deshalb komme sie immer wieder auf Mainz zurück. Auch wähle sie gerne einen Ort für die Handlung ihrer Erzählungen, den sie gut kenne. Das trifft allerdings nur auf einige ihrer Werke zu, denn viele spielen in exotischen Breiten oder in der Vergangenheit. Auch das »Siebte Kreuz« spielt in einer Welt, die sie nicht genau kannte, in Nazi-Deutschland, aus dem sie ja in die Emigration fliehen mußte.

Ob sie noch Kontakt zu Mainzern habe? Ich dachte an die Prominenten: Ludwig Berger? Den kenne sie nicht. Carl Zuckmayer? Den kenne sie nur flüchtig. Aber eine alte Lehrerin von ihr, die lebe noch und mit der schreibe sie sich. Die sei damals noch sehr jung gewesen, als sie ihre erste Klasse, nämlich die, in der auch Anna Seghers saß, übernommen habe. Erst neulich sei sie in Mainz gewesen und habe sie besucht. 1965, im Jahr ihres 65. Geburtstags, habe sie in Mainz eben die Novelle »Der Ausflug der toten Mädchen« gelesen. Wie der Kontakt zu den Zuhörern gewesen sei? Sie, Anna Seghers, komme ja jetzt als Mainzerin zu den Mainzern aus einer anderen Welt, aus Ost-Berlin. Der Kontakt sei sehr gut gewesen. Hinterher kamen die Kinder von ehemaligen Schulkameradinnen zu ihr, worüber sie sich besonders gefreut habe. Die hätten wohl gedacht, in einem der »Toten Mädchen« ihre Mutter wiederzufinden. Aber diese Geschichte sei kein Schlüsselroman, wenn sie auch autobiographische Züge trage.

Und die Politik? Sie habe einem Reporter ein Interview gewährt und vorher mit ihm vereinbart, daß man nur über Literatur zu sprechen gedenke. Dann habe der Reporter aber doch nach »der Mauer« gefragt. Daraufhin habe sie geantwortet, sie sei nur hier, um über literarische Texte zu reden. Ich verstand den Hinweis. Mainz habe sich, meinte sie, trotz aller Änderungen im Stadtbild kaum verwandelt, genauer: die Menschen hätten sich nicht gewandelt. Am Hauptbahnhof sitzen sie immer noch auf Bänken und schauen den Passanten nach, genauso wie früher. Sie habe sich dann auch einmal hingesetzt und »geglotzt«, sie sagte es in leicht mainzerischem Tonfall, den man ihr heute noch anmerkt.

Ich konnte es mir nicht verkneifen, nach Wolf Biermann zu fragen, dem von der SED so scharf gemaßregelten Ost-Berliner Poeten. Den kenne sie leider nicht. Sie habe auch noch nichts von ihm gelesen, könne sich also auch kein Urteil erlauben. Ich lächelte ungläubig. Sie meinte, das klinge vielleicht albern, ich nickte, aber was hätte ich wohl gedacht, wenn sie mir auf meine Bitte um ein Gespräch geantwortet hätte: Tut mir leid, ich habe keine Zeit, ich muß Wolf Biermann lesen. Jetzt lachte sie.

Sie kehrte nun den Spieß um und fragte mich nach meiner Tätigkeit. Ich berichtete von einer sprachwissenschaftlichen Arbeit. Das brachte sie auf den Kaiser. Welchen Kaiser? Na, der, der nach Canossa gegangen sei, den Namen wisse sie nicht mehr. Heinrich IV.? Ja, das sei wohl Heinrich IV. gewesen. Vor langer Zeit sei sie auf einige Pamphlete gestoßen, die dieser Kaiser gegen den Papst geschrieben habe oder habe schreiben lassen. Die deftige und kernige Sprache dieser Flugschriften habe sie sehr beeindruckt. Also das war die Verbindung zur Sprachwissenschaft! Am Ende jedes Pamphlets habe es geheißen: Steige herab, steige herab! Aber schließlich sei nicht der Papst herabgestiegen, sondern der Heinrich sei herabgestiegen – nach Canossa. Leider seien ihr die Flugschriften verlorengegangen. Während ihres Exils in Mexiko habe sie ihre Bibliothek in Paris lassen müssen. Kaum etwas habe man ihr entwendet, nur die Pamphlete. Der Dieb müsse ein Kenner gewesen sein.

Wir kamen auf die Emigration zu sprechen. Die Nazis hatten sie, die Mitglied der Kommunistischen Partei war, 1933 vertrieben. Als der Zweite Weltkrieg ausbrach, mußte sie aus Frankreich nach Amerika flüchten. Ich berichtete ihr von dem Literaturwissenschaftler Alfred Kantorowicz, der mir von den deutschen Emigranten in einem Internierungslager in Südfrankreich erzählt hatte; Walter Hasenclever, Franz Schoenberner seien dort gewesen. Hasenclever habe Selbstmord begangen. Schließlich sei es Kantorowicz gelungen, mit einem alten Kohlenpott nach Amerika zu fahren. Und auf diesem alten Kahn sei auch sie, Anna Seghers, mitgefahren. Sie erinnerte sich. Ihr Weg habe sich aber später getrennt, weil Kantorowicz nach den USA ging. Alfred Kantorowicz mußte später noch einmal emigrieren. 1957 ging der damalige Ost-Berliner Professor in die Bundesrepublik. Viele Emigranten, meinte ich, hätten es nach 1945 schwer gehabt, in Deutschland wieder heimisch zu werden und sich durchzusetzen.

Bei uns, erwiderte Anna Seghers und meinte die DDR, sei das nicht der Fall gewesen, das gelte vielleicht für die Bundesrepublik. Aber auch Piscator habe doch sein eigenes Theater gehabt. Auch Brecht habe sein Theater erhalten. Uns, sie lächelte und meinte sich und mich, uns wird man kein Theater geben, weil wir nicht begabt genug sind. Sind Sie nie auf den Gedanken gekommen, einmal etwas für das Theater zu schreiben? Nein, sie habe immer genug zu tun gehabt, ihre Ideen für Prosastücke in die Tat umzusetzen. Vielleicht ergebe sich das, wenn sie noch einmal auf die Welt komme.

Ich erzählte ihr von einer Kritik Marcel Reich-Ranickis in der ZEIT. Ranicki hatte ihren neuesten Novellenband »Die Kraft der Schwachen«, der zuerst in Ost-Berlin herauskam und dann bei Luchterhand in Neuwied erschien, wohlwollend besprochen. Ranicki habe in Ost-Berlin den Spitznamen »Heim-ins-Reich-Ranicki«, weil er von Polen in die Bundesrepublik gegangen sei. Sie wolle die Kritik nachlesen. Aber sie wisse nicht, ob die ZEIT in der Ost-Berliner Akademie, deren Mitglied sie ist, ausliege. Sie ging hinaus, um ihren Mann zu fragen. Nein, die ZEIT liege da nicht aus, kam sie wieder zurück. Ich erbot mich, ihr die Kritik zu schicken. Sie war gern damit einverstanden.

Mir ist, sagte ich, in allen westdeutschen Kritiken über Anna Seghers eine immer wiederkehrende Vorstellung aufgefallen, die man den Topos der Seghers-Kritik nennen könnte. Und der ist? fragte sie. Auf eine simple Form gebracht: Vor 1945 schrieb Anna Seghers gut, seit 1945 schreibt sie schlecht, weil sie als Bürgerin der DDR angesichts der Realität Ostdeutschlands die Utopie des Sozialismus verloren hat, auf Grund derer sie ihre früheren Werke geschrieben hat. Sie lächelte wieder. Das sei ihr auch aufgefallen. Das sei ganz und gar nicht richtig, finde sie, da habe sich nichts geändert. Freunde hätten ihr schon oft geraten, einmal auf diese Vorstellung einzugehen und sie richtigzustellen. Das lehne sie aber ab.

Ich finde, daß sich hier das politische Urteil mit dem literarischen vermischt, vielleicht notwendigerweise. Vor 1945 war Anna Seghers eine von den Nazis vertriebene deutsche Schriftstellerin, deren antifaschistische Werke, vor allem ihr KZ-Roman »Das siebte Kreuz«, alle, die an ein besseres Deutschland glaubten, hoffen ließen. Mit diesen antifaschistischen Büchern können sich auch heute noch die westdeutschen Leser und Kritiker einverstanden erklären. Nach dem Krieg wurde Anna Seghers aber die literarische Repräsentantin eines Staatsgebildes, mit dem die meisten Westdeutschen ganz und gar nicht einverstanden sind, weshalb sie die Werke ablehnen, in denen die DDR verherrlicht wird. Das ist ein legitimes politisches Urteil über Anna Seghers, das aber das literarische Urteil nicht ersetzt.

Ich erwähne ihren Roman »Die Entscheidung«, der ihr besonders viel Tadel eingebracht hat, weil sie in ihm ein positives Bild von der DDR zu geben versuchte. Sie habe einen zweiten Teil dieser »Entscheidung« ihren Lesern angedroht. Reich-Ranicki habe nun in der besagten Kritik geschrieben, es sei sehr klug von ihr, daß sie diesen zweiten Teil ihrem Publikum ersparen wolle.

Sie lächelte wiederum. Sie sei gar nicht klug, sie schreibe nämlich gerade an diesem zweiten Teil, der die Situation in der DDR von Stalins Tod 1953 bis zu den Unruhen in Ungarn und Polen 1956 schildere. Man darf auf dieses Buch gespannt sein. Sie geht noch einmal auf den Vorwurf ein, daß sie schlechter schreibe, seitdem sie in Ost-Berlin wohne. Ihre neuesten Erzählungen »Die Kraft der Schwachen« seien gar nicht in Ost-Berlin geschrieben worden. Wo denn? Mitten auf dem Atlantischen Ozean zwischen Brasilien und Frankreich auf einem polnischen Schiff. Schon einige Male habe sie mit ihrem Mann Ferien in Brasilien gemacht. Mit einem polnischen Dampfer seien sie dann immer unterwegs. Seit ihrem Exil in Mexiko hat sie eine Vorliebe für exotische Regionen. Das zeigen auch viele ihrer Erzählungen, die in Mittel- oder Südamerika oder Afrika spielen. Sie liebt die brasilianische Literatur. Beim letzten Mal sei sie mit einem Frachter zurückgefahren, der nur wenige Passagiere an Bord nehme. Ihr Mann sei mit dem Flugzeug vorausgeflogen. Sie sei die einzige Deutsche unter lauter Polen gewesen, die Polen hätten ja nichts Gutes von den Deutschen erfahren. Sie seien aber sehr nett zu ihr gewesen. Und an Bord dieses Schiffes habe sie an den Erzählungen gearbeitet.

Ich merke, daß das Interview seinem Ende entgegengeht. Sie macht mich auch noch darauf aufmerksam, daß sie Besuch erwartet. Also, es wird Zeit zu gehen. Ich bedanke mich, ich verabschiede mich. Ich solle wiederkommen, wenn ich Lust dazu hätte. Ich hätte, sage ich.

Anna Seghers hat so gar nicht die Aura der berühmten Schriftstellerin, obwohl sie berühmt ist. Sie macht nichts von sich her. Sie ist von zurückhaltender Bescheidenheit. Wenn ich nicht einiges von ihr gelesen hätte, wüßte ich jetzt gar nichts von ihr oder doch nur wenig. Die Schlichtheit ihres literarischen Stils hat eine gewisse Parallele in der Schlichtheit ihrer Lebenshaltung. In ihren Werken beschreibt sie den banalen Alltag der kleinen Leute mit Sympathie und Sorgfalt, Partei ergreifend für die Armen und Schwachen. Dieser nüchternen Welt verleiht sie manchmal durch einen exotischen Hintergrund einige kräftige Farbtupfer. Wegen ihrer Sympathie für die »Kraft der Schwachen« hat sie immer noch die Sympathie vieler Leser.

SÁNDOR TATÁR

GOTTES RÄTSELHAFTES SCHWEIGEN

Gedichte

HAMLET-APOKRYPH

Vergebens würde ich
der Friedhofserde Wurmbewohner,
die ich ans Licht gezogen hab, befragen
(obwohl sie tagtäglich hautnah …) – umsonst;
lebendig winden sich in meiner Hand die Hieroglyphen,
sind nicht zu entziffern, zu entknoten:
sie verweigern mir die Auskunft
über das rätselhaft verschlossene Mysterium.
So denk ich's. Und versuch mich zu beruhigen,
daß ohnehin die Würmer nicht der Schlüssel sind,
und dabei bin doch *ich* schon wiedermal das Mängelwesen:
ich kann kein Regenwürmisch.
Es fällt mir gar nicht ein, das Laub der Bäume,
die Toten des Herbstes, zu befragen – welch lächerliches
Wagnis wäre es, die ohnehin peinliche Séance (zwar ohne
den Tisch tanzen zu lassen, aber doch mit Toten reden wollen!)
aus dem fest verschlossenen Raum
in die Natur zu übersiedeln. (Herrgottnochmal!)
Mich dünkt, selbst mit den Bäumen würd' ich's nicht
weit bringen, auch wenn sie ihre Blätter
wie tote Kinder Jahr um Jahr verlieren, um dann (welch Wahnwitz!)
aus der leichensatten Erde sich selbst zu nähren;
doch sofern ein Funken Weisheit ihnen eigen ist (warum auch nicht?),
ist dieser durch ihr hartnäckiges Auferstehungsspiel und
durch die von Ameisen bewohnte harte Rinde stur gehütet –
mit Axt und Säge einen Baum zum Reden drängen wollen
wär nichts als Protzerei des schwachen Erdenwurms.

Es bleibt also: ein in die Falle
Gefallener, ohnmächtig, irr vor Angst, die treibt mich,
in die Bettdecke zu beißen,

oder
das stumme Anstarren stummer, herb und bitterlich duftender
Haufen Laubs, die ich
nicht aufgewühlt habe,
oder
das Nichtverstehen, ungläubig-ratlos:
Gottes rätselhaftes Schweigen
in rauschenden Wäldern,
plätschernden Bächen, wogenden Feldern.

HERBSTMOND

Häng einen Mondlampion mir vor das Fenster
und laß das Säusellaub sich schütteln, her und hin –
der Drache, eines meiner Kopfgespenster,
folgt den Kommandos nicht, kennt keine Medizin.

Dürft ich noch ein paar milde Tage auf mich nehmen!
Ich fall doch sowieso halbgrün vom Baum.
Wozu der Blick zurück? Wozu das Engelsehnen?
Bin ja freiwillig aus dem Garten Eden abgehau'n.

Ich weiß nicht, was noch kommt. Garstiger Frost?
Oder nur Stille, bleischwer, zum Ersticken?
Die Trauertreue schleicht sich weg zu keinem Trost.
Ich kann mich nicht befrei'n aus meinen Würgestricken.

Und alles Saitenspiel umsonst. Es tönt kein Ton.
Und hart das Fenster schlägt der Mondlampion.

Nachdichtung aus dem Ungarischen von Kerstin Hensel
nach einer Interlinearversion des Autors

CHRISTA BÜRGER

MARIE DE GOURNAY ODER DIE KLAGE DER FRAUEN

Die Geste, mit der Marie de Gournay den Raum der literarischen Öffentlichkeit betritt, offenbart die Entschlossenheit einer Frau, sich frei nach Pico della Mirandola selbst zu bestimmen, »zu sein, was *sie* zu sein verlangt«, nämlich »von allen Einschränkungen frei nach *ihrem* eigenen freien Willen« zu leben. Mit der Veröffentlichung von »Le Proumenoir de Monsieur le Montaigne« (Der Wandelgang des M. de Montaigne, 1594) verwirklicht eine Tochter aus verarmtem Provinzadel auf ihre Weise 200 Jahre nach dem Erscheinen von Mirandolas »Oratio de hominis dignitate« dessen Souveränitätserklärung des Menschen im Namen der Frau. »C'est une femme qui parle«, ruft sie den Männern zu, denen sie keine Namen gibt – es sind diese oder jene –, und läßt ihre orientalische Abenteuererzählung nicht unter ihrem Familiennamen de Gournay, also dem väterlichen, sondern unter dem Titel, den sie sich selbst gegeben hat, erscheinen: »Le Proumenoir de M. de Montaigne par sa fille d'alliance«. Das ist eine Absage an die patriarchalische Genealogie, die Heliodors Geschichte von den »Abenteuern der schönen Chariklea« beherrscht. Denn der Autor des griechischen Liebesromans stellt sich mit dem Schlußsatz als Erzähler vor: »Damit ist die Geschichte von Theagenes und Chariklea, die ein Mann aus Emesa in Phönizien aus dem Geschlecht des Helios, der Sohn des Theodosios, Heliodoros, verfaßt hat, zu Ende.« Marie de Gournay überschreibt eine Tradition, in die sie sich zugleich einschreibt.

»Die hier spricht, ist eine Frau« – in dem Satz bringt die Sprechende, eine hochgebildete Autodidaktin und eine der ersten Berufsschriftstellerinnen ihrer Zeit, aber auch ihren Anspruch auf die Anerkennung einer weiblichen Selbsterzeugung zum Ausdruck: Marie de Gournay ist die geistige Tochter freier Wahl eines frei gewählten Vaters, Michel de Montaigne, als Herausgeberin von dessen *Essais* sie am ehesten bekannt ist. Das Subjekt dieser freien Verbindung will »klug sein dürfen ohne Übertretung« und sich verwirklichen in einer eigenen Lebensform, einem selbstgewählten Dasein ohne eheliche Bindung. In einem kurz vor dem »Proumenoir« veröffentlichten moralphilosophischen Traktat hatte Gabrielle Suchon eine solche in der herrschenden Geschlechterordnung nicht vorgesehene Existenz als ein von Indifferenz, d.h. Unabhängigkeit und Freiheit geprägtes gutes Leben beschrieben oder genauer als einen Ausweg aus der *tristesse* der ehelichen Realität gepriesen: ein freiwilliges Zölibat. Ein solches neutrales Leben (vie *neutre*) eröffnet den Neutralistinnen, wie sich die Anhängerinnen Suchons nennen, weibliche Räume, wo sie so klug sein dürfen, wie sie es wollen.

Auf welche Weise Marie de Gournay in ihrer Provinz sich ihre hervorragende humanistische Bildung hat aneignen können, darüber wissen wir so gut wie nichts oder nur das, was sich aus ihren feministischen Traktaten herauslesen läßt: ihre Empörung, in einer Ordnung leben zu müssen, die sie zum Spinnrokken verurteilen will und ihr als höchste und einzige Tugend vorschreibt, unwissend zu sein.

Den Weg ins Freie findet die Zwanzigjährige durch die Lektüre von Montaignes »Essais«. Sie entdeckt darin eine Gestalt, die sich aus sich selbst ausgebildet hat, einen »Former und Bildner seiner selbst«, Picos Mensch, der von sich aus und für sich selbst denkend erzählt – und erzählend denkt. Sie erkennt sich selbst beim Lesen und wird von Montaigne erkannt.

»J'ay pris plaisir à publier (...) l'esperance que j'ay de Marie de Gournay de Jars, ma fille d'alliance: et certes aymée de moy beaucoup plus que paternellement (...) Si l'adolescence peut donner presage, cette ame sera quelque jour capable des plus belles choses, et entre autres de la perfection de cette très-saincte amitié où nous ne lisons point que son sexe ait peu monter encores.« (Es war mir eine Freude, öffentlich der Hoffnung Ausdruck zu verleihen, die ich in Marie de Gournay le Jars setze, meine Wahltochter: die ich viel mehr als nur väterlich liebe. (...) Wenn Jugend eine Vorausdeutung enthalten kann, so wird eines Tages diese Seele zu den schönsten Dingen fähig sein, und unter anderen der Vollkommenheit in jener sehr heiligen Freundschaft, von der wir bisher noch nicht gelesen haben, daß ihr Geschlecht sie bewiesen hätte.) In der Montaigne-Forschung gibt es übrigens Zweifel, ob die Passage wirklich von Montaigne stammt oder von de Gournay, seiner ersten Herausgeberin, hinzugefügt worden ist.

Daß die gänzlich unbekannte junge Frau dem berühmten Verfasser der »Essais« ihre erste Erzählung mit der Bitte um Kritik zusendet, bezeugt zugleich ein beachtliches Selbstbewußtsein und ein naives Vertrauen in die Menschenkenntnis des Philosophen. Im Nachlaß Montaignes gibt es weder diesen Brief noch eine Antwort darauf, aber es war zu einer Begegnung in Paris und zu einem mehrmonatigen Aufenthalt Montaignes in Gournay gekommen, so daß, als er 1592 stirbt, seine Witwe und seine Tochter der geistigen Adoptivtochter die Herausgabe der »Essais« anvertrauen.

Mit ihren Traktaten über die »Egalité des hommes et des femmes« (Über die Gleichheit von Männern und Frauen) und »Le Grief des dames« (Die Beschwerde der Frauen) greift Marie de Gournay in die *Querelle des femmes* ein, den bis ins 18. Jahrhundert hineinreichenden Kampf um die Bestimmung der Frau in der

Geschlechterordnung. Die heftigen Angriffe, die sie damit auf sich lenkt, gelten auch ihrem Status als unverheiratete Frau. Die Wut ihrer Widersacher richtet sich aber vor allem gegen die *femme savante,* die gelehrte Frau, die aus ihrer humanistischen Bildung keinen Hehl macht. Denn diese geistesverwandte Tochter Montaignes kann ihre Verteidigung der Gleichheit der Frauen und Männer auf Zitate nicht nur der Kirchenväter und der Bibel stützen, sondern antiker Philosophen, wie Aristoteles, Seneca oder Plutarch. Sie hat Platons »Symposion« gelesen mit der Preisrede des Sokrates auf den Eros und dem Eingeständnis des Philosophen, daß er sein Wissen über die Liebe einer Diotima verdanke, einer Frau, Seherin, Priesterin oder Hetäre. Es gab also diese Diotima, eine Aspasia, es gab die Begleiterinnen der Apostel und die bedeutsame Rolle der Frauen im frühen Christentum. Die Differenz der Geschlechter, schließt Marie de Gournay daraus, gründet in dem sekundären Faktum der Zeugung. In der Seele und der *vertu,* der Tugend, sind sie eins, »puisque Dieu leur a decerné mesme Creation« (denn Gott hat ihnen denselben Schöpfungsakt zuerteilt).
Es sind polemische Traktate trotz ihres philosophischen Anspruchs, und unüberhörbar ist der Zorn, mit dem die Autorin stellvertretend die »Beschwerde« der Frauen zum Ausdruck bringen will. Sie duzt ihre Adressaten, die Männer, um ihnen mit dieser unzivilisierten Anrede deutlich zu machen, daß sie von ihnen keine vorurteilsfreie Antwort erwartet, sondern Sottisen, für die sie in der Öffentlichkeit auch noch Applaus bekommen, nur weil sie einen Bart tragen. Im Gegensatz zu seiner Wahltochter läßt Montaigne gegenüber der Dummheit in einem Essay über die Kunst des Gesprächs eine weise Duldsamkeit walten. »La sottise est une mauvaise qualité; mais de ne la pouvoir supporter (...) c'est une autre sorte de maladie« (die Dummheit ist eine schlechte Eigenschaft; aber sie nicht aushalten zu können, ist eine andere Art von Krankheit), urteilt der Philosoph, der die Auseinandersetzung liebt, wenn sie zivilisiert und stilvoll ist und Beleidigungen vermeidet. Marie de Gournay vermeidet Beleidigungen nicht, und ob Montaigne ihre Traktate stilvoll gefunden haben würde, steht dahin. Sie verleiht jedenfalls ihrer Empörung über die Benachteiligung von Frauen in allen gesellschaftlichen Bereichen, der Familie, des Rechts, aber vor allem der Bildung eine deutliche Sprache. Und aus den Schlußsätzen ihrer »Beschwerde« läßt sich eine versteckte Drohung herauslesen. Denn diese zielt auf eine künftige weibliche Politik, d.h. auf eine Praxis, die es den Verächtern der Frauen mit gleicher Münze heimzahlen will. »Ils scauront que la mesme finesse qu'ils cherchent à dedaigner ce sexe sans l'ouyr et sans lire ses escrits, il la cherche à leur rendre le change, parce qu'il les a ouys et leu les leurs.« (Sie sollen wissen, daß denselben Scharfsinn, den sie anwenden, um dieses Geschlecht verächtlich zu machen, ohne dessen Schriften zu lesen oder davon hören zu wollen, die Frauen

ihrerseits anwenden, um es ihnen zurückzuzahlen, denn sie haben die der Männer gehört und gelesen.)

Ihr »Proumenoir« ist dafür ein gutes Beispiel, ein Zeugnis zugleich für die »schönen Dinge«, die Montaigne von seiner *fille d'alliance* erwartet hatte. In einem Vorwort zur zweiten Auflage verteidigt Marie de Gournay ihre Erzählung gegen eine Kritik ihrer in der Tat zahlreichen und ausgedehnten »Digressionen«. Mit einem offenbar inzwischen gewachsenen Selbstbewußtsein besteht sie aber auf ihrer Formwahl, einem *roman discourant,* und kritisiert ihrerseits ein Lesebedürfnis, das einzig am zügigen Ablauf einer spannenden Liebesgeschichte interessiert ist. Ihre Erzählung orientiert sich am Genre des hellenistischen Abenteuerromans von Heliodor, aber sie unterwirft das bekannte Handlungsschema ihren eigenen Vorstellungen von Liebe und Ehe. Und die Digressionen dienen ihr dazu, ihre Philosophie einer weiblichen Freiheit kenntlich zu machen.

Der »Proumenoir« ist als mündliche Erzählung mit einem bestimmten Zuhörer angelegt, dem *père,* also Montaigne, und vielleicht hat sie dabei Scheherezade im Sinn, denn auf ihre eigene Weise erzählt sie ja auch um ihr Leben, um ihre Anerkennung als Autorin. Während der Erzählzeit kann sie, gleichsam legitimiert, auch die moralphilosophischen Argumente Montaignes aus ihrer feministischen Sicht überprüfen, ohne dies sichtbar zu machen. Sie bleibt dadurch freilich der zu ihrer Zeit schon ziemlich überholten Exempelgeschichte verhaftet.

De Gournays Erzählung handelt vom Schicksal einer jungen persischen Prinzessin, der schönen Alinda, das nach einer so voraussehbaren wie erbarmungslosen Logik abläuft. Alindas Vater, der Perserkönig, in einem Angriffskrieg den nomadischen Parthern unterlegen, verspricht die Tochter deren Anführer als Bedingung für einen Friedensschluß, der sein Reich vor der Zerstörung bewahrt. Alinda erscheint in dieser Konstellation nicht als willenloses Objekt eines machtpolitischen Tauschhandels, sondern als Frau, die sich in einem heroischen Akt der Selbstopferung diesem Handel unterwirft. Aber dieser freiwillige Verzicht auf ein eigenes Lebensglück hält der Verführung durch die Liebe nicht stand. Nach der heimlichen Ehe mit einem jungen persischen Edelmann aus dem Gefolge, das sie in das Land des Siegers begleiten soll, flieht sie mit dem Geliebten über das Meer. Die Flucht mißlingt; die Liebenden geraten in einen Sturm und werden auf eine unbekannte Insel verschlagen, deren Herrscher der schönen Alinda nachzustellen beginnt. Um schneller an sein Ziel zu kommen, bietet er dem jungen Ehemann, Leontin, seine eigene Schwester zum Tausch gegen die Prinzessin an, denn er hat sofort erahnt, daß er ohne Gewalt die schöne Fremde nicht für sich gewinnen kann. – Und aus Erfahrung weiß auch Montaigne, daß nur die Liebe Lust gewährt. »On ayme un corps sans ame ou sans sentiment quand on ayme un corps sans consentement et sans desir.« (Man liebt einen Körper ohne Seele oder

Gefühl, wenn man einen Körper ohne seine Zustimmung und ohne sein Begehren liebt.) Leontin geht bereitwillig auf diesen Handel ein, denn er hat in Alinda nur eine Geliebte gesehen mit den Verheißungen einer »licence amoureuse« (eines Liebesabenteuers), nicht aber das, was zu einer guten Ehe gehört: »une douce société de vie, pleine de constance, de fiance et (...) obligations mutuelles« (eine liebevolle Lebensgemeinschaft, voller Treue, Vertrauen und gegenseitiger Verpflichtungen), die Montaigne in seinem Essay über Vergils Verse beschreibt. Die betrogene Frau, überwältigt von Scham und Reue, Verzweiflung über die Untreue des Geliebten, der sie einer drohenden Vergewaltigung aussetzt, Angst, dieser schutzlos ausgeliefert zu sein, beschließt, ihrem Leben ein Ende zu machen. Sie geht zum Schein auf den Tausch ein, macht aber zur Bedingung die Tötung ihrer Kammerfrau als der Mitwisserin ihrer Schmach. Unter einem Vorwand entfernt sie diese aus ihrer Schlafkammer und erwartet die Mörder.

Die Selbständigkeit Marie de Gournays gegenüber dem hellenistischen Roman, ihrem Vorbild, wird sichtbar in diesem Schluß. Die Erzählerin verleiht durch eine sinnreiche Inszenierung dem Selbstmord der schönen Alinda das Pathos einer Tragödie, herbeigeführt durch die beiden Männer, die skrupellose Leidenschaft des einen und die Untreue des anderen. Mit Alinda wird die Erscheinung der Schönheit ermordet.

Bei Heliodor gehen Chariklea und Theagenes, unerschütterlich in ihrer Liebe, aus allen Anfechtungen und Gefahren moralisch und körperlich unversehrt hervor. Die Gestalt, die schöne Erscheinung der Geliebten, bleibt unangetastet. Die Erzählerin auf ihrem Spaziergang mit dem Philosophen will diesen aber nicht nur unterhalten; ihr geht es um die Bestimmung der Liebe in der Ordnung der Geschlechter oder, genauer, um die Liebe der Frauen als eine absolute.

Die Märchenerzählerin der 1001 Nächte erzählt um ihr Leben; Mlle de Gournay kämpft mit ihrem Zuhörer um die Anerkennung der Gleichheit der Geschlechter auch in der Ehe. Sie stellt die Reflexionen Montaignes über Liebe und Ehe in Frage. Der im *libertinage* und in der Ehe erfahrene Verfasser der »Essais« ist davon überzeugt, daß die Liebe als Passion keine Dauer hat, und unterscheidet daher zwischen Liebe und Ehe, bleibt aber dabei fast schon überdeutlich innerhalb der traditionellen Ordnung der Geschlechter. Er räumt ein, daß es so etwas geben mag wie *amitié tendre*, die zärtliche und dementsprechend dauerhafte Liebe, von der Mlle de Scudéry in ihren Schäferromanen träumt. Die Ehe als eine Institution bürgerlichen Rechts hat damit nichts zu tun. Sie ist für die Genealogie zuständig, die Weitergabe des Lebens, die Fortdauer der Familie. Wenn es für die Frau »das Höchste« ist, *maistresse* und *amye* zu sein, so ist es in der Wirklichkeit der gelebten Ehe gleichwohl das Unwahrscheinlichste. Für den Bürgermeister von Bordeaux, der in diesem Kapitel mitdenkt, erscheint die

Vermischung von Liebe und Ehe eher nachteilig – unter dem genealogischen Aspekt. Montaigne, der Moralist, verurteilt als Verrat ein (männliches) Verhalten, »de se marier sans espouser«, sich ohne Liebe zu verheiraten. Und der Philosoph kommt in diesem geständnishaften Kapitel über Vergils Verse zu der überraschenden Einsicht, daß im Gedicht oder auf dem Gemälde die Erscheinung der Venus überwältigender sein kann als die Liebe in ihrer Realität.

Die Liebestragödie von Alinda und Leontin gründet in der Ungleichheit der Geschlechter. Leontin hat die schöne persische Prinzessin begehrt, aber die heimliche Heirat verwandelt die Geliebte in die Ehefrau. Alindas Liebe bleibt sich gleich, die des Mannes aber dauert nicht. Leontin gibt seinem Begehren nach einem neuen Liebesobjekt nach. Die liebende Frau lebt in einer anderen Ordnung der Liebe, jener unwahrscheinlichen einer liebevollen Lebensgemeinschaft voller Treue, Vertrauen und gegenseitiger Verpflichtungen, die erst mit dem Tod endet. Und so liest sich der Ausgang dieser exemplarischen Erzählung wie der Schlußakt einer antiken Tragödie. Denn Marie de Gournay hat den Selbstmord der schönen Alinda mit einem so barocken Pathos inszeniert, daß darin eine programmatische Botschaft erkennbar wird.

Montaigne verteidigt mit Argumenten der Stoa in mehreren seiner Essays den Suizid als legitimen Ausweg aus einem unerträglich gewordenen Leben. (Unter vielen anderen Beispielen führt Montaigne die Legende von der heiligen Pelagia an, die sich mit ihrer Mutter und den Schwestern ertränkt, um der Vergewaltigung durch die Soldaten des Kaisers Maxentius zu entgehen, aber er entwertet den frei gewählten Tod der Frauen durch einen obszönen Witz.)

Die Erzählerin des »Proumenoir« läßt die Prinzessin nicht als willenloses Objekt männlicher Treulosigkeit untergehen, sie wählt die einzige ihr noch bleibende Freiheit, den Tod. Sie erstattet einer toten Frau zurück, was die lebendige nicht verteidigen konnte, ihre sexuelle Selbstbestimmung.

In der antiken Tragödie – und in den heroischen Beispielen der »Essais« – ist der »schöne Tod«, der Tod durch das Schwert, den Männern vorbehalten. Die Frauen sterben hinter der Bühne; sie erhängen sich wie Jokaste, die Mutter und Frau des Ödipus, in ihrem Schlafzimmer. Alinda »raubt« den Männern ihren Heldentod, indem sie durch das Schwert stirbt und so zugleich nicht nur die Knechte, die sie töten, sondern den Mann, der sie bedrängt, und Leontin zu Mördern macht.

Das Pathos dieses Schlusses entsteht aber vor allem dadurch, daß die Frauen sprechen. In ihrem »Proumenoir« läßt Marie de Gournay ihnen das Wort, der Erzählerin und ihrer Gestalt, und wir hören die Stimme einer Frau, die ihrem Leben ein Ende setzen will, weil die *ingratitude*, die Undankbarkeit des Geliebten – eine der Todsünden auf der »Carte de Tendre« von Mlle de Scudéry –, sie der Gewalt eines fremden Mannes ausliefert.

In der eindringlichen Monotonie der Stimme Alindas erinnern ihre Monologe an den Chor der antiken Tragödie, wenn sie, im Gedenken an das freudlose Alter der ihrer Tochter beraubten Mutter vorwegnehmend die Totenklage anstimmt, jene der patriarchalischen Ordnung gefährliche »Trauer der Mütter« (vgl. dazu Nicole Loraux' gleichnamige Studie). Danach, an den Vater sich wendend, bereut sie ihre Flucht mit dem Geliebten, die Schuld, die ihr Tod sühnen soll.
Der Abschiedsbrief, den Leontin bei ihrer Leiche finden wird, enthält keine direkte Anklage, vielmehr die über den Tod hinaus reichende Versicherung der Ausschließlichkeit und Ewigkeit ihrer Liebe. In dieser vergifteten Liebeserklärung verbirgt sich ein mehrdeutiger Hinweis auf die Macht der Frau, Leben zu geben und – zu nehmen. Sie sterbe, sagt diese Stimme dem Mann, der sie verlassen und verraten hat, sie sterbe, glücklich darüber, daß sie ihm nicht ihr Kind, das auf die väterliche Anerkennung schon gewartet hatte, und, mit dem Anblick dieses Kindes, die störende Erinnerung an dessen unglückliche Mutter zurücklasse. Und sie tröstet ihr Kind: »Pauvre enfant, tu souffriras la mort avant que d'avoir jouy de la vie! et le ventre maternel te servira de sépulchre et d'homicide.« (Armes Kind, du erleidest den Tod, bevor du dich des Lebens erfreuen konntest! Und der mütterliche Leib wird dir als Grab und Totschlag dienen.) Den Göttern dankt sie, daß sie diesem Kind den Kummer ersparen, eines Tages von dem jammervollen Schicksal seiner Mutter erzählen zu hören.
In der schonungslosen Darstellung der Ermordung Alindas kehrt ein archaisches Motiv wieder, das gelegentlich auch in der polemischen Schärfe von Marie de Gournays feministischen Traktaten spürbar wird: der Zorn der Mütter, der den Sohn bedroht, aber den Vater trifft. Der Abschiedsbrief mit seinem verzweifelten Pathos führt auf diese Spur.
»O meurtrier que dans une heure j'attends, aye compassion de luy! Frappe droict à ce lasche coeur, coupable à tous maux, et non à mon ventre, de peur de demembrer le petit innocent.« (Oh Mörder, den ich in einer Stunde erwarte, hab' Mitleid mit ihm! Triff dies feige Herz, fähig zu allem Bösen, und nicht meinen Bauch, um nicht dieses unschuldige Kind zu zerfleischen.) Die Frau, die hier spricht, ist eine neue Medea, aber die Erzählerin selbst ist weit davon entfernt zu spüren, wie ihr Schreiben sie allmählich hineinzieht in einen mimetischen Nachvollzug patriarchalischer Gewalt, gegen die sie doch Einspruch erheben will.
Wodurch der Roman dem Mythos entragt, heißt es in der »Dialektik der Aufklärung«, ist die Selbstbesinnung, die Gewalt innehalten läßt im Augenblick der Erzählung. Dieses Innehalten, erinnernde Versöhnung, ereignet sich auf Marie de Gournays Spaziergang mit Montaigne nicht. Die Erzählerin überläßt sich dem Wiederholungszwang des Mythos bis ans Ende.

Überwältigt von einander widerstreitenden Gefühlen, wirft sich Leontin über den zerstörten Körper der toten Geliebten: »fremissant de pitié, de remors et d'amour tout ensemble, amour aussi soudain r'allumée pour Alinda, que soudain eteincte pour Ortalde, par un si pressant et precieux reproche de sa faute« (schaudernd vor Mitleid, Reue und Liebe durcheinander, Liebe, auf einmal neu entzündet für Alinda wie ebenso schnell erloschen für Ortalde, durch den so zwingenden wie kostbaren Schuldvorwurf).
Die Totenklage des Mannes ist Liebes- und Schuldbekenntnis in einem und läßt ihm keinen anderen Ausweg als den Tod. Leontin erdolcht sich, um sich sterbend mit der Geliebten zu vereinigen. Aber mit dem Monolog des Mannes, der in der Erinnerung an die Geschichte ihrer gemeinsamen Abenteuer die tote Frau als eine Märtyrerin der Liebe verklärt, ist die Erzählung noch nicht ganz an ihr Ende gekommen. Marie de Gournay schließt sie ab mit einer letzten Pathosformel: »Le corps tomba prés d'Alinda, les playes joinctes, qui sembloient amoureusement s'entresuccer, et ce nouveau sang chaud et bouïllant voulait r'animer l'autre par son meslange.« (Der Körper fiel, nahe dem Alindas, die Wunden, zusammengefügt, schienen sich gegenseitig anzusaugen, und dieses neue Blut, warm und brodelnd, wollte das andere durch die Vermischung wiederbeleben).
Die barocke Komposition dieses Tableaus vermag nicht darüber hinwegzutäuschen, betont im Grunde, daß die erneut im Tod Vereinten es nur im Bild sind. Es ist eine Geschichte auserzählt worden; aber die Erzählerin hat den Augenblick der Selbstbesinnung verpaßt: die Überwindung des Mythos, das Ende der Gewalt und die Versöhnung.

AVRINA PRABALA-JOSLIN

EIN PANZER, EIN BATAILLON, EIN BANYANBAUM

Er erzählt ihr, er sei achtundzwanzig. Sie erzählt ihm, sie sei sechzehn.
Zu Hause stimmt etwas nicht. Sie weiß nicht was. Sie mag es, wenn niemand da ist und sie sich einfach an den neuen Computer setzen kann. Damals waren Computer noch eine große Neuheit und sie gehörten zu den wenigen Leuten in der ganzen Stadt, die einen zu Hause hatten.
Ihr Dad ist der Präsident von irgendwas. Nicht des Landes, nicht der Stadt. Es ist so etwas wie ein Geheimdienst, wie diese Bühnenarbeiter, die zwischen den Akten Möbel herumschieben. Blackouts. Sein Telefon klingelt ständig. Er sagt nicht »Chellaiya hier«, wenn er abhebt. Sagt nicht »Wiederhören«, wenn er auflegt. Sie findet, das sollte er. Zwei seiner Freunde sind vor kurzem gestorben.
Ihre Mom ist Wissenschaftlerin. Biotechnologin. Immunologin. Diese Wörter kannte sie schon, bevor sie wußte, wie man eine Geschichte nacherzählt. Das ist der erste Schritt im Niedergang vom Baby zum Kind. Mom hat acht Hände, auf jeder Seite vier. Mom ist nie am Telefon, obwohl sie so ein Klapphandy hat. Nichts als Schriftstücke. Die hat sie einmal aufeinandergestapelt, als ihre Mutter nicht zu Hause war. Sie wuchsen immer weiter in die Höhe, und sie brauchte erst einen Hocker, dann einen Stuhl, dann eine Leiter aus dem Keller, um mehr und mehr Schriftstücke aufzutürmen, bis sie keinen Halt mehr hatten und schwankend einstürzten.
Mom ist gleich Zeit. Dad ist gleich Ort.
Sie hätten einen Hund haben können.
Sie ist sechzehn minus zwei, fühlt sich aber wie plus acht. Er hat ihr ein Bild von sich mit Hut, Fliege und Hosenträgern geschickt. Ein Dinner mit Krimispiel, das er für seine Freunde gegeben hat. Auf einem anderen angelt er allein an der Ramganga im Jim Corbett Nationalpark. Er trägt ein Barett und eine Hose, die überall Taschen hat. Sie hat einen Ordner in einem Ordner in einem Ordner in einem Ordner namens »Brillante Tutorials – Mathe-Prüfung« angelegt, in dem sie seine Bilder abgespeichert hat, zusammen mit denen, die sie ihm geschickt hat. Angelruten hat sie bisher nur auf Bildern gesehen.
Mom kauft einen klobigen Drucker und verbindet ihn mit dem Computer in ihrem Zimmer. Der Drucker druckt noch, als sie im Bett liegt. Langsam einziehen, doppelseitig ausdrucken, eilends ausspucken. Dad ist ein Stift-und-Papier-Typ. Mom holt nachts eine Lampe hervor, und plötzlich ist der Eßtisch ein Gewächshaus.

Bilder von allen möglichen Dingen sehen unter dem Mikroskop ziemlich ähnlich aus, so daß sie denkt, vielleicht ist am Ende doch alles gleich.

Dad weiß nicht, wie er sein Telefon stummschalten kann, oder er will es nicht. Er sollte als erster vom Sterben seiner Freunde erfahren oder vom Vater seines Freundes, den der Sohn seines Freundes umgebracht hat. Wenn sein Telefon nach ihrer Schlafenszeit klingelt und die Eingangstür aufgeht und zuklappt, setzt sie sich im Bett auf und überlegt, welche Geschichte jetzt auf sie zukommt, bis Mom eintritt, ihr die Schultern wieder ins Bett drückt und ihr erzählt, was passiert ist, oder irgendwem, der Luft oder der Erde erzählt, daß Dad weggegangen ist und wiederkommt, wenn er sich um die Sache gekümmert hat.
Mom ist eine Detektivin mikroskopischer Welten. Dad hält sichtbare Ökosysteme instand.

Im Internet machen die Leute, was sie wollen. Es gibt Bilder, die das beweisen. Sie sucht auf Google nach ihrem eigenen Namen und schaut sich die Bilder an. Da ist eine Hunderasse, die genauso heißt wie sie. Da ist ein Schmuckhersteller in London, der jung und alt zugleich ist. Ein Mann aus Málaga heißt auch wie sie, dabei ist seine Haut dunkler als ihre und er spricht eine ganz andere Sprache. Sie erscheint auch auf der Liste der Suchergebnisse, zumindest erscheint da das Bild von Halle Berry, das sie als ihr Profilbild auf MySpace hochgeladen hat. Wenn irgendwer irgendwo ihren Namen googelt, dann glaubt er, sie sehe aus wie Halle Berry.

In Yahoo-Chatrooms fragen die Leute nach Alter, Geschlecht und Wohnort, sie tippen »Hallo, ASL?« oder einfach nur »ASL?« für Age, Sex, Location ein, und sie sagt, sie ist sechzehn oder achtzehn. Weiblich oder männlich. Delhi oder Kairo oder Sydney. Ihr Paßwort heißt »godisgreat«.
Er weiß, wo sie den Koordinaten nach wohnt. Als er das im Internet eingab, sagte ihm die Betaversion einer Entfernungsrechner-Website, er wäre in drei Stunden und siebzehn Minuten bei ihr. Er weiß nicht, daß er so nur zu dem Munusamytempel drei Straßen weiter kommt.

Neben den Stapeln von bedrucktem Papier liegen leere Blätter, und obwohl die in ihrem Zimmer am Computertisch, der im Prinzip ein gemeinschaftlicher Bereich ist, Platz wegnehmen, macht ihr das nichts aus. Ab und zu nimmt sie sich ein paar Blätter und zeichnet ihre Vorstellung davon, wie die Haut unter ihrer Haut unter einem Mikroskop aussieht, oder ihr DNA-Profil, das im wesentlichen aus flachen bunten Kästchen auf zwei Fingerbreit auseinanderliegenden Linien besteht. Sie schiebt diese Blätter zwischen die Forschungsarbeiten ihrer Mutter, und das ist ein bißchen so wie die Zettel mit »Iß die Möhren« oder »Die geheime Zutat ist nicht Liebe, sondern Zimt«, die Mom ihr in die Lunchbox steckt.

In der Mittagspause sitzt sie auf dem Schulhof mit drei anderen Mädchen unter dem Neembaum. Sie nimmt den Liebesgruß ihrer Mutter heraus, steckt ihn in die Tasche und ißt Zitronenreisbällchen mit weichen Erdnüssen darin. Sie erzählt den anderen Mädchen die Geschichte vom Vater des Freundes ihres Dads, der vom Sohn des Freundes ihres Dads umgebracht wurde. Ihre drittbeste Freundin findet es zu gruselig, beim Essen darüber zu reden, daß jemand jemand anderen zerstückelt hat. Ihre zweitbeste Freundin findet es verrückt, daß jemand jemand anderen der Liebe wegen umbringt. Ihre beste Freundin findet es unheimlich traurig, wenn jemand nicht will, daß jemand mit jemandem zusammen ist, nur weil sie verschiedenen Kasten angehören.

Sie geht mit der besten Freundin zusammen in eine Kabine. Die beste Freundin holt ein Handy aus ihrem BH, schaltet es ein und wählt eine Nummer. Sie hockt sich über die Toilette und pinkelt, während die beste Freundin jemandem erzählt, daß sie ihn liebt. In der hinteren Ecke sitzt eine winzige Kakerlake. Es ist dieser Mann mit dem Fahrrad, der sie durch die ganze Stadt verfolgt. Das hat vor einem Jahr angefangen, und im Grunde hat er sich in ihrer beider Leben gebettelt. Die Tamil-Lehrerin, die sie dabei erwischt hat, wie sie Nachrichten zwischen Fahrradbettler und bester Freundin hin und her trug, hat gesagt, es gehöre sich nicht, wenn kleine Mädchen um erwachsene Männer herumhüpfen. Dabei machen sie im Film eigentlich nichts anderes, und alle lachen oder weinen darüber in der Nachmittagsvorstellung.

Die beste Freundin gibt ihr das geheime Telefon, das der Fahrradbettler ihr für diese Romanze gekauft hat. Als sie nach Hause kommt, sitzt Dad am Eßtisch, und sie schaut auf die Uhr, ob es schon sechs ist. Dad telefoniert. Sie kocht Milch auf, gießt sich eine Tasse ein und rührt etwas Honig hinein, und Dad legt die Hand auf das Telefon und bittet sie, ihm einen Kaffee zu kochen. Er spielt wieder dieses Spiel, bei dem er auf seinem Notizblock herumkritzelt, während er sich nach dem Wohlergehen irgendeiner Familie erkundigt, um seine menschliche Anteilnahme zu zeigen, dabei klopft er die Leute in Wirklichkeit nur langsam weich, damit er sie irgendwann später um einen Gefallen bitten kann. Er nennt das Kontaktpflege. Eigentlich ist es auch nichts anderes als das, was sie mit der besten Freundin macht. Als sie den Topf mit heißer Milch über Dads Tasse hält, vibriert das Telefon in ihrem BH, und sie läßt den Topf auf die Tasse fallen. Die Tasse bricht in der Mitte durch, und Milch läuft auf die Küchentheke. Ihr Brustkorb blinkt.

Sie zieht sich in die kleine Abstellkammer zurück, eine Kammer, die sich nur von außen öffnen läßt. Das Telefon brummt weiter. Die beste Freundin ließ das Handy in ihrem BH immer ausgeschaltet. Er ist dran. Als sie das Handy ausschaltet, ist es stockdunkel, und sie hämmert von innen an die Tür, die ganze Kammer riecht nach Reis in Kokosfasersäcken. Manchmal bittet Dad um Kaffee und geht dann einfach weg. Sie hämmert weiter. Ihre Tasse Honigmilch wird auf der Küchentheke kalt. Manchmal schert Dad sich herzlich wenig um Fragen von Leben und Tod.

Sie spricht tagelang nicht mit Dad. Ein Zyklon zieht auf, und es ist immer klug, im voraus Hilfe zu organisieren. Womöglich müssen zwei Dörfer südlich von ihrer Stadt evakuiert werden. Dad nennt das die alljährliche Plage. Die beste Freundin ist sauer auf sie, weil sie Mom von dem Telefon erzählt hat, und die hat es dem Dad der besten Freundin weitererzählt. Als sie mit aller Macht an die Tür hämmerte und Dad sie immer noch nicht rausließ, hatte sie auf dem Handy Mom angerufen und gesagt, ihr gehe die Luft aus und sie könne vielleicht noch fünf Minuten durchhalten. Irgendwo hatte sie gelesen, daß Motivation wie die Luft zum Atmen ist. Sie geht irgendwann aus.

Mom ließ sie die verschüttete Milch aufwischen. Dad trank seinen Kaffee.

In der Woche mit dem Zyklon gibt es kein Internet. Jemand hat einen Aufsatz über die Immunität von Computern geschrieben, und Mom findet die Idee kurios, aber gar nicht so abwegig. Es ist tatsächlich wichtig, die menschliche Immunität der Immunität anderer Wesen – und Systeme – gegenüberzustellen, um eine Vorstellung vielfältiger Bedrohungen zu vermitteln. Manchmal muß man über die Petrischale hinausblicken und vom Mikroskop aufschauen. Sie ruft ihn auf Moms Telefon an, als Mom in der Dusche ist, und er geht nicht ran. Als sie zu dem Kiosk am Munusamytempel geht, um Milch zu kaufen, pfeifen ihr ein paar Männer hinterher. Sie sieht wohl wirklich aus wie sechzehn plus acht. Sie hält den Blick starr auf ihre Füße gerichtet: Die Straße ist voller Matsch, und Fahrzeuge rasen achtlos und haarscharf an ihr vorbei. Am Kiosk gibt ihr der Mann ein Bonbon und sagt, sie soll ihrer Mutter nichts davon erzählen.
Mom will wissen, wozu sie das Handy ihrer besten Freundin brauchte. Sie sagt, sie wollte *Snake* spielen. Mom klappt ihr Handy auf und gibt es ihr. In der Nacht, als Mom schläft, ruft sie ihn wieder an, und er sagt, er findet, daß ihr Dad ein Arschloch ist und ihre Mom sie nur manipuliert. Das machen Erwachsene immer so. Sie manipulieren sich gegenseitig, und das gefällt ihm an ihr. Sie ist wie ein offenes Buch. Keine Spielchen. Sie hat kein schlechtes Gewissen, weil sie ihn

anlügt. Sie lügt nur, weil sie Angst hat, daß er nicht mehr mit ihr spricht, wenn er weiß, daß sie sechzehn minus zwei ist.

Sie googelt »Sex« und findet ein Bild von einer blonden Frau, die sich zwischen die Hinterbeine eines Pferdes beugt. Das ist lustig, weil der Schwanz des Pferdes bis auf den Po der Frau herunterfällt und wie deren Schwanz aussieht. Sie klickt auf das Bild und kommt so auf eine Seite, die sich mit dem durchdringenden Ton einer stöhnenden Frau öffnet. Sie schließt den Tab sofort und löscht den Eintrag aus dem Suchverlauf. Als sie am nächsten Tag Recherchen für einen Naturkunde-Wettbewerb über prähistorische Säugetiere anstellt, poppen unversehens Fenster mit nackten Frauen auf sehr hohen Absätzen in fremden Ländern auf, wo es wahrscheinlich zu kalt ist, wenn man nichts anhat. Sie fragt ihn, ob es in Ordnung ist, wenn Frauen Sex mit Tieren haben, und er antwortet, sie soll nur mit ihm Sex haben. Sie löscht den Chat, dabei würde sie ihn am liebsten immer wieder ansehen.

Noch Tage nach dem Regen ist alles feucht. Auf dem Weg zur Schule bleibt sie beim Munusamytempel stehen, und obwohl sie keine Hindu ist, bittet sie den im Schrein sitzenden Gott, er solle machen, daß ihre beste Freundin wieder mit ihr spricht. Die Säulenhalle steht unter Wasser, darum kommt sie nicht an den Schrein heran, aber sie stellt sich vor, sie würde ihre Botschaft durch den Mann überbringen, der seinen Lungi bis zu den Hüften hochzieht und durch das Wasser zur anderen Seite geht. Sie erkennt, daß das einer der Männer ist, die ihr nachgepfiffen haben, und nimmt die Botschaft zurück.
Sie kommt zu spät zur Schule, und der Sportlehrer glaubt nicht, daß der Schulweg länger dauert, wenn die Straßen überflutet sind. Sie steht eine Stunde lang vor dem Büro des Direktors, bis der Schuldiener kommt und sagt, sie soll zehn Runden um den Schulhof drehen. Er starrt unentwegt auf ihre Brüste, wenn sie an ihm vorbeiläuft, und lacht, als sie zweimal an derselben Stelle ausrutscht.

Er hat auf nichts mehr geantwortet, weil sie nicht auf seine Sexnachricht geantwortet hat.

Dad kann sie mit dem Auto zur Schule bringen, bis die Straßen trocken sind. Mom hat nächste Woche eine Konferenz in Thiruvananthapuram, die drei Tage dauert.
Mom fertigt Dias mit bunten Bildern von Dingen an, die nur unter dem Mikroskop zu sehen sind. Sie hat sich etwas Neues einfallen lassen und betrachtet Immunität jetzt aus philosophischer Sicht. Immunität, sagt Mom, hat nicht nur mit Abwehr zu tun. Es ist so etwas wie ein Moralkodex, den der Körper erlernt. Was er hereinlassen soll und was nicht. Der Körper lernt ständig Grenzen und

Systeme, erfaßt sie intuitiv. Ein Schlüsselbegriff ist Kohäsion. Da sitzt etwas unter der Haut, was unablässig versucht, ein geschlossenes Ganzes, ein vollständiges Wesen aus einem zu machen.

Der Vater von Dads Freund ist tot, und sein Sohn ist im Gefängnis, weil er ihn umgebracht hat. Es ist ein bißchen so, als würde man einem Menschen Hände und Beine abhacken und nur den Rumpf zum Leben übriglassen. Sie müssen den Freund zum Essen einladen, wenn Mom wieder da ist, dürfen aber nichts kochen, was das Lieblingsessen des Vaters des Freundes oder des Sohns des Freundes war. Sie schließt die Tür, schaltet die Webcam ein und öffnet zwei Knöpfe an ihrer Bluse. Das Bild ist verschwommen, und es sieht nicht so aus, als ob sie überhaupt Brüste hätte. Sie öffnet noch mehr Knöpfe, bettet die Brüste zwischen die Arme, aber sie braucht eine Hand, um das Bild aufzunehmen, und eine Seite wirkt kleiner als die andere. Sie zieht die Bluse aus und macht ein Bild. Schickt es ihm. Er antwortet.

Mom ruft über das Festnetz aus Thiruvananthapuram an, als sie gerade gehen will, und ihr ist zum Heulen zumute. Dad ist an einer Sache dran, die wahrscheinlich den ganzen Tag dauern wird.

Er trägt ein Barett und ein grünes Hemd. Seine Lippen sehen geschwollen aus und sind ständig feucht. Das rote Auto ist dreckig, ganz anders als das von Dad. Es läuft Musik, und nach Straßen, die sie kennt, kommen Straßen, die sie nicht kennt. Er kennt einen Ort, an dem sie allein sein können. Er hält an und steigt aus, um zu pinkeln. Sie sieht zu, wie der Pissestrahl zwischen seinen Beinen auf den Boden spritzt. Sie hat nichts zu Mittag gegessen. Dad hat ihr etwas Geld gegeben. Es ist kein Mensch zu sehen, aber sie erkennt die Namen der evakuierten Dörfer auf dem Schild weiter vorn. Er fährt in die andere Richtung. Die Palmen sehen glühend heiß aus und wütend über die trockenen Winde. Sie checken in einer Ferienanlage ein. Der Mann an der Rezeption schaut sie an. Sie hat sich zum ersten Mal die Lippen angemalt und weiß nicht, ob sie Lippenstift an den Zähnen hat. Die Hütten sehen alle wie richtige kleine Häuser in einem Dorf aus, und ihre hat ein Obergeschoß unter einem Schilfdach. Gleich davor liegt der Strand. Mom ist gerne am Strand. Dad nicht, weil er es da immer so laut findet. Sie muß aufpassen und keinen Sand mit nach Hause tragen. Er hat eine Coca-Cola mitgebracht, aber sie trinkt nicht davon. Die Toilette hat keine Tür. Alles ist ziemlich dunkel. Sie mag ihn nicht küssen. Seine Lippen sind wie Gummi, und er saugt zu heftig an ihren. Seine Zunge fährt in ihrem Mund herum, und sie hat das Gefühl, als würde sie die eigene Zunge schlukken. Er nimmt sein Barett ab, und da sind sehr wenig Haare auf seinem Kopf.

Er sieht aus, als wäre es viele Jahre her, daß er zum Angeln an der Ramganga war. Er lächelt. Er saugt an seinen Fingern und stößt sie in sie hinein. Sie ist wie ein Nebelwesen mit Nebelaugen, die nur Nebel sehen. Sie weiß nicht, was der Unterschied zwischen Dunst und Nebel ist. Im Dünndarm gibt es Wächterzellen, aber sie erinnert sich nicht, wie sie heißen, und er weiß es bestimmt auch nicht. Erwachsene sind gar nicht so klug. Sie ist das Nebelwesen und wird gleichzeitig von einem getragen. Draußen ist der Strand sonnig, schaumbedeckt und leer. Er glaubt nicht, daß sie noch Jungfrau ist. Er kann gar nicht glauben, daß sie ihm erzählt hat, sie sei noch Jungfrau. Sie hört auf, ihm zu erklären, daß sie Jungfrau ist, und sie ist wütend, weil sie nicht lügt und es ihm dennoch nicht beweisen kann. Es müßte etwas Wissenschaftliches dahinterstehen. Aber er soll aufhören zu reden, einfach aufhören zu reden, damit das Nebelwesen weiter fliegen kann. Er hat kein Kondom. Er zieht ihn raus, sagt er. Er weiß, wie man das macht. Er geht ein Kondom kaufen, als sie nein sagt, und es ist ganz kalt, und sie wünschte, es gäbe einen Computer, so klein wie ihre Hand, damit sie gucken kann, wo sie sind und wie weit sie von zu Hause weg ist. Sie sitzt unter dem Schilfdach und sieht auf die Wellen hinaus, und ein Junge, nur wenig größer als sie, rennt an den Strand. Er bleibt stehen und fällt hin und hebt Sand auf und wirft ihn auf sich und bekommt etwas davon ins Auge, und er lacht und spült seine Augen mit Meerwasser aus, und sie weiß schon vorher, daß er das lieber nicht tun sollte, und seine Augen brennen, aber er lacht immer noch, und er zieht sein Hemd aus und wischt sich die Augen ab und läßt das Hemd am Strand liegen und taucht ins Wasser ein. Er kann nicht richtig schwimmen. Er taucht unter und stößt auf Sand, taucht unter und stößt auf Sand. Setzt sich mit ausgestreckten Beinen hin und läßt das Meer zu sich kommen. Es fühlt sich nach gar nichts an. Er setzt sie an der nächsten Bushaltestelle ab. Sie nimmt einen Bus ohne einen freien Platz, steht im Gang und hält sich an einer Metallstange fest. Sie guckt sich immer wieder um, ob jemand sie anschaut, weil es ihr vorkommt, als ob jemand sie anschaut oder alle sie anschauen. Sie spürt nur ihre Handflächen, die sich um kaltes Metall gewunden haben. Alles andere ist so diffus wie die Palmen, die draußen vorüberziehen.

Mom hat zwei Lightguns für die Videokonsole gekauft. Sie spielen ein Spiel, bei dem sie so tun, als wären sie Jäger, die hinter einem Gebüsch auf Enten lauern. Sie zielt und drückt ab, schießt aber daneben, und Mom kriegt das viel besser hin, obwohl sie ihre Brille nicht aufhat. Mom hat auch Poster von Viren, Antikörpern, Plasma-Zytokinprofilen mitgebracht und eins, auf dem man Dünndarm und Dickdarm in einem offenen Bauch sieht, und da fällt ihr der Name wieder ein. Peyer-Plaques. Sie sorgen für die Immunüberwachung im Verdauungssystem.

Halten Ausschau nach Pathogenen und vernichten sie, sagt Mom und schüttelt sie an den Schultern, als wäre sie nicht schon aufgewühlt genug.
Dad fragt, warum sie sich so aufführt. Mom nimmt sich ein paar Tage frei.

Im Internet erscheint nichts real. Er schickt ihr keine Nachrichten. Sie schickt ihm keine Nachrichten. Sie löscht seine Bilder aus dem Ordner in einem Ordner in einem Ordner in einem Ordner namens »Brillante Tutorials – Mathe-Prüfung« und schaut sich ihre Bilder an. Sie kommen ihr fremd vor, aber nicht so, wie sie auf Bildern von sich als Baby anders aussieht als auf Bildern von sich als Zehnjähriger. Sie deinstalliert Yahoo Messenger, löscht ihr MySpace-Profil. Sie hat nichts für die prähistorischen Säugetiere getan. Die Vorbereitungsprüfungen für die Probeklausur stehen vor der Tür.
Sie erstellt eine Tabelle in einem Word-Dokument, gibt ein, was ihrer Meinung nach zu Hause nicht stimmt, und bittet Mom, einen Blick darauf zu werfen. Mom erweitert die Tabelle und tippt »Prozentsatz« neben die Spalte mit dem Namen »Grund«. Bei »Wir haben keinen Hund« gibt Mom 10 ein. Als sie fertig sind, sieht die Tabelle so aus:

Gründe, warum zu Hause anscheinend was nicht stimmt

Nr.	Grund	Prozentsatz
1	Wir haben keinen Hund	10
2	Beste Freundin spricht nicht mit mir	10
3	Ich habe keine Schwester	20
4	Dad mag mich nicht	0
5	Wir haben nicht genug Geld	0
6	Dad hat ein Geheimnis und Mom weiß nichts davon	0
7	Jemand ist hinter mir her	*wer?*
		Weiß ich nicht, Ma
8	Etwas stimmt nicht mit mir	*Hmm*

Dad sitzt zum ersten Mal am Computer und legt eine CD mit vielen Daten darauf ein. Der Computer stürzt ab. Mom lacht, und weil Mom lacht, lacht sie selbst, und Dad lacht auch. Dad will, daß Mom das in Ordnung bringt, weil er wenigstens die CD braucht, und das CD-Laufwerk geht nicht mehr auf. Er schlägt auf die Klappe, schlägt dem Rechner auf den Kopf, schüttelt ihn. Das ist es, warum er der Technologie nicht traut. Sie zieht den Stecker heraus, steckt ihn wieder ein, aber es sieht wirklich so aus, als hätte er den Computer kaputtgemacht. Mom lacht immer noch, und Mom und Dad reden in einer Sprache, die sie nicht versteht, und Mom umfaßt Dad mit allen acht Händen, und Dad sieht aus wie die Kuh des Nachbarn, die sich so gern streicheln läßt. Dad beschließt, jetzt das Abendessen zu kaufen, und sie kann entweder zu Hause bleiben und Mom helfen, den Computer zu reparieren, oder sie kann mit Dad mitfahren, und sie meint, sie weiß gar nicht, wie es draußen aussieht, und will es auch nicht wissen, genau wie dieser Computer ebensogut tot sein könnte, wenn es nach ihr ginge.

Sie kommen an dem Kiosk und dem Bonbonmann, dem Munusamytempel und den pfeifenden Männern vorbei. Dad bestellt Hammel und nicht Huhn. Paya und nicht Kurma. Reis und nicht Chapati. Salziges und nicht süßes Lassi. Sie schaut ihn einfach nur an, und bei den vielen Leuten merkt er es gar nicht, aber er hält ihre Hand, und das Essen wird richtig gut schmecken, nicht nur, weil das genau ihre Lieblingsgerichte sind, sondern weil sie nie gedacht hätte, daß Dad das überhaupt weiß. Auf dem Rückweg erzählt sie ihm von dem Bonbonmann, von seinen Bonbons und daß sie Mom nichts davon sagen soll. Dad hält vor dem Kiosk an, sie steigen aus. Die, die ihr nachgepfiffen haben, rauchen Beedis. Dad zieht den Bonbonmann am Kragen über den Tresen, schlägt ihn links und rechts ins Gesicht.

Im Sportunterricht spricht die Lehrerin, die nicht als Miss, sondern als Ma'am angeredet werden will, über Sex, und sie hört nicht zu wie die anderen Mädchen. Und windet sich auch nicht vor Verlegenheit wie sie. Sie ist wirklich plus zwei, das kann niemand bestreiten. Als die Ma'am-Miss ihnen erklärt, daß man nie wissen kann, wann ein Überfall kommt und wie er kommt, und manchmal kommt er ganz leise, sieht sie wieder die Nebelwesen und macht sich davon. Bedrohung ist auch etwas, was man nicht sehen kann, und sie überlegt, ob man Menschen abschälen und unter ein Mikroskop legen kann, um die Wahrheit zu sehen. Sie möchte die Ma'am-Miss fragen, warum sie nicht dieses feuchte Gefühl zwischen den Beinen hatte und ob es in Ordnung ist, wenn sie ihr Leben lang nie wieder Sex hat, weil sie es eigentlich nicht mag. Sie möchte es mögen. Sie möchte, daß es so lustig ist wie die blonde Frau mit dem Pferdeschwanz oder das Gestöhn dieser Frauen, als würden sie von sich selbst gejagt. Sie hatte nur gespürt, daß ihre Stimme weglief, weiter und weiter und … bis sie tot war.

Wenn man Mom abschälen würde, dann würde Dad da sein.

Wenn man Dad abschälen würde, würde dann Mom da sein?

Dads Freund ißt alles, um nicht reden zu müssen. Sie kocht Kaffee für alle, schenkt sich selbst eine halbe Tasse ein und setzt sich vor den toten Computer. Sie sieht ihr Gesicht halb auf dem Computer gespiegelt und kann den Blick nicht davon wenden, denn genau so fühlt sie sich. Halb verschwunden. Sie ruft die beste Freundin auf Moms Telefon an und fragt sie, ob das immer so ist, wenn man Sex hat, wenn man erwachsen wird, wenn man den eigenen Körper hingibt und nicht weiß, ob man das will. Die beste Freundin sagt, daß sie noch nie Sex gehabt hat und alles darüber wissen will. Sie räumt den Tisch ab, leert die Essensreste auf den Teller für die Krähen im Garten und fragt Mom, ob die beste Freundin noch rasch herkommen darf.

Die beste Freundin im Pyjama ist ein lieblicher Anblick. Sie setzen sich vor den toten Computer, und jetzt sieht sie gar nichts mehr von ihrem Gesicht und fragt sich, ob etwas sie von innen her auffrißt und wie viele Tage ihr noch bleiben. Sie kann der besten Freundin doch nicht die ganze Geschichte erzählen, weil sie nur Bruchstücke davon im Kopf hat. Als hätten die Nebelwesen die meisten häßlichen Teile weggenommen. Wenn jemand flucht, sagt Dad immer, sie sollen sich den Mund mit einer antiseptischen Lösung auswaschen. Sie hat Desinfektionsmittel im Bad und überlegt, ob sie das wie Mundwasser benutzen soll, damit sie seine Zunge loswird, die sie immer noch im Mund hat. Als sie das Wehklagen von Dads Freund hören, setzen sie sich vor der halboffenen Tür auf den Boden und sammeln sich.

Sie legt den Kopf auf den kühlen Marmor und macht die Augen zu, faßt die Hand der besten Freundin. Niemand spricht, aber alle lauschen. Es ist wie ein Alarm, das Schmerzgeheul der Nachbarskuh beim Kalben, etwas, das reißt und blutet, ein Gang voller Waren, die aus den Regalen fallen, ein Fisch, der am Haken hängt, die winzige Kakerlake in der Toilettenecke, bevor sie draufgetreten ist, die Leere evakuierter Dörfer, wo die Häuser tot sind. Computer, die weltweit Feuer fangen. Es ist der Zorn, der ihren Brustkorb sprengen und zwei oder vier oder sechs weitere Hände gebären könnte, bis sie sich fühlt wie ein Panzer, ein Bataillon, ein Banyanbaum. Hände, die das Anstarren und die Pfiffe und Püffe wegschlagen, die juckende Stelle kratzen werden, an die sie nicht herankommt, und wenn es keine Worte gibt, mit denen sie sagen kann, wie sie sich fühlt, dann werden die Hände sich um sie schlingen, sie in ihren Kokon schließen, bis sie die Schande ausspuckt. Sich um sie schlingen, wenn sie sich draußen in der Welt klein fühlt. Sie fragt sich, ob ihr Immunsystem aus alldem etwas lernt.
Stille Tränen fließen aus ihren Augen, und sie weiß nicht, wie eine der Hände ihrer Mutter dorthin gelangt ist, aber die Hand kratzt sie oben am Kopf, gerade so, wie sie es gern hat.

Aus dem Englischen von Gertraude Krueger

MATTHIAS BORMUTH

DES HERZENS MEINUNG

Dieter Henrich in späten Jahren

I.

Dieter Henrich war neben Jürgen Habermas der wichtigste Philosoph der Bundesrepublik. Begonnen hatte seine Leidenschaft für das Denken in der kleinen Universitätsstadt Marburg. Ein Lehrer weckte bei dem 1927 Geborenen den philosophischen Geist: »Er war nur wenig über dreißig Jahre alt, hatte über Kierkegaard gearbeitet und kannte die klassische deutsche Philosophie gut. Er war mein Deutschlehrer im ersten gymnasialen Schuljahr. (...) Man spürte, er wollte die Schüler mit den eigentlichen, den zentralen Lebensproblemen vertraut machen, das aber in einer vergeistigten Durcharbeitung.« Als »christlicher Existentialphilosoph« habe Wilhelm Anz nie direkt von seiner Sache gesprochen: »Selbst das Wort ›Philosophie‹ fiel nicht. (...) Sodann wurden, was nicht im Lehrplan des Deutschunterrichts stand, Shakespeares Tragödien gelesen und analysiert. Damit war die existentialistische Position in der Philosophie ins Spiel gebracht.«

Henrichs philosophische Neigung verstärkte sich nach dem Zweiten Weltkrieg, als er in seiner Geburtsstadt Hans-Georg Gadamer begegnete. Der Abiturient hatte begonnen, Alte Geschichte zu studieren, und stritt während eines Ferienkurses der Hessischen Hochschulwochen mit dem späteren Autor von »Wahrheit und Methode« über Max Weber. Dessen These von der Entzauberung der Welt schien dem platonischen Pathos der Wahrheit zu widersprechen, aber Henrich verteidigte sie erfolgreich. Beim späteren Schachspiel wurde die hintergründige Wirkungsmacht Gadamers deutlich: »Meinen Fehler beutete er knallhart und scharfsinnig aus, so daß ich aufgeben mußte. In dem Moment, als ich aufgab, gab er mir die Hand und gab zugleich mit nur einem Halbsatz die Antwort auf meinen Diskussionsbeitrag vom Vortag: ›Damit Sie sehen, daß ich auch etwas von scharfsinnigen Argumentationen verstehe.‹«

Die von Gadamer geahnte Qualität des eigenständig denkenden Studenten zeigte sich, als Henrich mit »Fichtes ursprüngliche Einsicht« und »Hegel im Kontext« Ende der sechziger Jahre begann, den deutschen Idealismus historisch genauer zu untersuchen. Die Tübinger und Jenaer Konstellationen um Hegel, Hölderlin, Schelling und Fichte beforschte er nach Professuren in Berlin und Heidelberg vor allem seit 1981 in historischen Großprojekten an der Universität München.

Auch als ständiger Gastprofessor an den amerikanischen Universitäten von Harvard und Columbia war Henrich willkommen. Dem dichterischen Denken Hölderlins ging er besonders in »Der Grund im Bewußtsein« nach und legte zum Kant-Jubiläum 2004 mit »Grundlegung aus dem Ich« im Suhrkamp Verlag ein zweibändiges Werk vor, das Carl Immanuel Diez galt, dem Lehrer der schwärmerischen Idealisten. Henrich wollte entlang persönlicher Zeugnisse erfahren, wie der kirchenkritische Repetent am Tübinger Stift die jungen Studenten ermuntert hatte, Freiheit im Geiste Kants und der Französischen Revolution zu fordern. Ohne Zweifel spiegelt sich in dem Interesse an einem geistigen Mentor auch die frühe Erfahrung mit dem ersten Lehrer am Marburger Gymnasium.

Die produktive Spannung zwischen Philosophie und Religion, die Henrichs Werk kennzeichnet, brachte er pointiert in »Endlichkeit und Sammlung des Lebens« zur Sprache, einer Rede, die er 2008 zur Verleihung des Leopold-Lucas-Preises in Tübingen hielt. Da die Ehrung im Namen eines Rabbiners erfolgte, der sein Abitur auch am Marburger Gymnasium absolviert hatte und der in Theresienstadt ums Leben gekommen war, stellte sich Henrich zu dieser Zeit auch peinlichen Erinnerungen an seine Jugend im Nationalsozialismus. Mit existentiellem Pathos sprach er von der unaufhebbaren Vergänglichkeit und Vereinzelung des Menschen, den er in dem freiheitlichen Zusammenhang von Gut und Böse sah. Der Philosoph nahm das mythische Wissen der Bibel auf, ohne selbst eine Heilsgeschichte zu erzählen.

In dieser höheren Ratlosigkeit hat Dieter Henrich mit »Ins Denken ziehen« für ein größeres Publikum ein gutes Jahrzehnt später autobiographisch genauere Spuren seines metaphysischen Denkens hinterlassen. Dieses lebt von einer philosophischen Streitkultur, die das Lebensganze meint und die Freiheit des einzelnen sucht. Henrich war ein sokratischer Geist, dem im Rückblick die Frage wichtig war, »ob und in welchem Sinne in die Lebensführung etwas eingebunden ist, das einen anderen Status hat als ein nur faktisch Wirkliches – ein Unbedingtes, das für Sokrates sein daimonion« gewesen sei.

II.

Gemeinsam mit Ulrich von Bülow führte ich mit Dieter Henrich über lange Jahre Gespräche, die 2006 begannen und ein Jahr vor seinem Tod zur Veröffentlichung von »Ins Denken ziehen« führten. Ich verdanke diesen Begegnungen mit Henrich meinen Weg von der Medizin in die Ideengeschichte. Gerade seine späten Werke las ich intensiv, weil mich faszinierte, wie sein Philosophieren nicht selten in der Struktur und Intensität des Fragens der Religion seiner Kindheit nahekam.

So dachte Henrich in »Werke im Werden« gezielt »Über die Genesis philosophischer Einsichten« nach: »Geht man davon aus, daß die Momente philosophischer Einsicht mit den Ereignissen von Erleuchtung und Offenbarung in den Religionen einen Grundzug teilen, dann möchte man zunächst meinen, daß solche Erfahrungen überwiegend der Geschichte früherer Hochkulturen zugehören werden, in denen die Philosophie noch nicht vollständig von der Religion abgelöst gewesen ist.« Aber in der ihm eigenen Freiheit, religiöse Impulse auch im philosophischen Diskurs unserer Zeit zu entdecken, fährt er fort: »Doch auch viele Gründergestalten der modernen Philosophie waren sich des inneren Zusammenhangs zwischen ihrem Werk und solchen momentanen Grund- und Tiefeneinsichten bewußt und haben Zeugnis davon abgegeben.« Henrich scheut sich nicht, triftige Beispiele aus der Religions- und Philosophiegeschichte aufzurufen. So erinnert er an Augustins berühmte Worte »Nimm und lies«, die der spätere Kirchenvater während seiner Bekehrung in einem Zustand vernimmt, der als akustische Halluzination ans Psychotische grenzt. Auch Pascals nächtlich merkwürdige Evidenz des biblischen Gottes zieht ihn offensichtlich an. Ebenso geheimnisvoll erscheint Henrich, wie Descartes eine winterliche Erleuchtung widerfährt oder Rousseau plötzlich unter einem Baum die Einsicht in die Natürlichkeit des Menschen kommt. Das Irrationale gehört zur Rationalität des Philosophen, der es als einen Grund seines Denkens zu fassen sucht, aber nie ganz begreifen kann: »Indem man gerade diese exzeptionellen Momente als Stationen auf dem Wege zu einer philosophischen Konzeption heraushebt, wird man zugleich in Fragen nach Grund, Verfassung und Autonomie des philosophischen Denkens hineingezogen.«

Besondere Aufmerksamkeit schenkt Henrich dem Idealisten Fichte. Die Idee der »Subjekt-Objektivation« schildert »Werke im Werden« als entscheidende Wende seines intellektuellen Werdegangs: »Fichte wurde von dem Gedanken überrascht, daß dann, wenn man die Weise, in der das Ich sich selbst erkennt und erzeugt, heraushebt und alle Konsequenzen entwickelt, ein philosophisches Wissen gewonnen werden könne, das dieselbe Gewißheit hat wie das mathematische.«

Diesem Enthusiasmus des Geistes stellt Henrich die theoretische Nüchternheit und moralische Begeisterung Kants gegenüber. Mit dem ihm eigenen Pathos postuliert er: »In den ursprünglichen Einsichten der Philosophen verbindet sich die Lösung eines theoretischen Grundproblems damit, daß sich eine Lebensperspektive eröffnet – nicht zusätzlich und kumulativ, sondern so, daß der Weg zu einer Grundlehre und der Weg zu der Begründung einer Lebensweise ein und derselbe Weg sind.« So ist »Philosophie als Lebensberuf« nicht allein mit einer kognitiven Leidenschaft verbunden, sondern ebenso mit existentiellen und ethischen Motiven. Henrich geht es im kantischen Sinne um das »Bedürfnis, aus bedrängender Lebensunsicherheit herauszufinden durch ein belastbares Lebensverstehen und eine Lebensführung, die ihm entspricht«.

III.

Friedrich Hölderlin war für Henrich vor allem als dichterischer Denker attraktiv, der keine rationalen Konstrukte entwarf und eine rigide Moralistik ablehnte. Statt dessen erkundete er im Lichte des eigenen Lebenslaufs poetische Utopien. Besonders die vor der geistigen Umnachtung entstandenen späten Hymnen ließen Henrich nicht los. Schon 1988 schrieb er über »Andenken« ein ganzes Buch. Aber die »Beobachtungen und Gedanken zu Hölderlins Gedicht« sind nicht einfach zu verstehen, da sie im Versuch, dem dichterischen Sinn keine Gewalt anzutun, oft allzu weitläufig geraten. Henrichs ungeheure Behutsamkeit in »Der Gang des Andenkens« setzt sich ab von der Rücksichtslosigkeit, mit der Martin Heidegger das hymnische Spätwerk geschichtsphilosophisch ausgelegt hatte: »Ein Denken, das meint, dem, was es ›das Seyn‹ nennt, nur entsprechen zu können, wenn es die Bewegungen der Subjektivität zuvor als selbstbezogene Seinsvergessenheit decouvriert hat, gehört, geschichtlich gesehen, zu den kurzschlüssigen Angriffen auf die Grunderfahrungen, aus denen sowohl die Lebenswelt der Deutschen wie auch die Grunderfahrungen der klassischen deutschen Philosophie hervorgegangen sind.«

Von daher schätzt Henrich Hölderlins »Sprache der Innigkeit, die ihm aus seiner Heimat und dem liebenden Umgang mit den Seinen zugewachsen und vertraut war«. Ihn beeindruckten auch folgende Zeilen aus »Andenken«: »Nicht ist es gut, / Seellos von sterblichen / Gedanken zu sein. Doch gut / Ist ein Gespräch und zu sagen / Des Herzens Meinung.« Im Austausch mit dem jungen Lyriker Alexandru Bulucz betont Henrich: »Aber ein Gespräch wäre gut, in dem ›des Herzens Meinung‹ zum Ausdruck kommen kann, in dem also das, was ich für mich selbst eigentlich bin und was letztlich für mich gilt, allererst klar heraustritt. ›Des Herzens Meinung‹, also der tiefsten Überzeugungen, kann man gar nicht für sich allein ganz sicher sein. Man muß sie in vertrautem Gespräch zu einem anderen aussprechen.«

Henrich begab sich in den »Erkundungen um Samuel Beckett und Hölderlin« noch 2016 auf die Suche nach der verborgenen Wahrheit, die zwischen »Sein oder Nichts« schwang: »Ich hatte schon früh die Tiefenlotung der Selbsterfahrung, die Becketts Texte evozieren, in der Zusammenarbeit mit einem Studententheater und in einer Lebenskrise erfahren. Hölderlin wiederum war nicht nur ein Thema meiner Forschungen zur Entstehung der idealistischen Philosophie gewesen.

Seine Gedichte hatten ebenso wie Beckett den Härtetest bestanden, gerade in verdunkelten Perioden des Lebens bedeutsam zu werden.« Die existentielle Intensität wurde oft schon nach wenigen Zeilen oder gar einzelnen Worten deutlich: »Beide waren (...) von der Last angetrieben und gelenkt, aus den Erfahrungen und den Evidenzen, die ihr Leben durchherrschten und bedrängten, zu einer gefestigten Selbstverständigung gekommen. Das allein erklärt, warum das, was sie aus diesem Philosophieren gewannen, ihnen auch in ihrem dichterischen Werk im Sinn geblieben ist.«

Henrich zeigte, daß für diesen poetisch-philosophischen Dialog ein Denker wichtig war, der schon Kant entscheidend beeinflußt hatte: Jean-Jacques Rousseau. Eine Passage aus dessen »Träumereien« am Bieler See wird zum Leitmotiv der geistigen Wechselwirkungen zwischen Hölderlin und Beckett. Mit detektivischem Spürsinn nimmt Henrich die Fährte auf, wie der moderne Dramatiker indirekt auch auf Rousseau rekurriert, indem er Zeilen aus Hölderlins »Mnemosyne« zitiert: »Vorwärts aber und rükwärts wollen wir / Nicht sehn. Uns wiegen lassen, wie / Auf schwankem Kahne die See.« Die »Szene im Kahn über dem leicht wogenden Wasser«, die Henrich durchdenkt, ist vielschichtig aufgeladen. Er bezieht in die Recherche auch Rousseaus »Bekenntnisse« ein, die schon im Vorfeld der »Träumereien« auf die kontemplativen Szenen am Bieler See anspielten, und schließt: »Aber erst im ›Fünften Spaziergang‹ wird von ihnen gesagt, mit ihnen sei jenes ›makellose, vollkommene Glück‹ aufgegangen, in dem ›einzig das Gefühl zu existieren‹ unsere Seele ganz erfüllt.«

Henrich ist es um höchst persönliche Deutungsräume zu tun. Dies zeigt besonders die gravierende Akzentverschiebung, die er in der poetischen Aneignung der Kontemplation auf dem See sieht: »Hölderlins Strophe unterscheidet sich rein äußerlich von der Erfahrung, die Rousseaus *einsamen* Spaziergänger in Erinnerung bringt, schon dadurch, daß unbestimmt viele dazu ermutigt werden, *gemeinsam* in sie einzutreten.« Das »eschatologische Profil« der im Kahn Vereinten macht Henrich auch an einer Halbzeile Hölderlins fest: »Ins Ungebundene geht die Sehnsucht«. Daß das Kontemplative damit eine intimerotische Note gewinnt, läßt Henrich mit Blick auf Becketts Aufnahme des Leitmotivs in »Trapp's Last Tape« sublim ahnen: »Das Band hält, vor dreißig Jahren besprochen, eine bedeutsame Erinnerung fest. (...) Krapp liegt mit einer Frau, die schon verabredete Trennung von ihr noch vor sich, in einem Kahn, der ins Uferschilf treibt. ›Wir trieben ins Schilf und blieben stecken. Wie die Rohre sich seufzend bogen unter unserem Bug! (...) Ich sank auf sie nieder, mein Gesicht in ihren Brüsten und meine Hand auf ihr. Wir lagen da, ohne uns zu bewegen. Aber unter uns bewegte sich alles und bewegte uns, sachte, auf und nieder und von einer Seite zur anderen.‹« Im Spiegel des dichterisch-philosophischen Konstellation veranschaulicht Henrich das menschliche Bedürfnis nach Erlösung im umfassenden Sinne, wobei ihn mehr als ein historisches Interesse bewegt.

IV.

Henrich verfällt in seinen Erkundungen nicht in reinen Enthusiasmus. Zugleich sieht er Samuel Beckett als Meister des geistigen Scheiterns nicht ganz ohne Hoffnung. Er liest den offensichtlichen Nihilisten gegen den Strich: »Zwar verstand Beckett die Aufgabe, die Nichtigkeit des Lebens aufzudecken, immer als die wichtigste seines Werkes. Aber er verstand sie nicht wie irgendein Realist, also als Dienst an einer eigentlich banalen Wahrheit, sondern zugleich als eine Erkundung im Unbegangenen und nicht Beherrschbaren. Um einer solchen einfachen Auflösung der Rätselfrage zu entkommen, die seine Texte aufgeben, muß man sich nur einer Aussage im Gespräch von 1961 mit Tom Driver erinnern. ›Where we have both dark and light, we have also the inexplicable. The key word in my plays is *perhaps*.‹«
Beckett gehört wie die Figuren aus »Werke im Werden« zu jenen, die einer »Vision« nachjagen, ohne sie je einzuholen. Die Frage von »Sein oder Nichts« bleibt offen, was Henrich auch anhand eines kurzen Textes zeigte, mit dem Beckett auf eine Komposition Morton Feldmans reagierte: »Alle Ziele versinken, alle Töne erlöschen, und es breitet sich ein sanftes Licht aus über dem unbedachten ›Weder-noch‹ des endlosen, zwischen Unerreichbarem durchschrittenen Weges, der ein unnennbares zu Hause ist.« Es geht um eine letzte Spontaneität des Denkens, das trotz allen Scheiterns eine Steigerung des bewußten Lebens verspricht: »Die zitierten Zeugnisse sind solche aus Becketts Leben, wiewohl, was sich in ihnen vollzieht, in seinem Werk als Literatur indirekt oder im Untergrund präsent ist. Und sie zeigen an, wie ein letztes ›Vielleicht‹ und das Hin und Her des ›Neither‹ sich im Vollzug des bewußten Lebens eines Menschen allererst realisiert und zu einer Weise der Lebensführung ausbildet.«
Dieser Blick lebt auch vom Rekurs auf Hölderlin, den Henrich durchaus vielschichtig sieht. Er setzt sich von »Georges und Heideggers Verständnis von Hölderlin als dem Künder des Kommenden« ab. Schon früh fand er für dieses an Beckett-Lektüren gereifte Verständnis mit Peter Szondi in Berlin einen Gesprächspartner. Der Sohn einer jüdischen Gelehrtenfamilie aus Budapest gehörte zu jenen, die 1944 mit den Kastner-Transporten vor der Vernichtung gerettet wurden. »Obwohl wir nie in ein philosophisches Gespräch im eigentlichen Sinne eintraten, gab es genug Gesprächsthemen zwischen uns, vor allem Hölderlin und Beckett als Autoren, die uns beide bewegten.«

Szondis Mentor Theodor W. Adorno, den Henrich schon 1949 in Frankfurt kennengelernt hatte, rückte in »Sein oder Nichts« auch kurz in den Fokus. Nicht ohne Grund wird erwähnt, daß Beckett ein Pariser Treffen mit Adorno mit der tiefsinnigen Segensformel abgelehnt hatte: »I can't make it. Forgive. Bless you. Sam Beckett.« Die zufällige Begebenheit besitzt eine sinnträchtige Dimension: »Segnen ist (wie ›to bless‹) ein Akt, mit dem zumeist eine Institution oder ein älterer Mensch einen Jüngeren auf einen Weg entläßt, den er nun selbständig zu gehen hat. Wer in einem solchen Abschied Gottes Segen für ihn anruft, der weiß, daß er selbst ihn auf diesem Weg nicht mehr begleiten, ihm nicht mehr hilfreich und freundlich zugewandt sein wird.« Was im Blick auf Adorno als rückblikkende Belehrung wirken mag, es mit der »Negativen Dialektik« nicht zu weit zu treiben, läßt sich für Henrich selbst biographisch verstehen, sagt er doch in »Sterbliche Gedanken«: »Der Tod meines Vaters ist dann zu einem entscheidenden Ereignis in meinem Leben geworden. Denn ich war bei ihm, und sein letztes Wort hat er an mich gerichtet. Es war ein Segenswort. In gewisser Weise ist mein ganzes Leben eine Erfüllung dieses seines letzten Wortes.« Die »Philosophische Autobiographie« schildert die Situation am Krankenbett des Vaters nochmals religiös aufgeladener: »Als die Ärzte resignierten, wurde ich hineingerufen. Es war seine Todesminute. Meine Mutter, die ihren Mann verlor, hatte die Kraft zurückzutreten. Ich kniete am Bett meines Vaters – und vor dem unbedingten Bedeutungsgewicht des Augenblicks fiel die Erregung des Todesschreckens von mir ab. Er, mein Vater, nahm seine letzte Kraft zusammen und sprach stockend ein Segenswort, mit dem er meines Lebens Zukunft Gott anbefahl.«

V.

Besonders in jungen Jahren bewegten sich Henrichs Gedanken im Horizont des Religiösen: »Wenn ich an meine Eltern zurückdenke, so spielte eine Erlösung durch Jesus Christus in ihrer Frömmigkeit kaum eine Rolle. Gott ja, und zwar der Gott, in dem die Liebe selbst gründet und ganz verwirklicht ist. Meine Mutter glaubte und wollte mich belehren, daß eine von inniger und hingebungsbereiter Liebe geprägte Lebensführung das Höchste dessen ist, was in der Welt überhaupt erreicht werden kann.« Kurz vor seinem Tod erschien eine kleine Broschur, deren Titel ein Vers des Johannes ist: »Furcht ist nicht in der Liebe«. Vielleicht ist es nicht zufällig, daß sie schon im äußeren Erscheinungsbild den kleinen Schriften ähnelt, die Martin Heidegger zeitlebens bei Klostermann erscheinen ließ. Jedoch stehen Henrichs »Philosophische Betrachtungen zu einem Satz des Evangelisten Johannes« nicht in Konkurrenz zum religiösen Erbe und dessen platonischer Grundierung. Wie kein anderer entspricht der im hellenistischen

Raum lebende Johannes, der nicht mehr zur jüdischen Welt Christi gehörte, dem geistigen Horizont des Philosophen. So kann in dem Traktat auch eine implizite Rückkehr zu den hermeneutischen Ursprüngen Marburgs gesehen werden, wo Rudolf Bultmann sich mit Kommentaren zum Evangelium des Johannes und zu dessen Briefen profiliert hatte.

Die Auslegung des johanneischen Verses läßt keine Bezüge zur Lebenswelt des Autors erkennen, sieht man davon ab, daß Henrich die wenigen Worte aus dem Ersten Johannesbrief 1956 auf den Grabstein seiner Mutter hatte eingravieren lassen. Außer als stille Hommage an die frommen Ursprünge seines Lebens kann diese Phänomenologie der Liebe auch im Horizont von Henrichs späterem Leben gelesen werden: »Der Satz weist auf eine Erfahrung hin, die in jeder Liebe, welche sich von den vielen Formen der Leidenschaft oder sexuellen Lust unterscheidet, gemacht werden kann.« Eine »reife Liebe«, die nicht von gesellschaftlichen Pflichten bestimmt ist, erlaubt demnach einem Menschen, »sich plötzlich und überraschend dieser außerordentlichen Kraft und Bedeutung in seiner Liebe bewußt« zu werden: »Indem dieses Bewußtsein ganz in die erfüllende Gemeinschaft konzentriert ist, scheint jede weltbezogene Besorgnis zu verblassen.«

Henrich konturiert in der Folge eine »Paarbeziehung«, die nicht den gesellschaftlichen Prämissen unterliegt, sondern im gegenseitigen Interesse zweier Individuen gründet: »Nur als eine Liebe, welche die Eigenständigkeit der Lebensführung beider wahrt und stützt, bildet sich in ihr das Bewußtsein eines Erhobenseins aus alltäglicher Bedrohung und von einem Geschehen, das in einem Unbedingten fundiert ist.« In dieser Konstellation sind personale Freiheit und subjektive Bindung in idealer Weise verbunden: »Partnerschaften sind Vereinigungen der Energien Selbständiger in einer vielfältig gefährdeten Welt bewußten Lebens.« Dabei verklärt Henrich keineswegs ein solches Liebesverhältnis. Denn natürlich blieben die, »die in solcher Liebe verbunden sind, (...) immer endliche, verkörperte und verletzliche Menschen«. So können Krankheit und Sterben diese besondere Zuneigung auf eine letzte, schreckliche Probe stellen: »Die Liebe macht nicht immun gegen all dies, und dem, der einen Menschen liebt, kann sein Ergehen und Geschick natürlich nicht gleichgültig sein. Je vollkommener die Liebe ist, um so größer auch die Furcht um sie.«

Im Lichte der platonisch-kantischen Ideenlehre gewinnt diese Interpretation von Johannes für Henrich eine besondere Dynamik. Erst die tiefgreifende Liebe kann der Furcht ausreichend Paroli bieten. Menschliche Leidenschaften mögen zum vorübergehenden Vergessen furchteinflößender Realitäten beitragen, aber ihre Verwandlungskraft ist beschränkter: »Über die innere Entwicklung dieser Liebe zu Beständigkeit, Bewährung und Vertiefung, also zu einer Lebensform, erfährt auch dies Interesse eine Verwandlung. Sie ist eine andere Verwandlung als die, auf welche die Gesellschaft mit Rücksicht auf Reproduktion der Gattung zu zählen hat. (…) Aber sie wird nun zu einer Beziehung zu dem Anderen als Subjekt seiner jeweils eigenen Lebensführung – also zum Anderen als einer Person, die sich um eine Grundorientierung in ihrem Leben zu bemühen hat.« So folgert Henrich philosophisch, »daß in solcher Liebe ein Wirkliches sich realisiert und bezeugt, das dem zugehört, was sonst nur durch Ideen angezeigt ist, das also in einer Dimension von unbedingt Geltendem verankert ist, in welche endliche Erkenntnis nicht reicht«.

Als historisches Vorbild kann Hölderlins »Vereinigungsphilosophie« gelten, die lebensweltlich in die glücklich-unglückliche Liebe zu Susette Gontard mündete und in der Figur der Diotima ihren dichterischen Ausdruck fand. Nicht umsonst war Henrich stets Hölderlins Gedicht »Lebenslauf« nahe, in dem es eingangs heißt: »Größeres wolltest auch du, aber die Liebe zwingt / all uns nieder, das Leid beuget gewaltiger, / doch es kehret umsonst nicht / unser Bogen, woher er kommt.« Besonders schätzte er die letzten Zeilen: »Alles prüfe der Mensch, sagen die Himmlischen, / daß er, kräftig genährt, danken für Alles lern / und verstehe die Freiheit, aufzubrechen, wohin er will.«

VI.

Man muß nichts von den persönlichen Erfahrungen des Philosophen wissen, um seine Gedanken über die Liebe gewinnbringend zu lesen. Aber daß es ein spannungsreiches Liebesleben gewesen sein muß, das Henrich nach den behüteten Jahren im Elternhaus von den Heidelberger Anfängen bis in die späten Münchener Jahre führte, lassen seine »Philosophischen Betrachtungen« ahnen. Seine Aufmerksamkeit für vielschichtige Konflikte der persönlichen Lebensführung zeigte sich schon in der Dissertation »Die Einheit der Wissenschaftslehre Max Webers«. Henrich attestierte dem Soziologen 1952, er habe eine prekäre Lebenssituation als Vertreter einer Pflichtethik heroisch bewältigen können. Damals sah er den Soziologen als Kantianer mit den Augen von Marianne Webers »Lebensbild«. So bemerkte Henrich nach Einblick in Webers Bibliothek glücklich: »Als Windelband den Rigorismus der Kantischen Ethik pedantisch nennt, setzt Max Weber ein Fragezeichen an den Rand. Die Strenge der Kantischen Ethik war ihm offenbar Ausdruck der Kompromißlosigkeit, die alle echte Ethik besitzen muß.«

Drei Jahrzehnte später hat sich der Blick merklich gewandelt. Zum hundertsten Geburtstag von Karl Jaspers 1983 bemerkt Henrich angesichts nun zugänglicher Liebesbriefe Webers (und implizit auch in eigener Sache), daß der Existenzphilosoph spät im Leben habe anerkennen müssen, wie sein Vorbild zuletzt neben

die verantwortungsbewußte Liebe die erotische Leidenschaft als Form innerweltlicher Erlösung gesetzt hatte. Vor diesem Hintergrund gewinnt das Traktat nochmals fast vier Jahrzehnte später eine neue Bedeutung. Es kann als eigene Positionierung zwischen den Wertpositionen von Weber und Jaspers verstanden werden. Henrich relativiert zwar die passionierte Liebe als Vorstufe wirklicher Zuneigung, aber die »reife Liebe« wie ihre sittliche Variante stehen als Wege der Erfüllung gleichberechtigt nebeneinander. Henrich spricht bewußt verklausuliert von einem »höheren Walten einer Liebe« gegenüber »der bloßen Moral« und ihrer »völlig differente(n) Ordnung der Liebe«.
Schon Max Weber hatte das Prinzip der Verhüllung genutzt, um die persönlichen Hintergründe seiner moralphilosophischen Überlegungen zu verbergen. Sowohl die von Henrich früh erforschte »Wissenschaftslehre« wie die berühmte »Zwischenbetrachtung« am Ende des ersten Bandes der »Religionssoziologischen Schriften« sind in diesem Sinne sprechende Dokumente. So blieb Weber in der Sache wie im Schreiben für Henrich eine lebenslange Provokation. Daß er am Ende des Traktates noch auf den jungen Hegel zu sprechen kommt, der sich im Zeichen der Liebe von Kants Moralphilosophie systematisch absetzen wollte, zeigt, wie stark dieses Leitmotiv seines Denkens war.
Der Philosoph wußte, daß er ein privilegiertes und exponiertes Leben führte, das immer auch ein zuhöchst privates blieb. Nur in dieser Spannung, die er im späten Traktat verhüllt zum Ausdruck brachte, konnte Henrich seine liberale Mission erfüllen. Diese umriß er besonders schön im Gespräch mit Alexandru Bulucz: »Wir leben, wenn wir endlich sind, als Fackelträger. Wir geben durchdacht Erfahrenes weiter, und darin liegt, daß man den Anderen im ganzen Ernst als ebenso wirklich wie sich selbst betrachtet. Man schließt sich ihm auf und vertraut darauf, daß er sich über sich selbst wird verständigen können.«

UMSCHAU

TOR ULVEN: SIGMUND FREUDS »DER WITZ UND SEINE BEZIEHUNG ZUM UNBEWUSSTEN«

Man könnte mit einem Witz, einem Sprichwort des deutschen Aphoristikers Lichtenberg beginnen: »Es ist fast unmöglich, die Fackel der Wahrheit durch ein Gedränge zu tragen, ohne jemandem den Bart zu sengen.« Man könnte dies auch über Freud selbst sagen, freilich mit der Einschränkung, daß sich diese ›Wahrheit‹ nicht verabsolutieren läßt. Sicher ist jedoch, daß der Vater der Psychoanalyse im Verlauf seiner Karriere so einige Bärte angesengt hat – die von Esoterikern, fortschrittsgläubigen Phantasten oder naiven Naturanbetern, um nur einige Beispiele zu nennen.

Dann könnte man weiterhin, als Laie auf dem Gebiet der Psychoanalyse und auf etwas billige Art, Freud (mit Freud) fragen: Worin besteht nun eigentlich der Witz am Witz? Eine solche Frage ist natürlich weitgehend überflüssig, weil der Sinn des Witzes selbstverständlich darin besteht, die Zuhörer zum Lachen zu bringen. Doch worin liegt der Sinn des Lachens? Im Empfinden von Lust, könnte man antworten. Und weiter: Worin liegt der Sinn dieser Lust-Empfindung? Die Fragerei führt offensichtlich ins Absurde. Auf jeden Fall hat Sigmund Freud nichts für selbstverständlich genommen, schon gar nicht die scheinbar unbedeutendsten und trivialsten Aspekte des menschlichen Lebens und Tuns. Im Freudschen Universum wimmelt es nur so von latenter Bedeutung, die aber darauf wartet, aufgedeckt zu werden. Es findet sich darin nahezu keine menschliche Aktivität oder Ausdrucksform, die nicht schwanger von Bedeutung, die nicht Manifestation des Unbewußten wäre. Diese Aktivitäten sind nicht als etwas Unbestimmbares oder Metaphysisches oder als bloße neurologische Effekte anzusehen, sondern vor allem unter den spezifisch psychologischen Vorzeichen zu verstehen, die Freud ihnen verliehen hat. Kurz: als Ausdruck von verdrängten Trieben insbesondere sexueller und aggressiver Natur. Freud läßt daher auch kaum einen Bereich in Frieden. Nicht nur gerät er in seinen Studien über Neurosen und *case studies* förmlich ins Schwelgen, er schreibt auch über Träume (»der Königsweg zum Unbewußten«), über scheinbare Bagatellen wie Versprecher, Fehlhandlungen, Versäumnisse usw. (»Psychopathologie des Alltagslebens«), über eher »tiefsinnige« Themen wie Religion (»kollektive Zwangsneurose«), Angst und Zwangsvorstellungen sowie über den Witz (und den Humor im allgemeinen).

Freud soll einmal gesagt haben, daß man nicht einmal ein Hemd aus dem Schrank ziehen könne, ohne daß sich ein unbewußter Faktor geltend mache, oder wie es im vorliegenden Buch heißt: »Ich zweifle, ob wir irgend etwas zu unternehmen im Stande sind, wobei eine Absicht nicht in Betracht kommt.« »Absicht« ist in diesem Zusammenhang nicht mit edler Absicht gleichzusetzen. Vielleicht kann man es so sagen: Für Freud dringt aus dem Kulturmenschen unaufhörlich Barbarisches; wie wenn ein wunderschön verzierter, aber überhitzter und undichter Ofen schweren Rauch voller verdrängter infantiler Vorstellungen, primitiver Aggressionen und sexueller Impulse, Egoismus und Zerstörungswut ausstößt. Von vielen gläubigen Menschen, die in der Psychoanalyse eine Beschmutzung der mehr oder weniger göttlichen (sprich bürgerlichen) Würde der Menschheit gesehen haben, wurde Freud leidenschaftlich verachtet (wenn nicht sogar gehaßt). Aber auch aufrührerische Idealisten wollten das Unbewußte politisieren und hofften auf eine »Befreiung« des Begehrens jenseits der kapitalistischen Gesellschaftsordnung.

Keine dieser verzerrten Ansichten trifft Freuds eigene Denkweise. Freuds Projekt einer Bewußtmachung des Unbewußten hatte nicht zum Ziel, Rache an der Zivilisation zu üben, sondern im Gegenteil zu versuchen, zumindest auf der individuellen Ebene Herrschaft über die Triebe zu erlangen. Eine Psychoanalyse (als Behandlung) arbeitet ja auf die Stärkung des bewußten Ichs hin, damit dieses nicht mehr in der Rolle des neurotischen Sklaven seines Unbewußten verharren muß. Im Prinzip geht es Freud um eine Kultivierung des »Barbarischen« im Menschen, nicht um eine Barbarisierung des Kulturellen. Zugleich lehnt Freud jede utopische Hoffnung auf eine Kultur ab, die ohne großes menschliches Leid auszukommen versucht, d.h. die auf schwere psychische Konflikte, mentale (und physische) Schmerzen und Entbehrungen verzichtet. Im »Unbehagen in der Kultur« heißt es:

»[D]ie Absicht, daß der Mensch ›glücklich‹ sei, ist im Plan der Schöpfung nicht enthalten. Was man im strengsten Sinne Glück heißt, entspringt der eher plötzlichen Befriedigung hoch aufgestauter Bedürfnisse und ist seiner Natur nach nur als episodisches Phänomen möglich. Jede Fortdauer einer vom Lustprinzip ersehnten Situation ergibt nur ein Gefühl von lauem Behagen; wir sind so eingerichtet, daß wir nur den Kontrast intensiv genießen können, den Zustand nur sehr wenig. Somit sind unsere Glücksmöglichkeiten schon durch unsere Konstitution eingeschränkt. Weit weniger Schwierigkeiten hat es, Unglück zu erfahren. Von drei Seiten droht das Leiden, vom eigenen Körper her, der, zu Verfall und Auflösung bestimmt, sogar Schmerz und Angst als Warnsignale nicht entbehren kann, von der Außenwelt, die mit übermächtigen, unerbittlichen, zerstörenden Kräften gegen uns wüten kann, und endlich aus den Beziehungen zu anderen Menschen.«

Nach Freud kann Kultur nicht ohne die ständige Anstrengung eines jeden Menschen aufrechterhalten werden, eine Anstrengung, die letztlich nie aufhört, die jeden Tag von neuem beginnt und darin besteht, bewußte und unbewußte Zumutungen der Triebe in Schach zu halten, so daß das zerbrechliche Gebäude der Zivilisation auf individueller oder kollektiver Ebene nicht einstürzt. (Daß letzteres dennoch möglich ist, mit apokalyptischen Auswirkungen, wurde besonders in diesem Jahrhundert deutlich, einer Epoche, die auf der einen Seite höchste moralische Standards, etwa für die Beziehung zwischen Nationen und Völkern entwickelt hat, aber auf der anderen Seite Zeuge von Grausamkeiten wurde, die über das menschliche Vorstellungsvermögen hinausgingen.)

Freud ist kein beruhigender Denker. Und das Erschreckende an seiner Theorie ist wohl, daß sie imstande ist, vieles mit Bedeutung zu versehen, ohne dabei einen übergeordneten, abschließenden Sinn anzunehmen. Bei anderen psychoanalytischen Theoretikern, wie C.G. Jung oder Wilhelm Reich, findet sich am Grund der Theorie so etwas wie religiöser Trost oder eine politische Hoffnung. Bei Freud ist das anders. Worin besteht also der Sinn der Lust-Empfindung, könnte man noch mal fragen? Darauf gibt die Psychoanalyse keine Antwort. Und dennoch versichert uns Freud, daß in der Begegnung mit dem Dummen und Bedeutungslosen paradoxerweise eine Quelle der Lust liege. »Die Psychogenese des Witzes hat uns gelehrt, daß die Lust des Witzes aus dem Spiel mit Worten oder aus der Entfesselung des Unsinns stammt und daß der Sinn des Witzes nur dazu bestimmt ist, diese Lust gegen die Aufhebung durch die Kritik zu schützen.« Der Witz am Witz besteht also unter anderem darin, das Vergnügen am Absurden vor der Vernunft zu schützen, vor jener Vernunft, die wir uns täglich erkämpfen müssen, jene sozusagen erkämpfte Vernünftigkeit, die wir aber jedesmal wieder zu verlieren drohen, wenn wir träumen oder uns im Zustand des Rausches, der Umnachtung, der Neurose oder Psychose befinden. Ein wesentlicher Zug des Witzes (und des Humors im allgemeinen) besteht für Freud darin, daß er *ökonomisch* ist, das heißt, er erspart uns den Aufwand, die ganze Zeit vernünftig zu denken, oder die Anstrengung eines moralistischen oder humanistischen Strebens.

Damit zeigt sich in der Beziehung des Witzes zum Unbewußten eine Ähnlichkeit mit der Literatur (die ebenfalls Gegenstand von Freuds Untersuchungen war). Auch mit ihrer Hilfe läßt sich etwas Unbewußtes und Irrationales in Form einer (scheinbar) rationalen Konstruktion freisetzen, auch sie operiert, wie Witz und Traum, mit der Verdichtung und Verschiebung von Material. Doch es gibt einen wesentlichen Unterschied. Während Literatur von ihren Lesern eine andauernde intellektuelle Anstrengung erfordert, ist der Witz in der Regel um so besser, je kürzer er ist und je weniger intellektuelle Anstrengung er einem abverlangt. Das gilt zumindest in Hinblick auf die geübten Leser von Literatur, für die der Ertrag, die Dividende des Lesens um so größer zu sein scheint, je größer die intellektuelle Anstrengung gewesen ist, vorausgesetzt freilich, daß das Buch, oder zumindest der Eindruck, den man davon hat, »gut« ist, es also echten literarischen und psychologischen Gewinn abwirft. Scherz, Witz und Humor lassen sich dagegen vielleicht als alltägliche (mündliche) Literatur bezeichnen, oder sie machen mit der Anekdote, Erzählungen und anderen kleinen Formen zumindest einen wichtigen Teil davon aus. Als »eigentliche« Literatur hat der Witz den Zweck, uns die täglichen Plagen und Kümmernisse vergessen zu lassen, die Langeweile zu vertreiben und, im besten Fall, uns neue Einsichten zu vermitteln. Eben darauf will Freud in seinem Buch hinaus: Der Witz ist tatsächlich zu alldem imstande, wenn er nur intelligent genug ist.

In der Freudschen Psychoanalyse ist der *Konflikt* fast allgegenwärtig. Da ist zunächst der Konflikt zwischen dem Individuum und der Gesellschaft, die dem Individuum eine Fülle von Moralregeln auferlegt, Gesetze und ähnliches, weiterhin der Konflikt zwischen den Individuen, z.B. innerhalb von Familien, wo sich unbewußte Impulse und Interessenkonflikte ständig geltend machen, und nicht zuletzt der Konflikt innerhalb des Individuums selbst: zwischen dem Ich und dem Es, zwischen dem Über-Ich und dem Ich, zwischen einander widerstrebenden unbewußten Impulsen. Solche chronischen und konfliktbeladenen Zustände finden sich in allen Menschen, und so erweist sich auch der Grat zwischen Krankheit und mentaler Gesundheit als ein schmaler. Noch einmal: der Witz am Witz? Die (scheinbare) Auflösung von Konflikten, so wie Träume es in der Utopie des Augenblicks tun, wo das Widerspruchsprinzip (A kann nicht A und zugleich Nicht-A sein) nicht zu gelten scheint. »Gerade dieses Einanderaufheben von mehreren Gedanken, von denen jeder für sich gut motiviert ist, fällt im Unbewußten weg.« Wenn das Unbehagen in der Kultur in der Anstrengung besteht, »zivilisiert« zu sein, indem wir ständig Verzicht auf primitive Triebhandlungen üben müssen, so bedeutet der Humor ein Behagen in der Kultur, die kleine barbarische Rache, in der unterdrückte aggressive und erotische Wünsche auf harmlose Weise zum Ausdruck kommen können:

»(...) und da der Mensch als vernünftiges Tier definiert wird, haben manche gedacht, es könne ebenso gut auch als lachendes Tier definiert werden, denn das Lachen sei dem Menschen ebenso eigentümlich wie die Vernunft. Und gewiß ist es wunderbar, daß gerade der Mensch, der unter allen Geschöpfen das geplagteste und elendste ist, die Gabe des Lachens hat, die man sonst bei keinem anderen Tier findet. Wunderbar ist auch der Gebrauch, den wir von dieser Gabe machen, denn wie oft sieht man Menschen, die sich in übelster Lage befinden oder in tiefer Trauer oder zumindest überzeugt von der Eitelkeit aller menschlichen Güter, keinerlei Liebe zum Leben aufbringen, fast unfähig zu jeder Freude und bar jeder Hoffnung sind – und dennoch lachen!« (Giacomo Leopardi, »Opuscula Moralia oder vom Lernen, über unsere Leiden zu lachen«, aus dem Italienischen von Burkhart Kroeber)

Freud hätte diese sonderbare Feststellung über hundert Jahre später vielleicht so kommentiert: Der Mensch lacht gerade *weil* er unglücklich ist, eben weil er so viele ungelöste und traurige Konflikte in sich trägt. Doch, könnte man fragen, ist das Lachen nicht auch Ausdruck eines Überschusses? Schon, könnte man antworten, aber nur weil der Mensch überschüssige Wünsche und Begehren mit sich herumträgt, die selten ihre Auflösung finden – außer in Phänomenen wie dem Humor.

So verstanden ist jeder Humor im Grunde schwarzer Humor. Humoristen und Witzemacher wissen am besten, daß Lustprinzip und Realitätsprinzip auf ewig unvereinbar bleiben. Freud selbst unterscheidet in seinem Buch ganz klar zwischen Witz, Spaß und Humor. Während der Witz für ihn eine systematisierte, intellektualistische Form des Spaßes darstellt, ist der Humor in hohem Grad an eine Situation, ein jeweiliges Thema gebunden. Humor wäre dann der Widerstand des Subjekts, eine Art unwirklicher, doch zumindest symbolischer Triumph des Ichs über die Welt.

Auch wenn Freud über schwarzen Humor an sich nicht näher nachzudenken scheint, gibt er doch zumindest ein brillantes Beispiel davon: »Der Spitzbube, der am Montag zur Exekution geführt wird, äußert: ›Na, diese Woche fängt gut an.‹« Das ist im buchstäblichen Sinn Galgenhumor. Galgenhumoristen wissen genau, daß die Dinge grundsätzlich schiefgehen. Schwarzer Humor zeugt daher generell von der Ahnung, daß etwas (oder vielmehr: alles?) immer schon schiefgegangen ist, daß die Katastrophe sozusagen das Alltägliche ist. Damit wäre schwarzer Humor diejenige Form des Humors, die (implizit oder explizit) tiefe Einsicht in gewisse tragische Grundbedingungen des Lebens bietet. Die Verwandtschaft des schwarzen Humors mit harmlosen Witzen läßt sich dennoch nicht leugnen, beide beruhen auf unaufgelösten Spannungen im Menschen. Der Witz am Witz ist also, daß er ein Behagen in einer unbehaglichen Kultur ermöglicht. Im Paradies gäbe es höchstens ein blasses Lächeln, aber keinen Humor: Engel erzählen keine Witze, Freud schon.

Aus dem Norwegischen von
Wolfgang Hottner

ROBERT KUDIELKA: KUNSTKRITIK ALS SPRACHSPIEL

Es gibt viele gute Gründe, sich Sorgen um die Zukunft zu machen, und der Zustand der Kunstkritik scheint einer von ihnen, wenn auch nicht der dringlichste. Sicher, das sich ausbreitende Genügen an Information im TikTok-Modus ist der Vermittlung kritischer Differenzierungen nicht gerade förderlich; die gewachsene Macht des Kunstmarkts scheint Niklas Luhmanns Behauptung, Kunstkritik sei lediglich ein »Parasit« in der Beziehung zwischen Werk und Betrachter, zu bestätigen; und die durch den globalen Markt hervorgerufene Konfrontation mit nicht-westlichen Artefakten bereitet dem überkommenen Urteilsvermögen Probleme. Aber vielleicht sind diese Irritationen am Ende auch belanglos, vielleicht hat sich Kunstkritik durch den geschichtlichen Erfolg moderner Kunst einfach überlebt: Wozu noch – wozu überhaupt Kunstkritik?

Vor fast 180 Jahren, als die Sache erstmals kritisch wurde, hat Baudelaire in der Vorrede zum »Salon von 1846« diese Frage direkt aufgegriffen: »À quoi bon la critique?« – Wozu Kritik? Nach der eher launigen Bemerkung, daß die Kritik den Bürger, der ja nicht malen oder reimen will, nichts lehren könne, überträgt er diese Überlegung allen Ernstes auf die Kunst selbst: Die Kritik könne die Kunst nichts lehren, »da es ja deren Schoß ist, aus dem die Kritik hervorgegangen ist«. Was für eine Parade: Die Kunst als Ursprung der Kritik!

Die Beziehung hat zunächst eine historische Dimension. Natürlich hat es immer Autoren – *cognoscenti*, *connaisseurs*, Kenner – gegeben, die sich für den Vorrang lokaler oder regionaler Traditionen, Schulen oder auch nur für besondere ästhetische Qualitäten stark gemacht haben; von der Hagiographie eminenter Künstlerpersönlichkeiten ganz zu schweigen. Aber Kunstkritik mit dem öffentlichen Anspruch einer verbindlichen Beurteilung von Kunstwerken gibt es erst seit dem 18. Jahrhundert. Denn erst mit dem Hervortreten einer selbstbewußten bürgerlichen Öffentlichkeit entsteht durch den Wegfall der traditionellen Stützfunktionen von Religion, politischem Auftrag, anerkannter Ikonographie und tragender Werkstattradition ein gesellschaftlich ungesichertes Tätigkeitsfeld: die Kunst. Aus den alten Ordnungen der *artes* ist diese blanke Einzahl nicht herauszurechnen; und der Versuch der Akademien vom Typus der Académie des Beaux-Arts, den Umbruch durch die Aufstellung vernünftiger Kriterien aufzufangen, ist spätestens Mitte des 19. Jahrhunderts endgültig gescheitert.

Die Reaktion auf diese Entwicklung ist freilich nicht überall in Europa dieselbe. Während in deutschen Landen die Begründung der Ästhetik als Philosophie der sinnlichen Erkenntnis und Kants ästhetische Nobilitierung der Rede vom »Geist« die romantische Kunstreligion und die Entstehung der Geisteswissenschaften vorbereiten, geht in Paris tatsächlich die Kunstkritik aus den *entrailles* – dem »Schoß« oder den »Eingeweiden« – der Kunst hervor, nämlich aus den Ausstellungen der Académie royale des Beaux-Arts. Diderots Bannfluch »Boucher hors du Salon!« von 1765 ist gewissermaßen der Geburtsschrei der Kunstkritik; und die gespielte Entrüstung, daß erst die Kritik diesen »unwahren Gutmaler« (»faux bon peintre«) habe entdecken müssen, weil keine Polizei, kein Kommissar dem Delinquenten die Teilnahme an der Ausstellung verwehrte, wird man der hinreißenden Überspanntheit des Aufklärers gerne nachsehen. Denn Diderots Vehemenz exponiert eine konstitutionelle Besonderheit des Kunsturteils, die später etwa in Meier-Graefes Verdikt über den »Fall Böcklin« (1905) oder Clement Greenbergs Essay »Avant-Garde and Kitsch« (1939) erneut durchschlägt: Wer dermaßen entschieden urteilt, unterscheidet nur scheinbar zwischen guter und schlechter Kunst, denn dazu bedürfte es ja eines verbindlichen Maßstabs für gute Kunst. Schlechte Kunst ist ein Unding, wie Clement Greenberg Ende der achtziger Jahre entdecken mußte, als er vergeblich versuchte, seine Vorstellungen von »high art« mit einem definitiven Buch über »bad art« zu untermauern. Kunst ist *per se* gut, wenn auch in höchst unterschiedlichen Ausprägungen und Graden; und alles andere ist eben – mit meist deprimierender Deutlichkeit – nicht Kunst.

Das Kunsturteil ist somit ein Rangurteil auf einem ungesicherten, von Ansprüchen und Ambitionen überwucherten Terrain. Irren ist da nicht einfach ein Mißgeschick, sondern eher die Normalsituation, in der die Gefahr des Absturzes gerade in Momenten, in denen der Zuspruch selbstverständlich erscheint, am nächsten liegt. Der unerbittliche Kunstrichter Diderot hat sich in derselben Besprechung des Salons von 1765 mit unfaßbarer Hingabe der Beschreibung der Konfekte des Zuckerbäckers Jean-Baptiste Greuze gewidmet. Solch horrende Schwankungen des Urteils sind mit dem Anspruch wissenschaftlicher Erkenntnis offensichtlich nicht vereinbar. Die Kunstwissenschaft weicht dem Rangurteil daher in der Regel lieber aus: Die wissenschaftliche Betrachtung von Kunstwerken, bekannte Ernst Gombrich *off stage*, sei wohl eine Art »Umwegleistung«. Als historische Disziplin begründet, eigentümlicherweise fast zeitgleich mit dem Beginn moderner Kunst, vermochte die Kunstwissenschaft die Kunst der Vergangenheit lange Zeit als historisches Zeugnis – »objektiver Geist« in Hegels Terminologie – zu erforschen und dabei aufschlußreiche weltanschauliche und gesellschaftliche Einsichten zutage zu fördern (nicht zuletzt weil vieles, was in Museen hängt, tatsächlich nur fossiler Zeitgeist ist). Im übrigen ist nicht auszuschließen, daß man auch in Sachen Kunst auf Umwegen gelegentlich sicherer ankommt als auf direktem Wege. Aber die Umgehung der Rangfrage hat am Ende dazu geführt, daß die Kunstwissenschaft bis tief ins 20. Jahrhundert keinen Zugang zu einer Kunst finden konnte, die mit einer zeit- und gesellschaftsspezifischen Identität und Bildsprache anscheinend gerade nicht aufwarten kann.

Wenn also Kunstkritik nicht einfach die ausschweifende Ahnin der Kunstwissenschaft gewesen ist und fürderhin nicht bloß als deren vorlaute Schwester gelten möchte – worauf bezieht sie sich dann? Was ist ihr Reiz, woran hält sie sich? Baudelaire nimmt am Ende seiner Einführung in den »Salon von 1846« ein Zitat von Stendhal als zutreffend für alle Künste in Anspruch: »Kunst ist nichts als gestaltete Moral.« Und der künftige Autor der »Blumen des Bösen« fügt sogleich klärend hinzu, daß »dieses Wort Moral« in einem mehr oder weniger großzügigen Sinne zu verstehen sei. Also nicht als Verhaltenskodex, sondern eher in der Bedeutung von »Geist«, allerdings gänzlich ohne die spekulative Überhöhung und Abstraktion durch die Subjektivitätsphilosophie. Kunstwerke seien moralische Konstrukte in dem Sinne, daß sie die Empfindung, Leidenschaft und Träumerei eines jeden artikulieren; und die Kritik habe es – anders als die Philosophie – mit dieser Vielheit in der Einheit oder, wie Baudelaire auch sagt, mit »les faces diverses de l'absolu« zu tun: eine Aufgabe, die in jedem Augenblick an die Metaphysik rühre – aber eben nur »rühre« (»la critique touche à (...) la métaphysique«).

Das heißt, das Kunsturteil gilt generell dem Einzelfall – allerdings in einer allgemeinen Absicht, die keine objektive Grundlage reklamieren kann. In dieser Hinsicht ist es der von Kant aufgedeckten kritischen Verfassung des ästhetischen Urteils durchaus ähnlich. Aber anders als das »freie Spiel der Erkenntniskräfte« ist die Gemütslage vor Kunstwerken nicht nur eine kontemplative, der begrifflichen Fundierung entzogene Stimmung, sondern die bewußte Wahrnehmung eines Machwerks, dessen Moral in einem »Gutgemachtsein« besteht, das nicht mit bloßem Gekonntsein oder gar der Erfüllung einer Norm zu verwechseln ist. Gut oder nicht gut ist in der Kunstpraxis vielmehr der fortlaufende Leitfaden der künstlerischen Entscheidungen selbst; und das Vertrauen in die keiner Begründung bedürftige Praktikabilität dieser Unterscheidung ist jene kreative »Naivität«, die Baudelaire neben dem Temperament für die wichtigste Eigenschaft der Kunstschaffenden hielt. Vor allem aber macht die offensichtliche Effektivität des unerklärten Kriteriums »gut« eines deutlich: Kunstkritik ist nicht nur historisch aus einem veränderten Kunstverständnis hervorgegangen, sondern erhält ihre Rechtfertigung aus dem Innersten der Sache selbst.

Es ist daher nicht verwunderlich, daß es Dichter und Schriftsteller waren, die bis ins frühe 20. Jahrhundert hinein der Kunstkritik entscheidende Impulse gegeben haben: nach Diderot und Baudelaire vor allem Émile Zola, Joris-Karl Huysmans, Félix Fénéon, Guillaume Apollinaire. Vermutlich würde eine statistische Recherche ergeben, daß auch die Mehrzahl der weniger bekannten Kritiker offen oder insgeheim literarische Ambitionen hegte. Die Wortkunst hat der bildenden Kunst eine Stimme gegeben. Aber wozu Kunstkritik, statt Gedichte oder Romane zu schreiben? Sicher hat es dabei manchmal eine Rolle gespielt, sich der eigenen Arbeitsmoral zu vergewissern, bei Baudelaire etwa durch die Klärung des Begriffs »romantisch«, bei Zola durch das Projekt »Realismus«. Doch der eigentliche Anstoß, die aktuelle Herausforderung scheint von seiten der Öffentlichkeit gekommen zu sein. Das vor allem in Frankreich sich rasch entwickelnde bürgerliche Ausstellungswesen fand ein Publikum, das Auskunft verlangte: Wie mit dieser von fernher zwar bekannten, nunmehr offenbar von allen Göttern, Herren, Gelehrten und Meistern verlassenen Sache »Kunst« umgehen? In Baudelaires gern zitierter Aufzählung der wünschbaren wesentlichen Eigenschaften von Kritik – »partiale, passionnée, politique« – wird ob des romantischen Flairs oft die Zuspitzung unterschätzt oder mißverstanden: »politisch« heißt hier nicht, einer Partei oder Überzeugung anhängen, sondern »faire de la politique« – Politik betreiben, den eigenen Gesichtspunkt öffentlich vertreten.

Der Kunstkritiker Thierry de Duve hat im Anschluß an Kants Ästhetik eine bemerkenswerte Überlegung zu der Frage »À quoi bon la critique« angestellt. Abseits der hinlänglich bekannten Aussagen hat Kant ja eine Art transzendentaler Phänomenologie der ästhetischen Erfahrung gegeben: Eine Tendenz zur Mitteilung wohne ihr inne; trotz des Fehlens einer objektiven Grundlage sei das Urteil durch ein »Ansinnen« auf jedermanns Beistimmung geprägt, das eine »subjektive Allgemeinheit« beanspruche, die keineswegs als gesichert vorauszusetzen sei. Über ästhetische Urteile könne man streiten – aber eben nicht »mit Gründen rechten«. Thierry de Duve ist auf dieser Nebenspur der »Kritik der Urteilskraft« zu dem Schluß gelangt, daß der ästhetische Diskurs womöglich mehr ist als nur eine Fistelstimme am Rande des großen gesellschaftlichen Gewummers – nämlich eine Form der Einübung in einen zwanglosen, mitunter kontroversen Austausch von Anschauungen und Gesichtspunkten, unverzerrt durch präpotente Interessen und angemaßte Gewißheiten. »Aesthetics as the Transcendental Ground of Democracy« ist der Titel einer seiner neueren Publikationen (2015).

Ein schöner, schamlos übermütiger Gedanke: Kunstkritik als Propädeutik »herrschaftsfreier Kommunikation« (Jürgen Habermas). Der utopische Ausblick hilft indes, den Kontrast der gegenwärtigen Situation klarer zu sehen. Das wirklich kritische Problem der Kunstkritik heute ist der durchschlagende Erfolg ihres Gegenstands, den sie zum Teil mit herbeigeführt hat. Selbst die Intervention Duchamps, der seine Kunst ausdrücklich als »eine Form der Verneinung der Möglichkeit, Kunst zu definieren«, definiert hat, vermochte nichts daran zu ändern, daß die von Grund auf ungewisse Sache der Kunst in der Moderne mittlerweile gesellschaftlich fest etabliert ist. »Die Kunst der Gesellschaft«, erklärt der Soziologe Luhmann in dem gleichnamigen Buch (1995), ist ein sich selbst reproduzierendes, will sagen »autopoietisches System«, in dem das Kunsturteil keine kritische Rolle mehr spielt.

Die Kunst welcher Gesellschaft, ist man geneigt zu fragen, wenn man die Rolle bedenkt, die Saint-Simon, Kropotkin und der Marxismus im Hintergrund der Kunstkritik gespielt haben. Aufschlußreicher ist jedoch der Blick auf die theoretische Prämisse, die dazu berechtigt, von der Kunst als einem »System« zu sprechen. Für die Systemtheorie nämlich besteht das Hauptproblem moderner Gesellschaften in der zunehmenden Ausdifferenzierung, die dringend eine Reduktion von Komplexität erfordere. Angesichts der rasant gewachsenen Quantität und Diversität der Kunstproduktion entscheiden offenbar Prominenz, der Marktwert und das Ergebnis von Auktionen über den Rang von Künstlern und ihren Werken. Natürlich gibt es noch eine Rezensions- und Vorwortprosa, die mit ungedeckten Phrasen wie »wichtig«, »bedeutend«, »einflußreich« kritische Kompetenz suggeriert. Doch solche Einzelbewertungen sind lediglich ein läßliches Nebengeräusch des eigentlichen, wissenschaftlich-kritischen Diskurses, der die stil-, technik- und marktspezifischen Unterscheidungen verhandelt: abstrakt – figürlich, konstruktiv – expressiv, raumbasiert – zeitbasiert, analog – digital und so fort, um zu begrifflichen Ordnungen wie Minimal, Concept, AI/IK, NFT Art zu gelangen, die von den Künstlern und Künstlerinnen, die das Anschauungsmaterial liefern, am Ende mehr oder minder gut vertreten werden.

Über diese Entwicklung mag man lamentieren – oder sich empören, wie das schon Ende der sechziger Jahre Barnett Newman mit der bravourösen Baudelaire-Hommage »For Impassioned Criticism« (1968) getan hat. Aber mit dem Appell an Leidenschaftlichkeit, Subjektivität und Mut zum Irrtum ist der zunehmenden Sprachlosigkeit inmitten heftigster Debatten über Kunst und Kunstkritik nicht beizukommen. Damit Kunsturteile den Modus des verbindlichen »Ansinnens« wiedererlangen, statt mit kategorischen Erklärungen oder kulturellen Zuschreibungen aufzuwarten, bedarf es einer Besinnung auf die elementare Partikularität der Sache: die Unhintergehbarkeit des Einzelfalls. Nur so kann der erste Zug des Sprachspiels gelingen. »Je m'y perds«, lautet die Formel Diderots für das blanke Erstaunen, das Kunstwerke auszulösen vermögen: »Da bleibt mir der Verstand stehen«, übersetzt Bassenge. Was Kunst sein kann, ist nicht vorab entscheidbar. Wesensfragen gehören nicht zur Aufgabe von Kunstkritik. Allerdings darf die Irritation, womit man es zu tun hat, den Fortgang durchaus begleiten. Denn der ersten Düpierung folgt meist umgehend die große Verführung, das Ausweichen in die kaleidoskopische Vielfalt von sich auftuenden Horizonten. Mit der Frage »Was bedeutet das?« meldet sich ein Gewirr von Stimmen, Einflüsterungen, Mutmaßungen, das gehört, gesondert und geprüft werden will. Aber Interpretation ist nicht die Hauptaufgabe von Kritik. Eine Deutung wird erst sinnvoll nach der Wendung, die den vorschnellen Übergriff zurechtrückt. Nicht »Was ist das – die Kunst?« Sondern: »Ist da was – oder nicht vielmehr nichts?« Das ist die Frage, die den Funken zündet,

der dem Streit um die Kunst das Feuer zurückzugeben und die Kritik wieder zum Sprechen zu bringen vermag.
Kunstkritik ist ein Sprachspiel, das ohne zwingende Verfahrensregeln die öffentliche Ansprache von Kunstwerken erprobt. Die einzige professionelle Verbindlichkeit, die sie vom allgemeinen Kunsturteil unterscheidet, ist die Bereitschaft zur kritischen Reflexion der eigenen Prämissen und eingefahrenen Gepflogenheiten des Genres. Das gilt nicht allein für die unfreiwillige Hörigkeit gegenüber Vorstellungen und Mustern vergangener Kunst, sondern vor allem für den Umgang mit dem aktuellen Repertoire des öffentlichen Diskurses. Denn Kunstkritik ist, um in Baudelaires Sinn »politisch« zu werden, unweigerlich den gängigen Stichworten, Topoi und Denkschablonen, kurzum, dem intellektuellen Sound der Zeit ausgesetzt. Beispiel: die documenta fifteen. War da was – außer einer erschreckend abgehobenen Debatte über antisemitische Klischees und Postkolonialismus? Oder war's das auch schon – und sonst nichts, was es gelohnt hätte, noch einmal näher hinzusehen?
Aber Selbstkritik alleine genügt nicht. Die spitze, der metaphysischen Grundfrage entlehnte Wendung führt zuletzt nur wieder auf die Eingangsthese. Wie ernsthaft und ausführlich Kunstkritik auch in sich gehen mag, sie muß sich wohl doch damit abfinden, daß ihr Schicksal auf den Fortgang der Kunst selbst angewiesen bleibt. Auch wenn die Köpfe rauchen, es ändert nichts daran, daß die Zukunft der Kritik aus den »Eingeweiden« der Kunst gelesen werden muß.

NICO BLEUTGE: EIN WASSERFALL AUS FARBEN

Laudatio auf Birgit Kreipe

Der Blick geht auf Grün, kann sich für einen Moment verhaken in grünen Strähnen, grünen Rissen, dann weiterrutschen und erneut hängenbleiben. Für seine berühmte Serie von Park-Bildern aus dem Jahr 1990 hat Gerhard Richter Photographien einer Parklandschaft angefertigt, die er anschließend abstrakt übermalt hat. Was man auf den Bildtafeln sieht, sind Farbformationen in verschiedenen Abstufungen von Grün, die aber auch deutliche Einsprengsel von Schwarz, Weiß und Gelb oder rötliche Farbspuren zeigen. Auf manchen Bildern sind Teile der darunterliegenden Landschaft noch zu erkennen. Andere sind so dicht mit Farbe bedeckt, daß die Schichten eher einem zerschlissenen Vorhang gleichen oder einem Wasserfall aus Farben.
Wenn man beginnen wollte zu deuten, was man auf den einzelnen Bildern sieht, könnte man versuchen, die Farbdetails zu beschreiben. Und die noch sichtbaren Reste des Parks zu ihnen ins Verhältnis setzen: Baumschatten, ein Stück Rasen, die Hälfte eines Wegs. Oder man könnte sich Gedanken machen über die Spannung zwischen photographierter Landschaft und abstrakter Farbmaterie – und wie mit den Begriffen »abstrakt« und »realistisch« hier gespielt wird.
Birgit Kreipe hat Gerhard Richters Park-Bildern einen ganzen Gedichtzyklus gewidmet. Und sie macht darin nichts von alledem. Ja, es gibt hier jede Menge Farbwörter zu entdecken: »alle nuancen von grün«, Insekten und Grashalme, die die Vorstellung »grün« hervorrufen, eine »schwärzeste stufe von grün« und auch »arterienrot, magnesiumweiß« lassen sich entdecken. Sogar die Augen, denen man hier immer

wieder begegnet, sind für Momente »grün, weiß«, die »sekundenaugen im laub«.
Aber diese Farbnuancen sind keine gewöhnlichen Farbbeschreibungen. Eher hat man den Eindruck, es handle sich um eine andere Sphäre der Wahrnehmung und des Denkens, in die man eintritt, von der man manchmal regelrecht umfaßt wird, affektbesetzt, traumähnlich, mit Schlieren, in denen plötzlich Ängste und traumatische Erinnerungen aufscheinen, Kindheitsbilder und, ja, auch Reste einer Hoffnung auf so etwas wie Glück. Als befinde man sich im Kopf, im Körper eines anderes Wesens, angedockt an die Sinnesorgane, den Gedanken und Empfindungen und Imaginationen anvertraut und gleichzeitig ausgesetzt und immer wieder nah an der Grenze zur Auflösung.
Und tatsächlich gibt es auch eine Figur, die durch diese Park-Gedichte geht – oder genauer: huscht und weht und gleitet. Eine »sie«, die gleich im ersten Vers des Zyklus genannt wird, dann mal als »baumgeist« auftaucht, mal als »königin des parks«. Und man rutscht – lesend, hörend – nah heran an ihre Perspektive. Zugleich gibt es ein »man« und ein »ich«, die sprechen und »sie« beobachten, und ein »wir«, das »sie« ein paar Zeilen lang in eine labile Gemeinsamkeit holt. Aber vielleicht ist »sie« immer auch das »ich«, oder Nuancen davon, wie Facetten von Licht, durch ein Prisma gebrochen.
Mehrfach ist von einem »zweiten park« die Rede, einem »zweiten park, den man nicht sieht«. Und doch hat man beim Lesen das Gefühl, diese Welt der Gedichte habe direkt etwas mit Gerhard Richters Bildern zu tun, als würde der »zweite park« aus den Bildern herausfließen, eine Art weltliche, immer wieder stockende Emanation. Nicht von ungefähr heißt es in wundersamer Verdrehung einmal »der park selbst / träumt diesen ort«.
So wie Birgit Kreipe hier den Park selbst seinen Ort träumen läßt, verwandelt sie in ihren Gedichten die vermeintliche Oberfläche ein ums andere Mal, die Bildoberfläche genauso wie die Oberfläche der Wahrnehmung. Sie wird durchlässig und fängt an zu flimmern, die unbewußten, vorbewußten, verdrängten Anteile entfalten ihre Kraft. Bewegungen und Verwandlungen unterhalb der Bewußtseinsschwelle. Landschaften, die zu psychischen Landschaften werden. Umgekehrt bringen Erinnerungen, Ängste, Projektionen und verwischte Gedanken so etwas wie sprachliche Punkte, Linien und Farbsträhnen hervor, Figurationen aus Rhythmus und Klang, die ihrerseits auf eine Landschaft verweisen, eine andere Art von Landschaft, einen umgestülpten Park der Leere mit »schotterrand« zum Beispiel, in dem es »nichtvögel« und »scheinstörche« gibt.
Dabei fällt auf, daß Birgit Kreipe das Auflösen der Oberflächen immer wieder in eine ganz eigene Wassermetaphorik einlagert. »wie wasser stürzt es durch den blick«, heißt es einmal. Springbrunnen und Wasserschleier filtern die Sicht. Und eine Traube »fingerhutroter flußgeister« wischt durch die Verse. So entstehen Metamorphosen des Fließens, die mich an jenen »Wasserfall aus Bildern« erinnern, den Inger Christensen einmal in ihrem »Brief im April« beschwört. Es ist die Eröffnungssequenz dieses Langgedichts, die Sprecherin erreicht mit ihrem Sohn gerade einen neuen Lebensort: »Früh eines morgens kommen wir an, / fast ehe wir wach sind. / Die luft ist blaß und etwas kühl, / und sie kräuselt sich leicht auf der haut / wie ein häutchen aus feuchte.« Dann denken beide kurz über ein Spinnennetz nach, bevor sie das Haus erreichen, in dem sie die nächsten Monate verbringen werden. Und es fällt, relativ unvermittelt, der erwähnte Satz, eine Frage eigentlich eher: »Ist dieser wasserfall / aus bildern / wirklich ein haus«.
In einem kleinen Essay hat Christensen erzählt, aus welchem Zusammenhang der

Satz ursprünglich kommt. Es ist ihr sechsjähriger Sohn, der diese Bemerkung macht. In einer Fernsehsendung über indische Architektur sieht er Bilder des Shiva-Tempels in Madurai. Einer riesigen Anlage mit mehreren Türmen, deren Außenseiten mit Figuren von Menschen und Göttern dicht bedeckt, sogar regelrecht übersät sind. Und er fragt: »Ist dieser Wasserfall aus Bildern wirklich ein Haus?« Und Christensen kommentiert: »Ja, das ist er. Man muß nur einen Wasserfall erlebt haben. Oder wissen, was das ist. Wissen, daß es etwas gibt, das Bilder heißt. Und man muß Bilder sehen können als einen beweglichen Strom in Gegensatz zu dem Festen, das man bis dahin unter einem Haus verstanden hat. Und den Bilderstrom von einem Haus, das dasjenige des Bewußtseins ist, kann man ruhig sowohl Bienenkorb als auch Lerchengesang als auch Kranichtanz nennen.«

Birgit Kreipe weiß, daß es etwas gibt, das Bilder heißt. Sie kennt den Bilderstrom von einem Haus, das man Bewußtsein nennt. Und ganz bestimmt kennt sie auch den Kranichtanz. Jedenfalls sind die Nichtvögel in ihren Park-Gedichten »kranichfein«. Andernorts flimmert die Seele zart wie ein »origamikranich«. Und in einem noch früheren Gedicht, zur Figur der Ophelia, versetzt sie sich in die Unterwasserwahrnehmung der Ertrinkenden. Nicht der Überlebenskampf allein kommt hier ins Bild, sondern das Gedicht imaginiert die Veränderungen des Bewußtseins, die Ophelia erfährt: »erster schluck unter wasser / verwandelt dich in einen kranich / in luftbläschen, einen bunten fisch«. Und nicht nur Kraniche gibt es, auch Bienen, Bienenkorb und ein Spinnennetz und »spinnenförmige risse«. Und eine Wasserspinne, die eilig hinter den Schleier eines Springbrunnens krabbelt.

In ihrem Schreiben geht es Birgit Kreipe nicht um eine bloße Wirklichkeitswiedergabe, sondern um »abstrakte Schilderungen der Beweglichkeit selbst, die die Wirklichkeit durchströmt«, so noch einmal Inger Christensen. Aber Birgit Kreipe dreht die Spirale eine Windung weiter. Die Beweglichkeit dessen, was man so leichthin »Wirklichkeit« nennt, hängt bei ihr elementar an der Beweglichkeit des Bewußtseins. An seiner assoziativen Kraft, seinen blitzschnellen Wechseln, dem Changieren und Sich-Überlagern von Denk-, Fühl-, Wahrnehmungsmomenten, aber auch dem Einfärben seelischer Bewegungen, dem Durchscheinen und Akutwerden von Mustern aus der Kindheit, den Verschiebungen all dessen, was unterhalb oder vor der Schwelle der bewußten Wahrnehmung und des bewußten Denkens liegt.

Wie könnte ihr Haus aus Bildern aussehen? Ich stelle mir vor, man kommt eines Morgens früh an, fast ehe man wach ist. Die Luft ist blaß und etwas kühl. Sie kräuselt sich leicht auf der Haut. Und dann taucht das Haus auf – und verändert gleich die Zeitform:

eines tages bebte das haus.
lebte, ein wesen, ein meer.
die wände zerbrachen
verbrannten wie zigarettenpapier
klappten anderswo wieder hoch
hatten risse, versanken.

das haus war jeden tag anders:
labyrinth beweglicher korridore
es atmete mit meiner stimme
die fenster zeigten schäden: wellen.

Ein Haus wie ein Wesen, das bebt und lebt. Ein Haus, das jeden Tag anders ist: mal Meer, mal bewegliches Labyrinth, mal klein wie eine Schuhschachtel mit spinnenförmigen Rissen, mal »eine handvoll origamipapier«. Wie im Shiva-Tempel liegen dort Schätze: »antilopenhände, ein kind / dem die schultern zusammen wuchsen / schwarze bälle, perlmutt.« Ist dieser Wasserfall aus Bildern wirklich ein Haus?

Vielleicht. Vielleicht auch nicht. Denn schon verwandelt sich das Haus erneut, wird ein »schwarm / brennender vögel« und fliegt davon.
Fliegt davon wie unsere Vorstellung von Bildern. Man muß nur einen Wasserfall erlebt haben. Birgit Kreipe geht noch hinter diese Bilder zurück, man spürt in ihren Gedichten das Wissen darum, daß auch Bilder Verfestigungen sind oder jedenfalls sein können. So werden die Bilder immer wieder in Bewegung gebracht, aufgelöst oder im Übergang von einem in das andere fühlbar gemacht. Und auch, daß ein Bild hier, gerade jetzt, zustande kommt, wird mitreflektiert, und sei es in einem Wechsel der Klangfarbe oder einem rhythmischen Schlenker.
Die Beweglichkeit der vermeintlichen »Wirklichkeit«, noch einmal, hängt hier an der Beweglichkeit des Bewußtseins. Und dieses Bewußtsein mit seinen unterschiedlichen Vermögen und die Vorgänge des Bewußtseins werden in den Gedichten selbst immer wieder aufgenommen und ihrerseits in ganz eigene Bilder, Bildmomente verwandelt. Die Ohren etwa können »schwache empfänger« sein, »unter durchsichtigen radioteleskopen« spüren sie »frequenzen nach / auf denen gefühle sich wandeln // in einem gehirnmeer, überkopf-meer. / schlafloses rotes organ, das schaukelt, schwebt«. Wieder das Meer also. Hier als Gehirnmeer. Ein paar Seiten vorher ist es das Bewußtseinsmeer und noch halb marin, die Ohren sind »ohrenquallen«, die sich aufrichten und lauschen »in ihrem schlecht leitenden medium«. Und auch die Augen kommen in die Sprache, »austrocknende, blinzelnde augen« allerdings, »an einem entzündeten lidrand«. Durch dieses dauernde Mitreflektieren der Wahrnehmungsorgane und Denkvorgänge wird eine mögliche Verfestigung der Bilder immer schon unterlaufen.
Zugleich ist das Sprechen selbst ein Thema, die Schwingungen der Sprachzeichen, wenn die Einbildungskraft der Dichterin aktiviert wird und das Gedicht entsteht. Und die Bewegungen des Gedichts werden aufgefächert: »strömung«, »flattern«, »langsames fließen«, »fäden, / die einander kreuzen«, aber auch Fragmente: »lose fetzen *ich*«, »lose fetzen *du*«. Wechsel von f-Lauten, l-Lauten, dem a und dem s: »abstoßen«, »stauen«, »abflachen«, »suchen«. Die Zeit des Gedichts? Sie liegt jenseits aller Vorstellungen eines linearen Ablaufs. Eher ist sie gleitend wie die Medusen, die einmal in den Versen sichtbar werden: Sie »schweben, / ziehen lange bildschweife hinter sich her«. Oder sie, die Zeit, löst sich unter dem Einfluß der inneren Gezeiten auf: »wellen zerreiben abfolgen von momenten«. Ähnlich der Ort des Gedichts, was könnte er sein? »ein sich dehnender raum voller wellen« oder eher »chaotische wellen im kopf«? Die Frage bleibt offen. Und dann zieht der »meersinn« seine ganze Strömungskraft zusammen und schafft eine kleine Meeresepiphanie:

schaumkronen, die sich rasch
wandeln

bin voller empfindlicher
wellen; das bekannte und
das ferne
  haben den gleichen puls

im atem wohnt ein kitzel, der zellen,
  salzkristalle
aufleuchten läßt

Doch wo könnte das Reservoir dieser Erfahrungen sein? All diese Bewegungen und Bildverwandlungen sind ja kein poetischer Selbstzweck. Es ist – auch – eine Weltwahrnehmung, die an jene der Kindheit erinnert. Die Kindheit als das, was immer wieder als Haus beschrieben worden ist. Die »Geborgenheit« der Kindheit, die »zarte Erinnerung« an sie, die berühmte »Heimat, die

uns in die Kindheit scheint«. Der Ort, die Zeit, da die »blauen Luftschiffe aufsteigen / wie soda«, wie es in einem Gedicht heißt, die »jahre des zusammenhalts«, das Haus tatsächlich ein »zuhaus!«
Aber so wie die blauen Luftschiffe sprudelnd aufsteigen und als Luftbläschen zerplatzen, gibt es auch die andere Seite der Kindheit. Kindheit als die Zeit, in der im Wortsinn verstörende Denkmuster gesetzt werden, Verletzungen, Traumatisierungen stattfinden können, die das ganze weitere Leben bestimmen, die Art des Denkens, des Fühlens, verschattete Vorannahmen einschreiben, Ängste, depressive Strukturen, Psychosen. Glücklich, wer harmonisch und geliebt aufwächst, wie der kleine Junge aus Inger Christensens Gedicht. Andere, viele, erfahren Gewalt, Versehrte wie – sehr wahrscheinlich – die »sie« aus den Park-Gedichten, die Königin des Parks. Birgit Kreipe hat diesen versehrten Kindern ganze Zyklen gewidmet und ihre Weltwahrnehmung und ihre zerstückte Erinnerung zum Impulsgeber der Gedichte gemacht. Eine größere Hommage und ein größerer Versuch zur Rettung dieser Welt lassen sich kaum denken.
Nicht nur weil die Erinnerung alle Bilder verdoppelt, sondern weil die Kindheit immer mehrfach aufgeladen ist, Landschaft mit Luftschiffen und »landschaft mit angst«, tauchen die Dinge (und mit ihnen – oder als sie – bestimmte Wörter) in einem der Erinnerungsgedichte doppelt auf. Verschränken sich in ihrer Widersprüchlichkeit zu einer leuchtend-dunklen Bewegung:

linse, nach innen gestülpt. eingetrübt,
fleckig.
alles sehe ich doppelt. zeitkrank, gehe
ich
zum haus. zum haus. die mauern;
mauern.
in den tapeten leuchten alte tapeten und
holztrümmer
fügen sich zu parkett. wo kommt die orange
lampe her?
man warf nichts weg. waren das fliesen?
sehr flache
fische, tauchen sie auf, wieder ab, wo mal
die küche war
jetzt magazin für bienen, überkrustete
einweck-

gläser und sie. ihre schritte. barfuß, karierter rock.
das gesicht unkenntlich. wie von libellen
ihr flügelpaar, festgeklebt an der wand.

Da sind sie wieder, das Haus, die Bienen und andere Insekten. Spricht in diesem Gedicht wirklich ein bestimmtes »ich«, oder hört man nicht auch die Stimme der Königin des Parks mitklingen? Oder das Kind aus jenem früheren Gedicht, dem die Schultern zusammenwuchsen, weshalb nun Platz für ein Flügelpaar da ist? Das Gesicht der »sie« jedenfalls, die nach der Hälfte des Gedichts auftaucht, ist »unkenntlich«, Leerstelle, in die sich zahllose andere Gesichter einsetzen lassen. Kindergesichter etwa. Aber auch die Gesichter der vielen Figuren, die durch Birgit Kreipes Gedichte geistern: eine kleine Mondsüchtige etwa, der Mann, der Wetter machen konnte im Sommer, oder die Frau mit den Kuckuckshänden. Dazu Märchenfiguren mit ihren Märchengedanken, Schneewittchen, Frau Holle, Dornröschen, Aschenputtel, die Schneekönigin oder eine mir seltsam bekannt vorkommende »Hexe K.«, über die es heißt: »hier wohnt frau kreipe (…) / eine hexe, träume an den zähnen / so warm wie zungen und blut«.
Bei alldem verlieren sich die Gedichte nie in der Vorstellung eines zeitlosen Märchenreichs. Vielmehr holen sie die Schwingungen der Zeit in die Schwingungen ihrer Verse. Wenn hier die Gegenwart ins Bild kommt, dann kommt sie zugleich in die Sprache, die ihre Färbung wechselt und hart werden kann. Italien 2015 zum Beispiel. In

Rom versteppen Gedanken, man sieht eine »nervöse villa«, und unter der Kirche San Clemente ist ein »knochenweißer tempel«, und darunter ein Haus – und darunter vielleicht die Hölle. Capri ist hier nicht nur die Erinnerung an »blau, blau«, sondern auch an Rauch, von dem die Sprecherin nicht weiß, ob es sich um herbstlichen Dunst handelt oder um »brennenden müll«. Aber es muß gar kein direkter Ortsbezug sein, fast intensiver noch wirken eingesenkte Störungen und Rißlinien nach, als atmosphärische Fäden, die auch die Park-Gedichte durchziehen. Aus dem »brennenden müll« wird dort ein »allerorts brennender mai«. Und »glutnester« glimmen in den Versen auf.

Birgit Kreipes Gedichte sammeln die Brüche der Moderne und lassen zugleich die Nervosität der unmittelbaren Gegenwart anklingen und, vielleicht am stärksten, die Verwundungen der Psyche. Confessional Poetry, wie es einmal heißt? Auf jeden Fall Park-Poetry, die sich von der »sprudelnd grünen« Landschaft der frühen Gedichte über das »herunterstürzende grün« des Meeres bis in Gerhard Richters ekstatische Grünschichtungen zieht. Und die uns, die Lesenden und Hörenden, in ihren hypnotischen Rhythmus zieht. Für diese Park-Wirklichkeit, für diesen Wirklichkeits-Park, für all ihre parkgleichen Verse erhält Birgit Kreipe heute den Literaturpreis der A und A Kulturstiftung.

HANNELORE SCHLAFFER: HILDEGARD KNEF, SCHRIFTSTELLERIN

»Sie war meine erste Liebe«, gesteht Alice Schwarzer in der Zeitschrift »Emma« (2002) und meint damit Hildegard Knef, die Filmschauspielerin. Sie ist meine jüngste Entdeckung, stelle ich fest und meine damit Hildegard Knef, die Schriftstellerin.

Die Autorin dreier autobiographischer Werke, die als Sittengemälde ihrer Epoche und ihres Metiers, des Films, gelten können, muß in der Tat »entdeckt« werden, denn sie ist heute kaum mehr im Bewußtsein der Leser. Als die Bücher erschienen, förderte der Name des Filmstars den Verkauf – das erste Buch, »Der geschenkte Gaul«, brachte es auf eine Auflage von drei Millionen und wurde in siebzehn Sprachen übersetzt. Heute verschwinden diese Bücher trotz ihres literarischen Rangs hinter dem großen Namen und der Erinnerung an den hübschen Star des wiederauferstehenden deutschen Films. Die Titelblätter der Taschenbücher, die immerhin noch zu kaufen sind, zeigen den Kopf einer Art von Filmschauspielerin, wie man sie kurz nach dem Krieg gerne sah: eine freundliche Attrappe mit schwerem Augenaufschlag, üppigen Lippen, die geküßt sein wollen und vielleicht an die »Sünderin« denken lassen, eine Maske also, deren Naivität hinter den Buchdeckeln auf keinen Fall das Werk einer bedeutenden Autorin vermuten läßt.

Nur der vielbelesene Michael Maar, der in seinem Buch »Die Schlange im Wolfspelz« (2022) den Lesern einen eigenständigen Kanon zur Lektüre zusammenstellt, bedauert es, wie »erschreckend unbekannt« diese »Virtuosin der Sprache« sei. Maar rühmt ihre »bezaubernde« Selbstironie und empfiehlt »ihre Charakterisierungen«, die »so pikant wie präzis« sind.

Diese dringliche Empfehlung enthält allerdings keine Warnung davor, daß die drei Bücher der Knef nicht nur unterhaltsame, sondern schwierige Lektüren sind. Ihr erstes Buch, »Der geschenkte Gaul« (1971), über die Ausbildung zur Schauspielerin und ihre Versuche, in Hollywood zu reüssieren, »Das Urteil« (1975), ein Buch über ihre Krankheiten, den Umgang mit Ärzten und Krankenschwestern, über die Zeit nach ihrem Start als Songwriterin und Sängerin, und schließlich das dritte, »Romy«, das aus einer Sammlung von Zeitschriftenbeiträgen hervorging, die sie 1982 nach dem Tod der Freundin für die »Bunte« schrieb, all diese Bücher verschaffen dem betagten Leser, der mit der Knef jung gewesen ist, Begegnungen mit Personen, Namen, Berühmtheiten, die ihm vertraut sind, mit Glücks- und Unglücksfällen, an denen die Geschichte auch ihn gezwungen hatte teilzunehmen, und so sind ihm diese Bücher als Selbsterfahrung unterhaltsam.

Und dennoch, bei genauerem Hinsehen sind es Lektüren, die eine hohe Konzentration verlangen. Auch diese Zumutung mag ein Grund dafür sein, warum die Schriftstellerin in Vergessenheit geriet: Man erwartet von einer Filmschauspielerin Bequemes und man erhält Anspruchsvolles.

Ein Beispiel für die dichte Beschreibung, die zur Erschöpfung des Konzentrationsvermögens führen kann, ist der Bericht im »Geschenkten Gaul« von der Flucht der jungen Knef vor der russischen Besatzung am Ende des Zweiten Weltkriegs. Sie hat sich als Soldat verkleidet, folgt ihrem Geliebten in den Volkssturm, aus Angst, von den anrückenden Russen vergewaltigt zu werden. So irrt sie durch die Hauptstadt, sucht Unterschlupf bei Freunden und Bekannten, die sie aber nicht aufzunehmen wagen, weil der Feind vor der Tür steht. Es hetzen die Fliehende nicht nur Soldaten, auch Waffen haben Leben und bedrohen sie: »Ein Panzer wälzt sich durch Krater, frißt Zäune, Büsche, Lauben, bleibt stehen, dreht das Rohr rechts, dreht es links, steht, denkt nach.« Der Schrecken drängt Wörter und Sätze eng aneinander, und Dinge leben hier intensiver noch als Menschen.

Diese bedrängenden Schilderungen der Flucht vor der Kriegsmaschine hatten, als das Buch der Knef erschien, manche noch in Erinnerung, und so konnten diese literarischen Fotos faszinieren. Heute hingegen sind gerade sie ein Grund dafür, warum die Bücher nicht mehr gelesen werden. Die Schriftstellerin der siebziger Jahre verliert nämlich kein Wort über ihre damalige Verbindung mit einem hohen NS-Funktionär. Die Flucht durch Deutschland fand mit ihrem Liebhaber Ewald von Demandowsky statt, einem Günstling von Goebbels, der ihn zum »Reichsfilmdramaturgen« erhoben und ihm das Ministerium für Volksaufklärung und Propaganda unterstellt hatte. Wenn etwa der Knef die Freunde Unterschlupf zu geben verweigerten, was die Fliehende sehr verwundert, so geschah dies eben wegen des verdächtigen Begleiters.

Kein Wort in allen ihren Büchern von solchen Verflechtungen, in die sie freilich eher durch Ehrgeiz als durch Überzeugung geraten ist. Ihre Verstrickung in die Politik, mittlerweile aufgearbeitet in mehreren Fernsehdokumentationen, trug ihr in der UFA-Filmschule das Prädikat »nazitauglich« ein, und dies mag der Grund dafür sein, weshalb der erste Sturm der Begeisterung für ihre Fluchtgemälde heute in bewußtes Vergessen mündete: Der politisch gewissenhafte Leser von heute darf Ästhet nicht sein – und nur ästhetisch wären die Werke der Knef hochzuschätzen.

Der Fortgang ihres Lebens könnte nun doch die ästhetische Betrachtung rechtfertigen, denn man hat es bei dieser Neunzehnjährigen, die mit einem Nazi durchs befreite Deutschland jagt, nicht mit einer bekennenden Faschistin zu tun, sondern mit einer Opportunistin. Die baldige Heirat mit Kurt Hirsch, einem amerikanischen Filmagenten jüdischer Herkunft, belegt eine politische Gedankenlosigkeit, die dennoch nicht ganz ohne Absicht ist, sollte doch nichts ihrem künstlerischer Ehrgeiz in die Quere kommen. So mag denn die »Sünderin«, als die sie einmal im Film bewundert wurde, nun

ob ihrer guten Bücher Verzeihung für diese Fahrlässigkeit finden.
Stürmisch geht es also nicht nur auf der Flucht vor dem Feind zu, sondern erst recht in den Beschreibungen ihrer Erfolge in der Nachkriegszeit. Auch das Glück erfährt bei Hildegard Knef eine Steigerung durch eine ungewöhnliche Sprache, so etwa, wenn sie in »Das Urteil« den Beifall beschreibt, den sie nach einem ihrer Konzerte entgegennimmt: »Da, von Ferne ein Juchzen, ein Trampeln, da rollte eine Woge auf sie zu, eine Springflut, die den Bühnenboden beben läßt (...). Schreie pirschen sich an, kommen näher, überschwemmen Bühne und Saal, türmen sich auf. (...) rückhaltlos drängt sich die Sängerin in den Rausch, nicht, als hätte sie ihn ausgelöst, sondern als sei er die lebenslänglich ersehnte Gemeinsamkeit aller. Die grandiose Sekunde brennt Ängste aus, verschüttet Erinnerungen an einsame Verzweiflung auf zittrig durchwanderten Garderobengängen.«
Das spätexpressionistische Gedränge solcher Worte versucht das Gedränge der Gefühle, die Überraschung der Sängerin über ihren Erfolg, ihr Staunen über die eigene Leistung und ein letztes Nachdämmern ihrer Angst vor dem Auftritt – dies alles – in einen einzigen Satz zu fassen. Der Taumel des Erfolgs auf der Bühne ebenso wie die Angst vor der Verfolgung durch die Soldaten auf der Flucht haben in den Texten dieser Autorin einen intellektuellen Nachhall. Die Atemlosigkeit des Laufens verwandelt sich in eine Atemlosigkeit des Schreibens, der Ansturm der Bewunderer vor der Bühne in einen Sturm der Worte auf dem Papier. Hildegard Knef gönnt sich viele Seiten, doch bezahlt sie den, der sich Zeit nimmt, sie zu lesen, mit der Apartheit des je einzelnen Worts. Diese Prosa nähert sich der Lyrik, denn keines der Worte ist nur Information, sondern immer und vor allem Teil eines Gedichts in Prosa.
Eines der wesentlichen Stilmerkmale dieser lyrischen Prosa ist ein besonderer Umgang mit der Zeit. Tempo als Schreibstil ist nicht nur geboten zur Schilderung der Extremsituation der Flucht, Tempo vielmehr ist das Charakteristikum von Knefs Stil überhaupt. Auch in der schlichten Erzählung über das häusliche Leben Romy Schneiders sind, wie in vielen anderen Texten, die Merkmale der Satzverkürzung durch den Wegfall von Artikeln, Suffixen, Adverbialen zu beobachten sowie das stilistisch kühne, die Lektüre beschleunigende Verschlucken von Wortendungen, so daß sich die Aufregung des Erlebten in der Eile des Erzählens widerspiegelt. Romy Schneider ist »die zuweilen Haushütende, alles Überblickende, einkaufende, kochende, brutzelnde, bügeln- und nähende, zurechtweisende Haus- und Hof-Diktatorin«.
Ebenso wie eine verstolperte Grammatik gebraucht die Autorin Satzzeichen, zum Beispiel den Gedankenstrich, als Ausdrucksmittel, um ihre Texte optisch zu strukturieren. Der Übergang von einer zur anderen Situation wird nicht erzählt, sondern oft nur durch den Gedankenstrich, einen grammatischen Salto sozusagen, angedeutet. So entsteht ein Staccato aus Wörtern, das in der Dichte, in der sie aufeinanderfolgen, das Leseerlebnis intensiviert.
Neben dem Wie des Erzählens, dem Tempo, ist für die Eigenart eines jeden und auch dieses Werkes das Was bestimmend, der Stoff, den die Autorin wählt – und der bevorzugte Stoff der Knef ist die Figur, die Person. Ihre Bücher sind Bildergalerien, in denen sich Porträt an Porträt reiht.
Schon die junge Knef, die sich 1949 bei Jack Warner, dem Filmproduzenten und Mitbegründer von Warners Bros. vorstellt, besitzt das scharfe Auge, mit dem sie den Mächtigen durchschaut. In knappen, nicht wenig bösartigen Worten läßt sie ihn auferstehen: Jack Warner »kauert murklig am Ende eines Thronsaals, von ›Oscars‹

flankiert, sieht einem zu, wie man den Hundertmeterlauf von Tür zu Schreibtisch übersteht. Seine Persönlichkeit würde kaum den Wandschrank eines Dorfnotars füllen.«
Die Beschreibung des Großen, der da so klein hockt, scheint als Karikatur den Leser amüsieren zu sollen, doch ist dies Bild mehr als eine Karikatur. Hier ist die Erzählung vom Mißerfolg einer jungen Frau in eine Miniatur von nicht mehr als drei Zeilen gefaßt. Bei diesem Vorstellungsgespräch steht nämlich die zweite Person, Jack Warner, mitten im Bild und der Verspotteten, der Knef, gegenüber. Sie vor allem ist es, um die es geht. Der lächerliche Winzling, der ein Großer sein will, ist aus der Wut der Kleinen geboren, die er nicht hochkommen läßt. Der Spott, der die Szene zum Amüsement für den Leser arrangiert, gibt zugleich den Eindruck wieder, den eine energische, eine verstimmte junge Frau von ihrer Zukunft hat. In der Zeichnung des Ehrgeizlings verbirgt sich der Entschluß der Ehrgeizigen, einen Mißerfolg auf keinen Fall zu akzeptieren.
Die Zweideutigkeit, mit der Witz und Gefühl, Spott und Selbsterfahrung ineinander übergehen, kennzeichnet alle Personendarstellungen der Knef. Das macht das Ereignis zum Moment, der amüsiert, und zugleich zur historischen Situation, die interessiert. Wer die Bücher der Knef liest, lacht und erfährt doch auch ein Stück Zeitgeschichte, die todernst ist.
Hildegard Knef ist Psychologin. Jede Erscheinung, jedes Gesicht, jede Geste enthüllen ihr eine Absicht, eine Neigung, einen Selbstentwurf, kurz: die Seele ihres Gegenübers. Handlung und Ereignis darf man in ihren Texten nicht erwarten. Alle Ereignisse, und seien sie noch so dramatisch, dienen der Charakterisierung von Menschen. Um deren Inneres zu entdecken, genügt es aber, über ihr Äußeres zu sprechen. Die Anschaulichkeit der Darstellung fördert ein »Dahinter« zutage, die Sprache nutzt die Erscheinung als Wegweiser in die Tiefe der Person.
Harry Meyen etwa, seit 1966 mit Romy Schneider verheiratet, erfährt durch die Kunst der Knef eine Charakterisierung, die fast so zynisch ist wie die von Jack Warner, und doch wird er nicht angeklagt, sondern entschuldigt. Das Mitleid der Psychologin erkennt an diesem Mann die angestrengt-freundliche Oberfläche, die ein zerstörerisches Inneres verdeckt. In ihm sei Romy Schneider einem »der verletzbarsten Männer begegnet«, doch, so die Kritik der Knef an ihrer Freundin, übersehe die Übermütige, was sie, die Knef, eben nicht übersehen könne, »daß Harrys Humor lumpenumwickelte Panik, sein beinahe tragischer Geiz das materielle Holzbein ist, auf dem Lebens- und Todesangst stehen«. Hier macht die Opposition der Wörter den Widerspruch von Außen und Innen deutlich: Humor, versteckte Panik, Todesangst. Der dramatische Gegensatz von Erscheinung und Sein mündet in ein Schlußwort, in dem die Wörter »Schweigen« und »Schrei« eine Katastrophe enthalten: »Sein grausames Schweigen gleicht immer einem einzigen, nicht mehr aufzuhaltenden Schrei.«
Die Psychologie der Autorin speist sich aus dem Lesen von Gesten. Insofern bleiben diese Autobiographien Bücher einer Schauspielerin, deren Kunst in der Übersetzung von Geschriebenem in Blick, Miene, Gebärde besteht. Einen Text zu lesen, das vermöchte jedermann, der Schauspieler auf der Bühne aber verwandelt das Wort in Klang, die Geschichte in Bewegung, den Sinn in Erscheinung, so als verantworte er selbst den Text. Fast könnte man sagen: Alle Figuren der Knef sind Schauspieler, nicht etwa, weil sie als Freunde und Kollegen demselben Milieu entstammen, sondern weil auch sie ihr Inneres durch Gesten zur Schau stellen, und diese Gesten – dies die Kunst der Schriftstellerin, die auch

Schauspielerin ist – vermag die Knef wieder in Schrift einzufangen.
Der biographische Realismus der Knef steht in der Tradition der »Physiologie«, jener Personenbeschreibung, deren sich der Schriftsteller als Flaneur bediente, um die Typen auf den Boulevards der Großstadt zu kartographieren. Die Zeitschriften des 19. Jahrhunderts waren voll von solchen Porträts, die man »verständnisbemühte Karikaturen« nennen könnte, in denen sich Humor und Wirklichkeitssinn paarten. Sie entstanden, um den Leser mit der Soziologie des eigenen Reviers und dem neuen Phänomen Großstadt vertraut zu machen, und so versucht es auch die Knef auf den Straßen ihres Lebens. Geschichte ist alles, was es hier zu lesen gibt, Berichte über das »Dritte Reich« – auch wenn dabei das politische Urteil versäumt wird –, das Hollywood der Nachkriegszeit, die ersten Jahre der Bundesrepublik, das Verhalten von Männern gegenüber Frauen in den ersten Jahren der Emanzipation.
Der psychologische Scharfsinn der Knef, die jede Figur durchschaut, ist zudem begleitet von einer Hellhörigkeit, die die Worte auf ihren wahren Gehalt abhorcht. Den Parolen und Appellen der Nationalsozialisten etwa stellt sie die Sprache von deren Kritikern entgegen. Nur durch den unterschiedlichen Klang der Stimmen charakterisiert sie die politische Haltung. Sich ihrer Jugend im Dritten Reich erinnernd, beobachtet sie jene Lehrer, die damals ihre Schüler noch warnen wollten; und sie muß feststellen, daß diese Warner eine seltsame Sprache gebrauchen, eine, die »Sätze verschluckt, Geheimsprachen gleich«, weil sie Kritik nur andeuten, nicht aussprechen dürfen. Diesem Duktus stellt sie nun die Sprache der Parteianhänger gegenüber, und die zu charakterisieren gelingt ihr mit einem einzigen Satz. Weil dieser aber so wichtig ist, stellt sie ihn ganz alleine in eine eigene Zeile:
»Artikuliert sind nur die Gläubigen.«
Die unerwartete und scharfsinnige Einsicht gewinnt durch solch eine stilistische Isolierung einen Auftritt. In nuce enthält der Satz eine Sprachanalyse, die nicht nur den Fanatismus des Nationalsozialismus richtet, sondern Fanatismus überhaupt. Ein einziger Satz enthält ein welthistorisches Urteil – und so ist seine Alleinstellung bewußt und berechtigt. Für den Stil der Knef ist diese Taktik kennzeichnend, denn sie arbeitet nicht nur mit Wort und Sinn, Klang und Gedanke, sondern auch mit der Optik der Seite.
Nicht nur hier nähert sich der Prosatext, der Grübeln ist, der Philosophie und der Lyrik. Beide Gattungen merken auf das einzelne Wort, bedenken dessen Stellung im Kontext der Rede und achten auf deren typographische Präsentation. Freilich ist die Prosa-Lyrik der Knef eher balladesk, umkreist sie doch immer dramatische Situationen. Als Lyrikerin tritt sie erst mit den Songs auf, die sie in der Nachkriegszeit fast alle selbst verfaßt. Hier ist sie der wandernde Geselle, der den Zuhörern seinen Weltschmerz vorsagt. In diesen traurig-witzigen Liedern spricht sie direkt oder indirekt von sich selbst, somit über den Menschen an und für sich. Diese Songs sind für die Nachwelt nicht ganz verklungen. Mehr aber noch hätten es ihre Bücher verdient, in den Kanon der deutschen Literatur aufgenommen zu werden.

INSA WILKE: MIT DINÇER GÜÇYETER DEN NORDPOL STÜRMEN, DAS WÄR'S!

Laudatio zum Peter-Huchel-Preis

Wohin mit diesen Gedichten? Wohin mit uns, mit denen also, die sie lesen? Man könnte es sich leichtmachen, von der Position aus, von der ich jetzt spreche. Ich könnte mit der Sicherheit literaturwissenschaftlicher Kategorien und literaturgeschichtlicher Verortungen sprechen, von gesellschaftlichen Entwicklungen und politischen Desideraten.
Ist das mit der Frage nach dem Wohin gemeint, die Dinçer Güçyeter an den Anfang seines Buches stellt, gerichtet an Vater und Mutter, verknüpft mit dem Ich der Person, die hier spricht? Dem Buch, das uns als Jury so aus dem Takt und in einen Rhythmus gebracht hat, von dem wir nicht wußten, daß manche ihn sich vielleicht sogar ersehnten?
»Vater, Mutter, wohin jetzt mit mir / wohin mit diesen Gedichten«. Warum wird hier überhaupt nach einem Ort gefragt (ohne Fragezeichen, das Wohin als Frage ist also auch eine Behauptung) und aus welchem Gefühl heraus? Aus einem Mangel, einer Bedrängnis? Oder einem Übermaß, einer Euphorie, einer Mutwilligkeit? Und was ist das für ein Jetzt, was für ein Moment, der diese Frage so drängend macht, daß sie aufgeschrieben werden muß und in diesem Band »Mein Prinz, ich bin das Ghetto« den Ton setzt?

Könnte ich als Leserin das jetzt beantworten, hätten wir diese Gedichte vielleicht *nicht* mit dem Peter-Huchel-Preis 2022 ausgezeichnet, wären sie uns vielleicht nicht so dringlich geworden, hätte ich mir möglicherweise nicht gewünscht, mitgenommen zu werden, wenn dieser Prinz mit seinem Gesprächspartner – vielleicht ja ein und dieselbe (also vielstimmige) Persona – aufbricht, um den Nordpol zu stürmen.
Nun, es gibt mögliche Antworten auf die Frage nach dem Ort und der Zeit dieser Gedichte. Aber ich möchte sie erst mal vermeiden, weil ich ahne, daß sie, wie die wissenschaftlichen Kategorien, genau das lähmen, was Dinçer Güçyeter in diesem Buch befreit und an Möglichkeiten stiftet. Sie könnten den Forderungen, die einem lesend wie Angebote vorkommen, die man nicht ausschlagen darf, die Schärfe nehmen und die Unausweichlichkeit.

Noch mal von vorn: Was für ein Buch zeichnen wir mit dem Peter-Huchel-Preis aus? In elf Kapiteln werden Gedichtzyklen, einzelne Gedichte und Gedicht-Gespräche mit handschriftlich überschriebenen schwarzweißen Fotografien aus einem Familienleben in einen narrativen Zusammenhang gestellt. Die überschriebenen Fotografien verweisen auf einen Alltagsraum und verhindern, dieses Buch »nur« im literarischen Raum zu verorten, es wegzurücken und »wegzulesen«, als hätte es nichts mit seinen Leserinnen und Lesern zu tun, als würde mir hier nicht jemand ziemlich vehement eine Verbindung anbieten, aus der Intimität des Persönlichen heraus sprechend, die im Gegensatz zum Privaten das Individuum zu überschreiten vermag und immer auch einen größeren Raum meint.
Den narrativen Zusammenhang, den die verschiedenen Ausdrucksformen dieses Buches herstellen, kann man sich dementsprechend auch eher als Konstellation denken, wie ein Sternbild. Nicht als die lineare Abfolge eines Kausalität suggerierenden Zeitstrahls, der in einem Gedicht des fünften Zyklus auch explizit als biographisches

Modell abgelehnt wird: »du verstehst nicht, wieso ich den Zeitstrahl durch mein Leben ablehne«. Die Lektüre dieses Buches bringt einen jenem Verständnis näher. Ich hoffe, das im folgenden verdeutlichen zu können.
»Mein Prinz, ich bin das Ghetto« beginnt mit einem Abschied von den Eltern, der in die eigene Vaterschaft mündet, also von einer Annäherung erzählt. Die Tonlagen reichen von mal poppig intonierten (klingt beim Ghetto auch Elvis Presley mit?), mal inventurartigen deutsch-anatolischen Kindheitserinnerungen zu Ausfahrten in gesellschaftliche Sperrbezirke und Tabuzonen, deren wütender Impuls durch den Humor des Dichters nur leicht verschleiert, eigentlich noch verstärkt wird. Die sprechende Instanz verwandelt sich vom Ich, das sich selbst als Behauptung setzt, in eine Frage. Nämlich die Frage, wer diese Gedichte geschrieben hat.

Ich möchte mich über die Verwandtschaften annähern, die Dinçer Güçyeter seinen Gedichten eingeschrieben hat, und ihnen einige hinzufügen aus meiner eigenen Lesebiographie, in der Hoffnung, daß wir uns mit allen Wahlverwandten dann gemeinsam vielleicht am Nordpol treffen, dieser imaginierten, konstruierten Realität. Was würde aus dem weißkalten Nordpol werden, träfen wir uns dort? Welche überfällige Drift ließe sich so auslösen? Dinçer Güçyeter lesend stelle ich mir den Nordpol als Tanzfläche vor, in bunte, wechselnde Lichter getaucht. Wie wäre es, würden wir einen solchen Nordpol in unserem Alltag errichten? Wie würde das unser Leben und unsere Gesellschaft verändern, unsere Laune, unsere Fähigkeit zu trauern? Unsere Art zu schreiben und zu lesen?

Am auffälligsten in diesen Gedichten ist für mich das Gespräch, das Dinçer Güçyeter mit deutsch-jüdischen Dichterstimmen führt. Sehr prominent spricht schon im Titel »Mein Prinz, ich bin das Ghetto« die Dichterin Else Lasker-Schüler mit, im gleichnamigen Zyklus im hinteren Drittel des Bandes auch der Dichter Heinrich Heine. Paul Celan wird zitiert und an einer wichtigen Stelle Thomas Brasch.
Beginnen wir mit Else Lasker-Schüler. Erhellend für das Verhältnis von Dinçer Güçyeters Gedichten zu dieser expressionistischen Dichterin ist, was Uljana Wolf in ihrem Buch »Etymologischer Gossip« zu ihr schreibt.
Dort steht, Lasker-Schülers ästhetisches Verfahren sei eines der Grenzüberschreitung, seine Funktion sei die Selbst-Setzung in dem Sinne, daß Lasker-Schüler deutlich markiert, mit den Fremdzuschreibungen durch die Mehrheitskultur ihrer Zeit, ja, mit deren Weltsicht und Ausdrucksform nicht übereinzustimmen. Wolf zitiert die erste Strophe des um 1909 entstandenen Gedichts »Heimweh«: »Ich kann die Sprache / dieses kühlen Landes nicht, und seinen Schritt nicht gehen«.
Um die Notwendigkeit solcher Verfahren zu belegen, beschreibt Wolf, wie Gottfried Benn, der nach Else Lasker-Schülers Tod eine Rede auf sie hielt, es schaffte, einen paternalistischen Versöhnungsgestus mit aggressiver Aneignung und einer erneuten Zurückweisung der Dichterin zu verbinden. Benn, so Wolf, habe 1952 über Lasker-Schüler und ihre Position in der deutschsprachigen Dichtung geredet, »als sei nichts geschehen«.
In ihren Gedichten reagiert Lasker-Schüler auf solche Gesten – sie waren ihr zu Lebzeiten wohl zur Genüge begegnet – mit poetischer Übersteuerung, einer »überinszenierten Erscheinung« und einem, wie Wolf schreibt, »unscheuen« Reim, mit Unernst und Unschärfe. Ästhetische Strategien als Reaktion auf eine nicht nur literarische Wirklichkeit, »die voller Brüche war« und voller »unsichtbarer Zuschreibungen

einer sich monokulturell denkenden Gesellschaft«.
Schon einmal hat eine Dichterin diese Verfahren in ihr eigenes Schreiben aufgenommen und Else Lasker-Schüler durch ein Zitat in den Titel ihres Buches geholt: Emine Sevgi Özdamar mit ihrem Roman »Seltsame Sterne starren zur Erde«. Und jetzt also Dinçer Güçyeter mit »Mein Prinz, ich bin das Ghetto«. Ghetto vielleicht verstanden als »Ein von Schatten begrenzter Raum«, wie der neueste Roman von Özdamar heißt.
Lesen kann man diesen Raum bei Özdamar als einen, der zugleich durch Schatten überhaupt erst zu einem Ort wird und als solcher eine gewisse Geborgenheit und Schutz bietet, wenn auch durch die Schatten der befreundeten Toten und Abwesenden. Ihm ist aber auch die permanente Gefährdung eingeschrieben.
Für Dinçer Güçyeter müßte man die Vorstellung von Schatten vielleicht durch Stimmen ersetzen. Ein von Stimmen geschaffener Ort, so könnte man den Raum beschreiben, den Dinçer Güçyeter sich und seinen Leserinnen und Lesern erschreibt. Ein Raum, durch den ein Fohlen galoppiert und der unzählbare Zimmer birgt oder »ein Haus nur aus Konturen«, wie es in dem Zyklus »ein Brief, nach 35 Jahren« heißt.
»Unscheu« ist ein Wort, das auch sehr gut zu den ästhetischen Strategien paßt, die Dinçer Güçyeter anwendet. Das zeigt sich schon im ersten Gedicht »im Jahr 1983, Deutschland«. Es arbeitet mit Topoi der Arbeiterliteratur: der müden Mutter zum Beispiel, die am Küchentisch sitzt: »ihre Schultern hängen wie eine Seilbrücke«. Schon in dieser Formulierung kann man allerdings die Abweichung bemerken. Es spricht ja der Sohn in diesem Gedicht, phantasiebegabt, der Schönheit, dem Lebendigen, den Bildern und dem Märchen zugeneigt. Zutraulich und unbedarft formuliert er durch seinen Blick die Beziehung zwischen Mutter und Sohn, und die ist schön, überwindet Konflikte, Müdigkeit und Sorgen. Wie gelingt das formal, diese unscheue Direktheit, mit der uns wenige Verse eine emotional so komplexe Vorstellung ermöglichen?
Was Dinçer Güçyeter fast übermütig und mit großer Zuneigung zu seinen Figuren und Stimmen tut: Er kombiniert die Bilder mit dialogischen Versen, inszeniert so die warmherzige Beziehung zwischen Mutter und Kind, die auch von Offenheit geprägt ist, wenn seine Mutterfigur sagt: »wir zeichnen jetzt zwei Kreise, das sind die Räder / oben ein Buckel, das ist das Dach / und der alberne Pimmel von deinem Papa, das ist der Auspuff«.
Die Alltagssituation befreit sich in der Vorstellungskraft, in der Phantasie, wenn in der Stimme der Mutter ein Fohlen wiehert, es sich in ihrem Schmunzeln aufbäumt. Ja, »unscheu« sind diese sprachlichen Zugriffe auf das Bilderreservoir literarischer Traditionen und ihre Verwandlung durch Rekombination. Und widerständig. Denn was der Lasker-Schüler vergleichbare Grundton dieses Buches ist: die Nicht-Übereinstimmung, die enorme Souveränität. Vielleicht wird sie am deutlichsten im titelgebenden Zyklus »Mein Prinz, ich bin das Ghetto«.
Dinçer Güçyeter hat mir erzählt, daß dieser Zyklus, der aus zwei parallel laufenden Textspuren besteht, die oben und unten auf der Seite angeordnet sind, nach den Attentaten in Hanau 2020 entstanden ist. Und zwar zunächst die untere Tonspur. »Deutschland, du verkrochener Vater, seit Mittwoch bin ich unterwegs, esse, trinke, lache, rede mit Freunden, lese&brüte Gedanken in Fremdenzimmern aus.«
»Deutschland, was hast du aus deinen Menschen gemacht«, fragt diese Heinrich Heine verwandte Stimme. Von den »Hinterbliebenen der Ofenwächter« ist die Rede, die sich den Hinterbliebenen der Ermordeten zwar entschuldigend zuwenden wollen, ihnen

aber noch in dieser Bewegung erneut die »Fremdenzimmer« zuweisen. Desillusioniert und traurig klingt, was der Absender des Briefs bedauernd schreibt: »was alles hätten wir (...) zusammen heilen/aufarbeiten können«. Unterschrieben ist dieser Brief mit »ein Gastarbeiterkind«.
Dinçer Güçyeter macht damit, wie Uljana Wolf schreibt, die »unsichtbar abgesteckten Territorien« sichtbar. Das, was nach wie vor unsichtbar zugeschrieben wird, wie das Wort »Ausländerfeindlichkeit« in den Reden der Politiker bei den Trauerfeiern in Hanau deutlich gezeigt hat.
»Mein Prinz, ich bin das Ghetto« wäre ein einsamer Zyklus, wenn es nur diese Tonspur des Scheiterns gäbe, und Einsamkeit ist Sache dieses Dichters nicht. Darum gibt es die zweite, die obere Spur, die Tonspur der Wünsche: »mein Prinz, feuchte meine Zunge, flicke meinen Blick«, »toupiere meine Sprache«. Ein Freund zum Nordpolstürmen ist dieser Prinz. Einer, der Antworten auf Fragen gibt und sie auch auszuhalten imstande ist: »komm und zeig mir, wer ich bin / du siehst, in allen Brennpunkten bin ich der abgelehnte Widerspruch«.
Die Zweistimmigkeit dieses Zyklus ist in vielerlei Hinsicht bedeutend: Es sind zwei Spuren, die sich nicht berühren, aber doch nur aufeinander bezogen entstehen konnten. Wir werden eingeladen in ein internes Gespräch zwischen Gedicht und Gedicht, eine Form des lyrischen Selbstgesprächs, wie Elke Erb sie zur Perfektion gebracht hat. Anders als bei Erb sind bei Dinçer Güçyeter die Lücken aber größer, durch die der Text seine Lesenden einläßt.
Was ich damit meine: Auch andere haben ähnlich intuitiv in ihren Texten auf Hanau und die Folgen reagiert. Mithu Sanyal zum Beispiel in ihrem Debütroman »Identitti«. Ich weiß noch, wie ich diese seltsam aus dem Roman-Sound fallende Passage damals las: Mir fiel auf, wie der Ton sich änderte, wie plötzlich plakativer gesprochen wurde, direkt politisch, fast ohne literarischen Übersetzungsprozeß. Ich habe das damals kritisiert. Ich habe inzwischen dazugelernt, auch durch die Gedichte, die wir heute auszeichnen.
Diesen Tonwechsel kann man in Dinçer Güçyeters Brief an Deutschland nämlich auch bemerken, liest man die obere Tonspur nicht mit. Ist aber genau das nicht eine ästhetische Entscheidung? Nämlich auszusteigen aus der literarischen Verwertung? Als Leserin kann ich an dieser Stelle schwerlich so tun, »als sei nichts geschehen«, ohne daß deutlich wird, daß ich es bin, die an der Wirklichkeit und ihrer Verarbeitung scheitert, die eine Lüge lebt und in das der eigentlich nötigen Auseinandersetzung vorgeschobene ästhetische Urteil flieht. – »Widerstand gegen eine Menschenseele, in der Realität sowie in der Mythologie, bleibt immer ein Minusgeschäft«, schreibt Dinçer Güçyeter.

Es gibt in Christoph Rüters Film über den Dichter Thomas Brasch eine Stelle, in der Brasch, gezeichnet vom Leben und »Meine Ortschaft« von Peter Weiss in der Hand haltend, in die Kamera spricht und erklärt, warum er auch beim Lesen die Augen nicht mehr niederschlägt. Warum er nie wieder die Augen niederschlagen wird und warum diese Redewendung bedeutsam und vielsagend ist. Bei Dinçer Güçyeter stehen die Verse: »wie schneidig der Wind auch ist / senke deine Wimpern nie auf den Glanz deiner Augen«. Auch hier wieder eine vielsagende Abweichung: Es geht darum, den Glanz nicht zu verlieren, der ja ein doppelter ist. Der »Glanz in den Augen« zeugt von der Schönheit und Lebendigkeit eines Innenlebens, aber auch von der Möglichkeit, Schönheit und Lebendigkeit der Außenwelt zu erblikken. Es ist eine andere Form des Widerstands, die sich vielleicht im Verhältnis zu den Tieren spiegelt, die durch diesen Band flattern, schunkeln, traben.

Was bedeutet es, wenn ein Fohlen in einer Stimme wiehert? Oder ein Schmetterling sie bewohnt: »halb Mensch halb Schmetterling / ist die Stimme meiner Mutter«. Was »fühlen« *Sie*, wenn *Sie* das hören? Wird die Stimme der Mutter zarter? Stärker? Haben Sie die Verletzlichkeit dieses staksigen Fohlens im Ohr, das ungeachtet seiner zerbrechlichen Fohlenbeine springt und den Übermut auslebt, den die reine Freude am Leben hervortreibt? Denken Sie an die Verwandlungsfähigkeit des Schmetterlings, an seine Schönheit, die nur ein Hauch ist?
Was machen diese Wesen mit den Gedichten und die Gedichte gemeinsam mit ihnen mit uns? Welche Wünsche, welche Möglichkeiten wecken sie?
»ich bin geblieben / auf dieser Welt / ich, ein gebrochener Bogen«, schreibt Dinçer Güçyeter und verzeichnet gleichzeitig eine ältere Stimme, die ruft: »tanze, Junge, tanze, die Gebärmutter der Lust ist größer als diese verriegelte Welt«.
Es ist eines der Geschenke, die uns die Gedichte von Dinçer Güçyeter machen, daß sie einem nicht übelzunehmen scheinen, wenn man die erste Person Plural verwendet. Im Interview sagte Dinçer zu mir: »Es sind doch *unsere* Enttäuschungen, *unsere* Wunden, unsere Niederlagen.« Oh ja.
»Mein Prinz, ich bin das Ghetto« spricht immer wieder als ein Wir, das sich als eine spezifische Erfahrung konstituiert und zugleich die Möglichkeit seiner Verwandlung in ein allgemeineres Wir nicht vollständig ablehnt: »von uns wird der Welt / ein Blick bleiben / und ein Lied«. Wieviel Trauer klingt hier mit und wieviel Gewißheit doch auch, daß gerade im nicht materiellen Erbe eine mächtige Wirkkraft ruht.
Je länger man sich mit diesen Gedichten beschäftigt, desto deutlicher klingen in jedem Ton alle anderen mit. Ein schriller Text wie »Klage des Pimmels«, der Comic und Komik zusammenbringt, spricht auch vom Verrat, der sich schon in einem anderen Zyklus angekündigt hatte: »die Glühwürmchen schalten die Blaulichter ein / zwischen meinen Beinen«. Es rumort im Untergrund solcher Texte. Folgt man dem Rumoren quer durch das Buch, ergeben sich Motivspuren. Zum Beispiel die des queeren Protests gegen verhärtete Formen von Männlichkeit, gegen Bilder vom »richtigen Mann«. Es erzeugt eine merkwürdige Ambivalenz, wie in der mütterlichen Figur der Cleopatra beides Raum findet: Verständnis und Anklage, also die Solidarisierung des Sohnes mit ihr, und gleichzeitig auch sein Blick darauf, wie sie ihn zum »richtigen« Mann zurichten möchte. Ähnliches gilt, wenn da ein Vers steht wie: »es waren Väter, keine Menschen«. Man könnte an die von Präsident Erdoğans Staat verfolgte Soziologin Pınar Selek denken, die Männlichkeitsbilder in der türkischen Gesellschaft untersucht hat und sich mit ihren Erkenntnissen vielleicht wiederfände im Nebeneinander von unmenschlichen Vätern und ihrem »Nicht-Mensch-sein-Dürfen«. Der Ödipus-Mythos bekommt vor diesem Hintergrund eine andere Bedeutung, wenn Dinçer Güçyeter ihn mit einem Vers von Anna Achmatowa zitiert: »du bist mein Sohn, du bist mein Untergang«. So wird ein Untergang auch zur Befreiung.
Die Wut mancher Gedichte richtet sich gegen Institutionen, die sich gesellschaftlichen Realitäten, wie fluiden Geschlechtsidentitäten, dichtenden LKW-Fahrern und männlichem Begehren, verweigern. Gegen die religiösen Institutionen, gegen jene kanonbestimmenden Leser, denen das Gedicht »Die Schlafkammer des LKW-Fahrers« vorhält: »ich weiß, die Sandalen, diese Jogginghose passen nicht in euer Dichterbild, der Rahmen eines Flaneurs, eines Weltenwanderers sollte schon größer sein«.
»Laß uns gehen« heißt ein Zyklus in »Mein Prinz, ich bin das Ghetto«, der einen nur schockieren kann. Denn da steht: »wenn

wir sterben darf diese Erde nicht fetter werden«.

Was sagt das aus, wenn »die Meere faulen vor Diplomatie«? Es sind Tabus, die Dinçer Güçyeter aus dem wortreichen Schweigen birgt, wenn er Homophobie als das uneingestandene, ausbeuterische, also gewalttätige Begehren derjenigen zeigt, die sein Gedicht »Gott in der Gaysauna« in die Sichtbarkeit ausweist, um den Chor junger syrischer Männer zu behüten. – Eine alte Geschichte, die wenige hören wollen: »du bist mein Ablagerungsmilieu / ich das Fossil, das seit Ewigkeiten in dir nach einer schützenden Bedeutung sucht«.

»Ich glaube, daß Poesie gegen die etablierte Ordnung steht.« Meine Jury-Kollegin Angelika Overath zitiert diese Aussage des Dichters Cemal Süreya in einem feinen, kleinen Band mit Liebesgedichten von Edip Cansever, Cemal Süreya und Turgut Uyar, die sie mit Nursel Gülenaz herausgegeben hat.

So vital, so wahrhaftig und so notwendig stehen auch die Gedichte von Dinçer Güçyeter jetzt in der Welt. Sie versetzen uns in die Lage, den »Splitter«, der in unserem »Fleisch sein Zelt gebaut hat« – und zwar in unser aller Fleisch –, als provisorische Obhut zu denken.

RUDOLF BORCHARDT: FORTSETZUNG DER LEBENSERINNERUNGEN

Vorbemerkung

Die Autobiographie »Rudolf Borchardts Leben von ihm selbst erzählt«, in fünf Folgen von den »Münchner Neuesten Nachrichten« 1927 und 1928 veröffentlicht, aber ungekürzt im Gesamtumfang von 120 Buchseiten unter dem vom Verfasser bei Georg Gottfried Gervinus geborgten Titel erst postum erschienen (Prosa VI 1990, zuletzt 2002 mit Nachwort von Gustav Seibt), galt bisher als »vollendet«, wenngleich im chronologischen Gerüst naturgemäß nicht abgeschlossen. Literarisch gleichrangig steht dieser Bericht über den Zeitraum zwischen 1877 und 1885 neben Walter Benjamins »Berliner Kindheit um neunzehnhundert« – einsetzend mit Reflexionen über den »Sinn der Autobiographie«, gefolgt von Details zur jüdischen Familien- und Gelehrtengeschichte als Beispiele für die von Borchardt behauptete Königsberger »Kreuznahme« im Zeichen der Freiheitskriege von 1813 als Beginn einer (angeblich) geglückten Assimilation. Dazwischen ein Exkurs zur Krise des deutschen Verlagswesens in der Jahrhundertmitte. Das Ganze vor einem Fresko der gründerzeitlich expandierenden Reichshauptstadt.

Hauptthema sind die »Vorschul-Monate« des Kindes. Während Borchardts Eltern sich in Moskau und St. Petersburg befinden, sitzt der zurückgelassene Sohn zwischen verhüllten Möbeln in einer Riesenetage am Kronprinzenufer, koloriert die Neuruppiner Bilderbogen von Gustav Kühn (etwa Motive aus Donizettis Oper »Lucia di Lammermoor«) und vertieft sich tagelang lesend und dabei immer sich selbst herauslesend in nationale Tragödien wie die der Hohenstaufen in Richard Roths Kinderbuch »Kaiser, König und Papst« von 1875 (darin: »Manfred und Karl von Anjou, Cerra und Caserta«) oder stellt Heroenkämpfe aus Gustav Schwabs »Schönsten Sagen des klassischen Altertums« nach (darin: »Achill und Deiphobus«). Zwischendurch konversiert er im Selbstgespräch mit den neobarocken Meißener Figuren einer Schauvitrine (»Porzellanvögel«) und reckt sich auf Zehenspitzen vor dem Salonporträt der »Pompejanerin«. Ein Findelkind, das sich selbst als nur »angenommen« träumt (»meine wahrscheinliche Herkunft und Bedeutung ...«), gerät dem Erzähler zum prinzlichen Demiurgen, den seine Phantasiewelt beschützt und zugleich verbirgt. Ihm aber auch verbietet, gegenüber anderen auch nur »einen Zipfel« von seinen Geheimnissen zu lüften.

Unversehens schlägt das Märchen um in »hoffnungsloses Unglück«. Denn der zurückgekehrte Vater unterwirft ihn der Aufsicht eines kleinbürgerlichen »Elementar-Lehrers« (für Erdkunde, Mathematik, Schönschreiben) namens Gustav Adolf Hallbauer in Moabit (Turmstraße 14/III), der gegen Bezahlung Schüler als »Pensionisten« in seine dürftige Wohnung aufnimmt und deshalb in den Memoiren den sprechenden Namen »Halbherr« tragen muß. Gemeinsam mit zwei »Schicksalsgefährten« – »Höllmann« und »Selwitz« –, Sprößlinge des »neudeutschen Unternehmertums« aus einer Wannsee-Villa wie er selbst, leidet der Achtjährige nun, in ein schmieriges Mehrbettzimmer verbracht, wochenlang unter der »rohen Luft« dieser »Wärter« und einer miserablen Verköstigung. Aber »Ordnung«, so belehrt ihn die »gamsige Nase« der Hausfrau beim Strümpfestopfen, »herrsche überhaupt nur bei den Ständen, die von ihrer Hände Arbeit lebten. Wenn die armen Leute den reichen nicht Ordnung hielten, so würde bei denen alles täglich neu gekauft werden müssen mit dem ruchlosen Gelde, das die scheffelten.«

Mit dem Schockerlebnis dieses vom Autor gezielt als prä-faschistisch akzentuierten Sozialneids endet der bisher bekannte Text. Effektvoll mündet er zugleich in das Fanal eines Stolzes, den Borchardt sich lebenslang bewahrt und der ihn und seine Familie noch 1944 während der zwangsweisen Verbringung durch die deutsche Wehrmacht aus der Lucchesia bis nach Innsbruck retten wird: »Das Leben und die Sitten, die Worte und das Wesen des Pöbels, seine Kost und seine Wohnung, sein Geruch und die vollständige Verlogenheit aller seiner Äusserungen, waren mir so unbekannt wie die von Patagoniern und wirkten, ohne dass sie eine Feindseligkeit gerade gegen mich hätten zu kehren brauchen, an sich unverlierbar auf mein Inneres mit dem Zuge, mit dem sich rotes Eisen einbrennt und seinen Weg bezeichnet. Ein anderer wäre davongelaufen, ein zweiter hätte sich dagegen abgestumpft, ein dritter sich angepasst, ein vierter es an sich ablaufen lassen, ohne es sonderlich zu merken.« Der letzte Satz nimmt ein Lebensfazit vorweg: »Aber ich würde schwerlich, auch wenn ich es gekonnt hätte, mir Mitwisser und Teilnehmende meines Leids gesucht haben, weil ich, verstossen wie ich mich deuchte, auch verstossen sein wollte und eine Verschlossenheit sich in mir aufrichten fühlte, die den Charakter der Zuflucht hatte und eben darum niemanden in sich einließ.«

An diese trotzige Aufgipfelung schließen nun drei bisher im Nachlaß nicht identifizierte Folgeseiten an, nach Papierqualität und Tinte unzweifelhaft; auf der Mitte des letzten Blattes erfolgt der endgültige Textabbruch (Deutsches Literaturarchiv Marbach). Imaginiert werden darin noch die ersten Schultage des Sextaners im Französischen Gymnasium am Reichstagufer (Klassenstärke: »sechzig wie die Teufel tobende Knaben«), der als ein »Kostgänger« des Hallbauer-Halbherrs sogar bevorzugte Behandlung durch Lehrerkollegen genießt und den seine Mitschüler eben darum neidvoll beobachten oder opportunistisch umwerben – zugleich mit der Verdächtigung, daß er wie andere solche Bevorzugten von den »Klassenaufgaben und Versetzungslisten« durch »heimliche« Schubladeneinblicke wisse und dies an

Kameraden weitergebe oder eben nicht. In wenigen Strichen, syntaktisch kompakt, entsteht das Szenarium eines Machtspiels, dessen Bedrohlichkeit der Halbwüchsige, gutgläubig und fern aller »berlinischen« Gerissenheit seiner Altersgenossen, erst kaum begreift. Eine intrikate Studie, die schon als Vignette die Psychologie zeitgenössischer Schülerromane überbietet.
Der ursprünglichen Disposition folgend hätte Borchardts Lebensbericht die Gymnasialjahre (Marienburg, Wesel) und seine Studiensemester seit 1895 (Berlin, Bonn, Göttingen) bis zum »Annus Mirabilis« 1902 einschließen sollen, kulminierend in der Krise um die (zum Vorteil der Poesie) unerreichbar gebliebene »Vivian« Margarete Ruer in Nassau und den lebensverändernden Besuch bei Hofmannsthal in Rodaun. Endgültig aufgegeben wird dann die Niederschrift dieses Rückblicks auf den »finsteren hagen« frühkindlicher Sozialisation in denselben Wochen des Jahres 1928, in denen der fünfzigjährige Übersetzer der »Göttlichen Komödie«, »inmitten unseres lebens an der fahrt«, mit seiner Schlußarbeit an den Terzinen des »Paradieses« beginnt. Vollständig erscheint dieses Experimentalwerk 1930 im Verlag der Bremer Presse und bei Ernst Rowohlt – mit einem ausgreifenden Nachwort, adressiert an Konrad Burdach, das die Faktoren der eigenen Bildungsgeschichte noch einmal benennt, aus wiederum anderer Perspektive als 1924 im »Eranos-Brief« an Hofmannsthal und erst recht abweichend von der priapischen Selbstbespiegelung im Schelmenroman »Weltpuff Berlin« von 1938.

Gerhard Schuster

Noch heut muss ich mich wundern, dass es in dem Augenblicke, in dem ich zum ersten Male im Leben etwas wie Schicksals- oder, wenn man will, Spielgefährten hatte, diese entscheidende Wendung mit mir nahm, denn gerade auf jene, in einem starken Maasse, bezog sie sich mit. Ich hatte beiden, besonders Höllmann gegenüber, nicht ohne eine gewisse Vorsicht, einen Zipfel von meinen Geheimnissen gelüftet, zunächst mehr um gewiss zu werden, ob ich an ihnen einen zu mir gehörigen Halt gegen die Erniedrigung und ihre Wärter hätte, als um sie zu wirklichen Mitwissern alles meines Wesens zu machen. Leicht fand sich die Gelegenheit dafür nicht, denn der Schulweg war überstürzt, den Heimweg teilten wir, verschiedenen Schulschlusses in verschiedenen Klassen halber, nicht immer, im Hause war man selten unter sich; der öde Bart des Mannes oder die gamsige Nase des Weibes hing bald hier bald dorther unvermutet über uns hinein, die Kinder hockten herum und mochten lauschen, der Knabe war nur in der ersten Nacht abwesend und hemmte nachher alles Gespräch. So bröckelte sich nach einigen Tagen erst, aus halben und viertels Gesprächsfetzen eine Art Fühlung zusammen. Selwitz also war ein schlechter Schüler, musste seine Hausarbeiten unter Aufsicht machen, abgehört und Tag für Tag eingerichtet werden, hatte ehdem all dies im bequemen elterlichen Hause durch Hauslehrer empfangen und war, da er sich solcher Wolthat unwürdig gewiesen hatte, durch diese Verbannung gestraft worden. Der andere war für den Sommer, während die Eltern Landaufenthalt bezogen hatten, hier eingethan und fuhr jeden Samstag dort hinaus, wo damals, nach neudeutscher Gepflogenheit, die Spekulation daran ging, die Sommerhäuser des Unternehmertums schon fast wieder so eng an einander zu bauen wie die Stadthäuser. War nun auch bei beiden ein schülerhaft grossmäuliges Verschänden ihres Schicksals und seiner Halbherr'schen Vollzieher alltäglich, so ging dies doch in nichts über allgemeine unflätige Worte hinaus und bezog sich wesentlich auf das Fehlen guter Stunden und guter Bissen. Höllmann hatte wol eine Mutter, an der er zu hängen schien und von deren grosser regelmässiger Schönheit seine fade Wolbildung abgestammt sein mochte; sie schrieb ihm Briefe, schickte ihm ihr Bild, er entbehrte in der rohen Luft, die ihn umgab, ihre Zärtlichkeiten. Dabei aber hatte es auch sein Bewenden, und unter weiterm Schwätzen ergänzte sich in Selwitz der Avers der Verbannung ins Dunkel durch einen mir höchst erstaunlichen Revers anscheinender Lichtseiten. Ich hatte eines Nachmittags, an dem Halbherr durch Lehrerconferenz, Frau und Kinder durch Kaffeevisite abwesten, sofort alle Bücher fortgeschoben, den Tuschkasten hervorgeholt und war mit glühenden Wangen schon dabei, Ocker, Terra di Siena, Sepia und Ultramarin an das Personale Lucia von Lammermoors auszuthun, als Selwitz zu Höllmann und mir mit wichtiger Miene hereingetrudelt kam – er strich immer wie getrieben ohne feste Richtung –, den am Riemen gehaltenen Tornister in eine Ecke schwang, und uns verkündete, er werde versetzt, und habe das eben erfahren. Höllmann nahm hierauf den Finger aus der Nase, erhob die hübschen glasigen Augen von der Indianergeschichte, in der er herumlas, und äusserte in faulen Worten einen bösen Unglauben, der den Gehobenen wiederum veranlasste, von der Entrüstung in Worten zu halben Püffen überzugehen. Ich, aufmerksam dabei sitzend, erfuhr allmählich, dass die Zöglingschaft und Kostgängerei in Lehrerhäusern von den Schülern allgemein als eine Anwartschaft auf gesteigertes Interesse seitens der Klassengewalthaber angesehen wurde, nicht als Bestechung, aber doch als Vorgabe, und insofern die Mühe lohnte. Schon damit, dass dem Lehrer ein solcher Selwitz als Halbherr'scher Ziehknabe bekannt wurde, war er wenigstens charakterisiert und einem zerstreuten Wolwollen empfohlen, in Zweifelsfällen bewahrte das collegiale Gefühl, fast ohne es zu wissen und zu wollen, den Collegen vor Misserfolgen, die dem Rufe seiner Hauszucht hätten empfindlich werden können, und jede halbwegs bessere Leistung verbuchte die menschliche Schwäche dem Lehrerpflegling fast wie dem Lehrersohne. Ich begriff nun, was ich in meiner Unerfahrenheit bis dahin kaum geahnt hatte, dass unter meinen eigenen Mitschülern mein Unglück ausser dem üblichen Bedauern und der üblichen Schadenfreude doch auch einen kläglichen Neid geweckt hatte, ein hässliches Sklavengefühl, dem ich, in eine solche Tiefe hinabgestossen, noch zu einem Teile, einem wie immer ohnmächtigen, der Macht geworden zu sein schien, vor der alles zitterte. Ich war in der That auch von solchen, die sich bis dahin kaum um mich gekümmert hatten, einer gewissen befremdeten Beachtung gewürdigt worden, dieser oder jener, den ich nicht kannte, hatte mich einzuladen versucht, ohne dass ich noch wusste warum. Ich begriff nun aber auch aus halben Andeutungen, welch ein System von Spionage und Durchsteckerei unter Lehrerzöglingen sich eingerichtet hatte, dass Nachrichten, Aufgaben, Beschlüsse und Resultate geheimer Art von dort erspäht und entwendet ihren Weg zu den Interessierten fanden, und dass die Ausstattung mit solchen Kräften den Ausgestatteten ein Ansehen gab. Gespräche, die sich hierauf bezogen, Tratsch und Prahlerei, ein Sich-Brüsten und ein dreistes Zugestehen des Abhängens davon, überwog im Gespräch weitaus. Das Recht des Schülers auf Ausbeutung solcher Mittel und auf Ergänzung und Bergung seiner natürlichen Arbeitsscheu durch Schwindel war die Voraussetzung jedes Wortes und jeder Antwort und schloss sich als Atmosphäre viel zu sehr an die Atmosphäre des Halbherrschen Hauses an, als dass diese letztere als solche einen sehr heftigen Widerwillen hätte hervorrufen können. So ergab es sich von selber, dass meine leisen Andeutungen eines alten Glückes, alter Hoffnungen und dieses neuen hoffnungslosen Unglücks so wenig aufgenommen wurden, wie ich meinerseits in mir auf so Widerliches wie das Angeführte eine Antwort fand. Ich war zwar durchaus kein guter Schüler, aber ich wäre wenigstens gerne ein besserer gewesen und hatte die unverrückbare Überzeugung, dass es das Richtige wäre, ein durchaus Guter, ja der Beste zu sein, so wenig ich wusste, wie das anzufangen sei. Die Sträflingsvorstellung, nach der Schule und Lernen an sich eine uns zugefügte Galeerengewaltthat war, der sich irgendwie zu entziehen jedes Mittel helfen müsse, erweckte in mir nicht sowol ein moralisches Urteil, das beim Fehlen jeder moralischen Überlieferung sich noch nicht melden konnte, aber es beleidigte meine Instinkte, die das stumpfe und abgebrühte Philistertum, den Mangel an Ehrgefühl darin witterten, und ich fühlte mich von allem, was sich darauf bezog, ebenso wie von der Halbherrerei gewürgt und geekelt. Da ich aber wiederum nicht entfernt stark genug gewesen war, die Folgerungen meiner Verlassenheit zu ziehen und für mich zu stehen, sondern vielmehr, wie angedeutet, meine ungleichen Brüder mehr oder minder vorsichtig über Manfred und Karl von Anjou, Cerra und Caserta, Achill und Deiphobus, über die Pompejanerin, die Porzellanvögel und meine wahrscheinliche Herkunft und Bestimmung ins Vertrauen zu ziehen begonnen hatte, während ich auf Gespräche über heimlich geöffnete Schubladen von Lehrern und daraus abgeschriebenen Klassenaufgaben und Versetzungslisten nicht einging; so konnte es nicht ausbleiben, dass ich, ehe ich michs recht versah, verdächtig geworden war und bemerken musste, dass mein Eintritt ins Zimmer zu einem raschen Tausche von Blicken, Verstummen der Gespräche und gespieltem Wortkargthun führte. Ja, es vollzog sich in einer völligen Verkehrung der Positionen die Vollendung des Umlaufes vom Verdachte des Angegebenwerdens in die Angeberei, und dieselben, die sich gestellt hatten, als könne ihnen von meiner vermeintlichen Tugendspiegelei die Gefahr des Entdecktwerdens drohen, fühlten sich durch den blossen Gegensatz, in dem ich zu ihnen stand, [bricht ab]

ANMERKUNGEN

Nora Mitrani (1921–1960), französische Schriftstellerin und Soziologin. Aus »Rose au cœur violet« (Hg. Dominique Rabourdin, 1988). Abdruck mit freundlicher Genehmigung von Frau Sandrine Marchand.
Erläuterungen: S. 293 *Félibrige* 1854 von sieben Schriftstellern, darunter Frédéric Mistral (Nobelpreis 1904), gegründete Vereinigung zur Förderung der provenzalischen Sprache und Kultur; S. 296 *Mireilles* Anspielung auf Frédéric Mistrals Versepos »Miréio« (Mireille, 1859), dessen Titelheldin eine provenzalische Bauerntochter ist; S. 297 *Seit Mistrals Tod der Anbetung beraubt* Anspielung auf Mistrals Poem in zwölf Gesängen »Lou Pouèmo dóu Rose« (Das Poem von der Rhône, 1897).

Dominique Rabourdin, geb. 1950, Schriftsteller und Kritiker.

David Keplinger, geb. 1968 in Philadelphia, Schriftsteller, Professor für Literatur an der American University in Washington, D.C., wo er auch lebt. Aus dem Band »The World to Come« (2021).

Julien Gracq (1910–2007), französischer Schriftsteller. Auf deutsch erschienen zuletzt die Romane »Der Versucher« (2014) und »Das Abendreich« (2017). Aus dem posthumen Band »Nœuds de Vie« (2021), der im Herbst unter dem Titel »Lebensknoten« in der Friedenauer Presse erscheint. Siehe auch Sinn und Form 1/2019 und 1/2022.
Erläuterungen: S. 318 *Wadi* In der warmen Jahreszeit oft trockenfallender Flußlauf vor allem in heißen Weltgegenden, der überraschend anschwellen kann; S. 320 *La Mort du loup* Gedicht von Alfred de Vigny (1797–1863); *Maine* In Angers mündender Nebenfluß der Loire; S. 322 *Warndt* Ausgedehntes Waldgebiet im französischen Grenzgebiet westlich von Saarbrücken; *Sitzkrieg* Als Drôle de guerre (Seltsamer Krieg, zu deutsch meist Sitzkrieg) wird der Zustand an der Westfront nach dem deutschen Überfall auf Polen und der darauf folgenden Kriegserklärung Frankreichs und Großbritanniens an das Deutsche Reich am 3. September 1939 bezeichnet. Bis zum Beginn der deutschen Offensive am 10. Mai 1940 standen sich die Armeen weitgehend bewegungslos gegenüber; S. 324 *Diwan von Madame Récamier* Anspielung auf die Pariser Salonnière Julie Récamier (1777–1849), die ihre Gäste – wie auf dem bekannten Gemälde von Jacques-Louis David dargestellt – gern auf einem Diwan empfing, der deshalb auch als Récamière bezeichnet wird. Der Schriftsteller François-René de Chateaubriand unterhielt im Alter eine enge Freundschaft mit ihr.

Kornelia Koepsell, geb. 1955 in Gießen, Psychoanalytikerin in Höchberg bei Würzburg. Zuletzt erschienen die Gedichtbände »Die Mundharmonika« (2020) und »Heimatland« (2022). Siehe auch Sinn und Form 3/2022 und 4/2022.

Cécile Wajsbrot, geb. 1954 in Paris, Mitglied der Akademie der Künste, Romane, Essays, Hörspiele, Übersetzungen, lebt in Paris und Berlin. Auf deutsch erschienen zuletzt die Romane »Zerstörung« (2020) und »Nevermore« (2021). Der Text entstand für das Akademieprojekt »Macht Raum Gewalt« über Bauen im Nationalsozialismus. Victor-Hugo-

Zitat nach der Übersetzung von Rainer G. Schmidt (»Die Arbeiter des Meeres«, 2017). Siehe auch Sinn und Form 3/2021 und 4/2022.

Uta Gosmann, geb. 1973 in Bochum, lebt als Lyrikerin, Übersetzerin und Psychoanalytikerin in New Haven, Connecticut. 2012 erschien »Poetic Memory: The Forgotten Self in Plath, Howe, Hinsey, and Glück«. Siehe auch Sinn und Form 4/2018 und 4/2019.

Yoko Tawada, geb. 1960 in Nakano (Japan), Schriftstellerin, schreibt auf deutsch und auf japanisch, lebt in Berlin. Zuletzt erschienen der Roman »Paul Celan und der japanische Engel« (2020) und »Porträt eines Kreisels – Gedichte und Kurzprosa« (2022). Der Text entstand für das Akademieprojekt »Macht Raum Gewalt« über Bauen im Nationalsozialismus.

Durs Grünbein, geb. 1962 in Dresden, Mitglied der Akademie der Künste, lebt in Rom und Berlin. Zuletzt erschienen »Äquidistanz« und »Falten und Fallen« (beide 2022). Siehe auch Sinn und Form 1/2020 und 4/2021.

Ingo Schulze, geb. 1962 in Dresden, Mitglied der Akademie der Künste, lebt in Berlin. Zuletzt erschienen der Erzählungsband »Tasso im Irrenhaus« (2021) und der Essayband »Der Amerikaner, der den Kolumbus zuerst entdeckte« (2022). Der Text entstand für das Akademieprojekt »Macht Raum Gewalt« über Bauen im Nationalsozialismus. Siehe auch Sinn und Form 2/2019 und 1/2022.

Hans Dieter Zimmermann, geb. 1940 in Bad Kreuznach, Literaturwissenschaftler, Professor emeritus der Technischen Universität Berlin. Zuletzt erschienen »Theodor Fontane. Der Romancier Preußens« (2020) und »Ein Rückblick auf 80 Jahre. Was ich der Gruppe 47 verdanke: Erinnerungen« (2021). Die Wohnräume von Anna Seghers werden von der Akademie der Künste als Museum unterhalten und sind dienstags und donnerstags öffentlich zugänglich. Siehe auch Sinn und Form 2/2018 und 3/2021.

Sándor Tatár, geb. 1962 in Budapest, Lyriker und Übersetzer, Bibliothekar an der Ungarischen Akademie der Wissenschaften, lebt in Törökbálint. Auf deutsch erschien der Gedichtband »Endlichkeit mit bitterem Trost« (2006). »Hamlet-Apokryph« wurde in der Zeitschrift Jelenkor 11/2020 (Jg. 63) veröffentlicht, »Herbstmond« in Magyar Lettre Internationale 84 (Frühling 2012). Siehe auch Sinn und Form 1/2008 und 2/2020.

Christa Bürger, geb. 1935 in Frankfurt am Main, bis 1998 Professorin für Literaturwissenschaft an der dortigen Johann-Wolfgang-Goethe-Universität, lebt in Berlin. Zuletzt erschienen »Exzeß und Entsagung. Lebensgebärden von Caroline Schlegel-Schelling bis Simone de Beauvoir« (2016) sowie die Neuausgabe von »Mein Weg durch die Literaturwissenschaft 1968–1998« (2019). Siehe auch Sinn und Form 6/2021 und 5/2022.

Avrina Prabala-Joslin, geb. 1992 in Villuparam (Südindien), wissenschaftliche Mitarbeiterin am Institut für Anglistik der Universität Leipzig, lebt in Berlin. 2010 erschien ihr Roman »The Apple Elusionist«. Siehe auch Sinn und Form 2/2022.

Matthias Bormuth, geb. 1963 in Bad Arolsen, Professor für Vergleichende Ideengeschichte an der Universität Oldenburg und Leiter des Karl-Jaspers-Hauses. Zuletzt erschienen »Zur Situation der Couchecke. Martin Warnke in seiner Zeit« (2022) und »Schuld und Freiheit. Zur geistigen Situation nach 1945« (2023). Siehe auch Sinn und Form 5/2018 und 4/2020.

Tor Ulven (1953–1995), norwegischer Schriftsteller und Übersetzer. Auf deutsch erschienen zuletzt die Prosagedichte »Das allgemein Menschliche« (2014) und der Roman »Die Ablösung« (2019). Der Text erschien zuerst als Vorwort zu Sigmund Freuds »Vitsen og dens forhold til det ubevisste«, Oslo 1994. Abdruck mit freundlicher Genehmigung von Frau Lena Ulven.

Robert Kudielka, geb. 1945 in Lindau/Bodensee, Mitglied der Akademie der Künste, Professor emeritus an der Universität der Künste Berlin. Druckfassung eines Vortrags vom 26. November 2022 bei der Tagung »Die Zukunft der Kritik« in der Akademie der Künste. Siehe auch Sinn und Form 3/2014 und 2/2015.

Nico Bleutge, geb. 1972 in München, Lyriker und Literaturkritiker, lebt in Berlin. Zuletzt erschienen »Drei Fliegen. Über Gedichte« (2020) und »schlafbaum-variationen« (2022). Laudatio zur Verleihung des Literaturpreises der A und A Kulturstiftung an Birgit Kreipe am 17. Mai 2022 in der Berliner Volksbühne. Siehe auch Sinn und Form 1/2013 und 5/2015.

Hannelore Schlaffer, geb. 1939 in Würzburg, bis 2001 Professorin für Neuere deutsche Literatur an der Ludwig-Maximilians-Universität München, Essayistin und Autorin, lebt in Stuttgart. Zuletzt erschienen »Rüpel und Rebell. Die Erfolgsgeschichte des Intellektuellen « (2018) und »Zeit meines Lebens. Was war und noch ist« (2022). Siehe auch Sinn und Form 1/2021 und 2/2022.

Insa Wilke, geb. 1978 in Bremerhaven, Literaturkritikerin und Moderatorin, lebt in Berlin. 2010 erschien »Ist das ein Leben – der Dichter Thomas Brasch«. Rede zur Verleihung des Peter-Huchel-Preises an Dinçer Güçyeter am 18. Mai 2022 in Staufen/Breisgau. Im Redemanuskript wurde das Gendersternchen verwendet und auch im Vortrag gesprochen.

Rudolf Borchardt (1877–1945), Schriftsteller, Dichter, Herausgeber und Übersetzer. Siehe auch Sinn und Form 5/2016.

Gerhard Schuster, geb. 1956, Hauptherausgeber der von dem Antiquar Heribert Tenschert veranstalteten Editionen der »Gesammelten Briefe« (München: Hanser) und der »Sämtlichen Werke« Rudolf Borchardts (Hamburg: Rowohlt). Zuletzt erschienen sind 2018 bis 2020 drei Doppelbände: »Erzählungen 1« (SW XIII), »Erzählungen 2« (SW XIV) und »Dramen« (SW XV). Siehe auch Sinn und Form 2/2008.

Alle Beiträge sind, soweit nicht anders angegeben,
Erstveröffentlichungen oder Erstübersetzungen.